ns gon
THE LYING GAME

EU NUNCA...

THE LYING GAME

EU NUNCA...

DE

SARA SHEPARD

AUTORA BESTSELLER INTERNACIONAL DA SÉRIE

Pretty Little Liars

Tradução de
Joana Faro

ROCCO
JOVENS LEITORES

Título original
THE LYING GAME:
NEVER HAVE I EVER

Copyright © 2011 by Alloy Entertainment e Sara Shepard

Todos os direitos reservados. Nenhuma parte desta obra
pode ser reproduzida ou transmitida por qualquer forma ou
meio eletrônico ou mecânico, inclusive fotocópia, gravação ou sistema
de armazenagem e recuperação de informação, sem a permissão escrita do editor.

Edição brasileira publicada mediante acordo com a Rights People, Londres.

Direitos para a língua portuguesa reservados
com exclusividade para o Brasil à
EDITORA ROCCO LTDA.
Av. Presidente Wilson, 231 – 8º andar
20030-021 – Centro – Rio de Janeiro – RJ
Tel.: (21) 3525-2000 – Fax: (21) 3525-2001
rocco@rocco.com.br
www.rocco.com.br

Printed in Brazil/Impresso no Brasil

preparação de originais
CAROLINA CAIRES COELHO

Cip-Brasil. Catalogação na fonte.
Sindicato Nacional dos Editores de Livros, RJ.

S553e
Shepard, Sara, 1977-
  Eu nunca.../Sara Shepard; tradução de Joana Faro. – Primeira edição. – Rio de Janeiro: Rocco Jovens Leitores, 2014.
  (Lying Game; 2)

  Tradução de: Never have I ever
  ISBN 978-85-7980-188-4

  1. Ficção infantojuvenil americana. I. Faro, Joana. II. Título. III. Série.

13-06688.
CDD: 028.5
CDU: 087.5

O texto deste livro obedece às normas do
Acordo Ortográfico da Língua Portuguesa.

A verdade pura e simples é raramente pura e nunca simples.
— OSCAR WILDE

PRÓLOGO
VIDA APÓS A MORTE

É das pequenas coisas que sentimos falta depois da morte. A sensação de nos deitarmos na cama quando estamos exaustos, o cheiro puro do ar do Arizona depois de uma tempestade na temporada de chuvas, o frio na barriga ao vermos a pessoa de quem gostamos vindo pelo corredor. Meu assassino me privou de todas essas coisas pouco antes de meu décimo oitavo aniversário.

E, por causa do destino – e da ameaça de meu assassino – minha irmã gêmea perdida, Emma Paxton, assumiu minha vida.

Quando morri, há duas semanas, entrei no mundo de Emma, um mundo que não podia ser mais diferente do meu. Desde aquele primeiro momento, passei a ver o que Emma via, ir aonde ela ia... e observar. Observei Emma tentar falar comigo pelo Facebook e alguém, passando-se por mim, marcar um encontro com ela. Observei Emma viajar para Tucson com uma esperança cautelosa em relação a nosso reencontro. Observei minhas amigas abordarem Emma, confundindo-a comigo, e levarem-na para uma festa. Eu estava a seu lado quando ela recebeu a mensagem informando sobre minha morte, avisando-a de que, se não continuasse a fingir que era eu, se contasse a alguém quem ela realmente era, também morreria.

Também estou observando hoje enquanto Emma veste minha camiseta branca de malha fina preferida e passa meu blush cintilante da NARS em suas maçãs do rosto altas. Não posso dizer nada enquanto ela se enfia na calça jeans skinny que eu não tirava nos finais de semana e vasculha a caixa de joias de cerejeira em busca de meu relicário de prata favorito, que forma prismas de arco-íris pelas paredes quando é tocado pela luz. E fico em silêncio enquanto Emma envia uma mensagem de texto confirmando os planos para o brunch com minhas melhores amigas, Charlotte e Madeline, mesmo sabendo que eu teria formulado a mensagem com palavras diferentes. Ainda assim, Emma me personifica basicamente bem – quase ninguém percebeu que não sou eu.

Emma larga meu telefone e analisa seu rosto, inquieta.

– Onde você está, Sutton? – pergunta ela em um sussurro nervoso, como se soubesse que estou por perto.

Gostaria de poder mandar uma mensagem para ela do além: *Estou aqui. E vou explicar como foi minha morte*. Só que, quando eu morri, minha memória também morreu. De vez em quando vejo relances de quem eu era, mas foram poucos os momentos sólidos e palpáveis que vieram à tona. Minha morte é tão misteriosa para mim quanto é para Emma. Tudo o que sei em meu coração, em meus *ossos*, é que alguém me assassinou. E que alguém está observando Emma tão atentamente quanto eu.

Se isso me assusta? Sim. Mas, através dela, tenho a chance de descobrir o que aconteceu naqueles momentos finais antes de meu último suspiro. E, quanto mais descubro sobre quem eu era e os segredos que guardava, mais percebo quanto perigo rodeia minha gêmea há muito perdida.

Meus inimigos estão em todo lugar. E, às vezes, aqueles de quem menos suspeitamos acabam sendo as maiores ameaças.

1
UMA VIDA PENDENTE

– O terraço é por aqui. – Uma recepcionista bronzeada de nariz delicado pegou quatro cardápios com capa de couro e atravessou o salão do restaurante do La Paloma Country Club, em Tucson, Arizona. Emma Paxton, Madeline Vega, Laurel Mercer e Charlotte Chamberlain a seguiram, contornando mesas repletas de homens com blazers castanhos e chapéus de caubói, mulheres com roupas brancas de tênis e crianças comendo salsichas orgânicas de peru.

Emma se sentou em um reservado na varanda de estuque, fixando os olhos na tatuagem da nuca da recepcionista enquanto ela se afastava – um ideograma chinês que provavelmente significava alguma coisa tosca, como "fé" ou "harmonia". O terraço tinha vista para as montanhas Catalinas, e cada cacto e pedra se destacava ao sol do final da manhã. A alguns metros de distância, golfistas se reuniam em torno de um *tee*, ponderando suas tacadas iniciais ou verificando os BlackBerrys. Antes de Emma ir para Tucson e assumir a vida da irmã gêmea, o mais perto que tinha chegado de um country club fora durante o tempo em que trabalhou como atendente em um minigolfe perto de Las Vegas.

Eu, por outro lado, conhecia aquele lugar como a palma da mão. Quando me sentei, invisível, ao lado de minha gêmea, sempre atada a ela como um balão amarrado ao pulso de uma criança pequena, tive vagas lembranças. Na última vez que comera naquele restaurante, meus pais tinham me levado para comemorar por ter tirado B em todas as matérias – uma raridade para mim. Um cheiro de pimentões e ovos lembrou minha comida predileta – *huevos* rancheiros, feitos com a melhor linguiça defumada de Tucson. Eu daria tudo por uma garfada.

– Quatro sucos de tomate com rodelas de limão – disse Madeline para a garçonete, que tinha chegado. Quando a garçonete se afastou, Madeline endireitou a coluna, retomando a postura de diva do balé, sua marca registrada, jogou o cabelo preto como obsidiana para trás dos ombros e tirou um cantil prateado da bolsa com franjas. O líquido chocalhou quando ela agitou o recipiente. – Podemos fazer Bloody Marys – disse ela, piscando.

Charlotte prendeu uma mecha de cabelo louro-avermelhado atrás da orelha sardenta e sorriu.

– Um Bloody Mary me derrubaria. – Laurel beliscou com o dedão e o indicador a ponte do nariz bronzeado. – Ainda não me recuperei da noite de ontem.

— A festa foi definitivamente um sucesso. — Charlotte inspecionou seu reflexo na parte de trás da colher. — O que você achou, Sutton? Foi uma introdução apropriada à idade adulta?

— Como se ela soubesse. — Madeline cutucou Emma. — Você passou *metade* da festa *sumida*.

Emma engoliu em seco. Ainda não estava acostumada às brincadeiras insultuosas das amigas de Sutton, daquelas que surgem depois de anos de amizade. Apenas dezesseis dias e meio antes ela fazia parte do sistema de adoção e morava em Las Vegas, sofrendo em silêncio com Travis, seu maligno irmão temporário, e Clarice, a mãe temporária obcecada por celebridades. Mas, então, ela descobriu na internet um vídeo de estrangulamento com uma garota exatamente igual a ela, do formato ovalado da face às maçãs do rosto altas e olhos azul-esverdeados, que mudavam de cor de acordo com a luz. Depois de entrar em contato com Sutton, a misteriosa sósia, e descobrir que eram gêmeas idênticas há muito separadas, Emma fez uma viagem a Tucson, nervosa e animada para conhecê-la.

No dia seguinte, Emma descobriu que Sutton tinha sido assassinada — e que ela seria a próxima se não assumisse seu lugar. Embora estivesse aflita por viver uma mentira e sua pele pinicasse toda vez que alguém a chamava de "Sutton", Emma não via outra opção. Mas isso não significava que ficaria em silêncio e deixaria o corpo de sua irmã definhando em algum lugar. Ela precisava descobrir quem matara Sutton — a qualquer preço. Não apenas para fazer justiça à irmã gêmea, mas porque só assim Emma recuperaria a própria vida e teria uma chance de continuar com sua nova família.

A garçonete voltou com quatro copos de suco de tomate, e, assim que ela virou as costas, Madeline desatarraxou a tampa do cantil de aço inoxidável e despejou um pouco de líquido transparente em cada copo. Emma passou a língua pelos dentes enquanto sua mente obcecada por notícias produzia a manchete: *Menores flagradas bebendo em country club local*. As amigas de Sutton... bem, elas viviam no limite. Em vários sentidos.

– Então, Sutton? – Madeline deslizou um copo de suco de tomate batizado na direção de Emma. – Vai explicar por que abandonou sua própria festa de aniversário?

Charlotte se aproximou.

– Ou vai ter que nos matar se contar?

Emma se retraiu ao ouvir a palavra *matar*. Madeline, Charlotte e Laurel eram as principais suspeitas do assassinato de Sutton. Alguém tentara estrangular Emma com o relicário de Sutton durante uma noite na casa de Charlotte na semana anterior, e quem quer que tivesse feito aquilo também fora capaz de burlar os muitos alarmes da casa... ou já estava lá dentro. E na noite passada, na festa de aniversário de Sutton, Emma tinha descoberto que suas amigas estavam por trás do vídeo do estrangulamento de sua irmã. Fora apenas uma brincadeira; as amigas de Sutton faziam parte de um clube secreto chamado Jogo da Mentira, que se orgulhava de apavorar seus membros e os outros alunos da escola. Mas e se elas tivessem a intenção de ir muito mais longe? Haviam sido interrompidas por Ethan Landry, o único amigo verdadeiro de Emma em Tucson, mas talvez tivessem matado Sutton depois.

Para se acalmar, Emma tomou um longo gole de suco de tomate batizado e invocou sua Sutton interior, uma garota que ela descobrira ser irritável, insolente e que não levava desaforos para casa.

– Oh. Vocês sentiram saudades de mim? Ou temeram que alguém me arrastasse para o deserto e me deixasse morrer por lá? – Ela olhou para os três rostos que a encaravam, tentando detectar qualquer coisa que parecesse uma admissão de culpa. Madeline descascava seu esmalte cor de pêssego lascado. Charlotte bebia o Bloody Mary tranquilamente. Laurel olhou para o campo de golfe como se tivesse acabado de ver alguém que conhecia.

Então, o iPhone de Sutton tocou. Emma o tirou da bolsa e verificou a tela. Era uma mensagem de texto de Ethan. COMO VOCÊ ESTÁ DEPOIS DA NOITE DE ONTEM? AVISE SE PRECISAR DE ALGUMA COISA.

Emma fechou os olhos e visualizou o rosto de Ethan, seu cabelo preto, seus olhos azul-piscina, e o jeito de olhar para ela, como nenhum garoto a olhara antes. Ela sentiu uma onda de desejo e alívio.

– De quem é? – Charlotte se inclinou sobre a mesa, quase espetando os peitos em um arranjo de cactos. Emma cobriu a tela com a mão.

– Você está ficando vermelha. – Laurel apontou para Emma. – É um namorado novo? Foi por isso que você fugiu de Garret ontem à noite?

– É só minha mãe. – Emma deletou a mensagem depressa. As amigas de Sutton não entenderiam por que ela tinha saído da festa com Ethan, um garoto misterioso que estava mais interessado em olhar estrelas do que em ser popular. Mas ele era a pessoa mais sã que Emma tinha conhecido em Tucson até o momento, o único que sabia quem ela realmente era e por que estava ali.

— Então, o que exatamente aconteceu com Garret? — Charlotte franziu os lábios brilhantes, pintados com batom cor de amora. Pelo que Emma tinha entendido nas duas últimas semanas, Charlotte era a mais autoritária de sua panelinha e também a mais insegura em relação à própria aparência. Ela usava maquiagem demais e falava alto demais, como se, do contrário, ninguém fosse ouvir o que tinha a dizer.

Emma espetou o gelo no fundo do Bloody Mary com o canudo. Garrett. *Certo*. Garrett Austin era o namorado de Sutton — ou melhor, *ex*-namorado. Na noite anterior, o presente de aniversário dele para Sutton tinha sido seu corpo nu e insinuante, além de um pacote de Trojans.

Foi doloroso ver a expressão arrasada no rosto de meu namorado quando Emma o rejeitou. Eu só consegui imaginar como havia sido nosso tempo juntos, mas percebi que o relacionamento não tinha sido uma brincadeira. Embora provavelmente agora ele achasse que sim.

Os olhos azuis cristalinos de Laurel se estreitaram enquanto ela tomava um gole do drinque.

— Por que você fugiu dele? Ele é esquisito pelado? Tem três mamilos?

Emma balançou a cabeça.

— Nada disso. O problema é comigo, não com ele.

Madeline tirou o invólucro de seu canudo e o jogou na direção de Emma.

— Bom, é melhor encontrar um substituto. Faltam duas semanas para o baile, e você precisa arranjar um par antes que todos os caras decentes já estejam comprometidos.

Charlotte bufou.

— Como se *isso* já a tivesse impedido.

Emma se retraiu. Sutton tinha roubado Garrett de Charlotte no ano anterior.

Admito que aquilo não me tornava a melhor das amigas. E, a julgar pelos rabiscos com o nome dele em todo o caderno de Charlotte e pelas fotos escondidas embaixo de sua cama, estava na cara que ela ainda gostava de Garrett — o que lhe dava um motivo bem forte para me querer morta.

Uma sombra caiu sobre a mesa redonda. Um homem com o cabelo penteado para trás e olhos esverdeados parou perto de Emma e das outras. Sua camisa polo azul estava bem engomada, e sua calça cáqui, perfeitamente passada.

— Papai! — exclamou Madeline com a voz trêmula, e sua atitude de garota tranquila e descolada se desfez instantaneamente. — E-Eu não sabia que você viria aqui hoje!

O sr. Vega olhou para as bebidas pela metade na mesa. Suas narinas se contraíram, como se conseguissem sentir o cheiro do álcool. Seu rosto continuou sorridente, mas tinha um toque falso que deixou Emma inquieta. Ele fazia com que ela se lembrasse de Cliff, o pai temporário que vendia carros usados em um lote de terra perto da fronteira de Utah e que tinha a capacidade de passar de pai explosivo a vendedor bajulador e submisso em exatamente quatro segundos.

O sr. Vega passou mais um instante em silêncio. Depois, inclinou-se para a frente e apertou o braço nu de Madeline. Ela estremeceu levemente.

— Peçam o que quiserem, meninas – disse ele em voz baixa. — É por minha conta. — Ele se virou com precisão militar e começou a andar na direção da porta em arco de tijolos que dava para o campo de golfe.

— Obrigada, papai! — agradeceu Madeline com a voz um pouco trêmula.

— Que gentileza — murmurou Charlotte, hesitante, depois que ele foi embora, olhando de soslaio para Madeline.

— É. — Laurel passou o indicador pela borda ondulada de seu prato, sem encarar Madeline.

Parecia que todas queriam dizer mais alguma coisa, mas ninguém dizia... ou se atrevia a dizer. A família de Madeline era cheia de segredos. Seu irmão, Thayer, tinha fugido antes de Emma chegar a Tucson. Emma via o pôster de "desaparecido" com a foto dele em todo lugar.

Por um instante apenas, ela sentiu uma pontada de nostalgia por sua vida antiga, sua vida *segura* — algo que nunca imaginara sentir na época dos lares temporários. Havia chegado em Tucson imaginando que encontraria tudo o que sempre desejou: uma irmã, uma família para torná-la completa. Em vez disso, encontrou uma família que estava destruída e nem sabia, uma gêmea morta cuja vida parecia mais complicada a cada minuto e assassinos em potencial espreitando em todos os cantos.

A pele de Emma ficou vermelha; de repente aquela tensão silenciosa foi demais para ela. Com um ruído alto, ela afastou a cadeira da mesa.

— Já volto — disse, passando aos tropeções pelas portas de vidro em direção ao banheiro.

Ela entrou em um salão cheio de espelhos, veludo, sofás de couro cor de conhaque e uma cesta de madeira com spray de cabelo Nexxus, Tampax e frasquinhos de Purell. Um perfume pairava no ar, e música clássica saía pelos altofalantes.

Emma se deixou cair na cadeira de uma das penteadeiras e observou seu reflexo no espelho. O rosto oval, emoldurado pelo cabelo ondulado castanho e olhos que pareciam ter a cor lilás sob algumas luzes e azul-turquesa sob outras, a encaravam. Eram exatamente os mesmos traços da garota cuja imagem sorria alegremente nos retratos de família do vestíbulo dos Mercer, a mesma garota cujas roupas arranhavam a pele de Emma, como se seu corpo sentisse que não deveria estar dentro delas.

E ao redor do pescoço de Emma estava o relicário de Sutton – o mesmo que o assassino usara para estrangulá-la na cozinha de Charlotte, o mesmo que Emma tinha certeza de que Sutton usava ao ser assassinada. Toda vez que tocava a lisa superfície prateada e a via cintilar no espelho, lembrava-se de que tudo aquilo, por mais desconfortável que fosse, era necessário para descobrir quem era o assassino de sua irmã.

A porta se abriu, deixando entrar os sons do salão. Emma se virou quando uma universitária loura de camisa polo rosa com a logo do country club sobre o peito andou até ela pisando os tapetes Navajo que cobriam o chão.

– Hã, você é Sutton Mercer?

Emma assentiu.

A garota enfiou a mão no bolso da calça cáqui.

– Deixaram isto para você. – Ela entregou uma caixinha azul bem parecida com a embalagem da Tiffany. Em uma pequena etiqueta na tampa lia-se PARA SUTTON.

Emma a observou com um pouco de medo de tocá-la.

– De quem é?

A garota deu de ombros.

— Um mensageiro acabou de deixar na recepção. Suas amigas disseram que você estava aqui.

Hesitante, Emma pegou a caixa, e a garota se virou e saiu pela porta. A tampa se abriu com facilidade, revelando um estojo para joias de veludo. Muitas possibilidades passaram pela cabeça de Emma. Uma pequena e esperançosa parte dela imaginou que poderia ser de Ethan. Ou, o que seria mais constrangedor, de Garrett, na esperança de reconquistá-la.

O estojo se abriu com um rangido. Dentro dele havia um cintilante pendente de prata em forma de locomotiva.

Emma passou os dedos sobre ele. Havia um pedaço de papel no bolso interno da tampa de veludo. Ela puxou o pequeno rolinho e encontrou um bilhete escrito em letras de forma.

TALVEZ AS OUTRAS QUEIRAM ESQUECER O TROTE DO TREM, MAS ESSA LEMBRANÇA SEMPRE ME FARÁ ESTREMECER! VALEU!

Emma enfiou o bilhete de volta no estojo e o fechou. *Trote do trem.* Na noite anterior, no quarto de Laurel, ela folheara freneticamente os últimos cinquenta trotes do Jogo da Mentira. Nenhum deles tinha a ver com um trem.

O pendente de locomotiva ficou gravado em minha cabeça, e, repentinamente, um leve vislumbre me ocorreu. O apito de um trem a distância. Um grito, e depois, luzes rodopiando. Será que... Nós estávamos...?

Mas tão rápido quanto apareceu, a memória sumiu.

2

CSI, TUCSON

Ethan Landry abriu o portão gradeado para a quadra de tênis pública e entrou. Emma o observou andar na direção dela com os ombros curvados e as mãos nos bolsos. Embora já passasse das dez da noite, o luar iluminava o jeans perfeitamente surrado, os Converses gastos e o cabelo escuro desgrenhado que começava a crescer, enrolando-se adoravelmente sobre a gola de uma camisa de flanela azul-marinho. Um cadarço desamarrado se arrastava pela quadra atrás dele.

– Tudo bem se eu deixar as luzes apagadas? – Ethan indicou o aparelho que funcionava com moedas e que ligava os enormes refletores para jogos noturnos.

Emma assentiu, sentindo um frio na barriga. Ficar no escuro com Ethan não seria nada mau.

— Então, qual é o trote do trem? — perguntou ele, referindo-se à mensagem de texto que Emma enviara horas mais cedo, pedindo a ele para encontrar-se com ela nas quadras. Aquele tinha se tornado um ponto de encontro dos dois, um lugar que parecia ser exclusivamente deles.

Emma entregou a Ethan o pendente de prata.

— Alguém deixou isso para a Sutton no country club. Veio com um bilhete. — Um arrepio percorreu sua espinha quando ela repetiu o que estava escrito no bilhete.

Uma moto passou a distância. Ethan observou o pendente por todos os ângulos.

— Não sei nada sobre trem algum, Emma.

O coração de Emma saltou quando ele a chamou pelo verdadeiro nome. Era um enorme alívio. Mas também parecia perigoso. O assassino lhe dissera para não contar a ninguém. E ela tinha desobedecido à regra.

— Mas parece que o remetente participou do trote — continuou Ethan. — Ou foi vítima dele.

Emma assentiu.

Eles ficaram em silêncio por um momento, ouvindo os sons de uma bola de basquete solitária quicando em uma quadra distante. Então, Emma enfiou a mão no bolso.

— Quero mostrar uma coisa para você. — Emma entregou a ele o iPhone, e seu estômago se revirou quando seus dedos se tocaram acidentalmente. Ethan era lindo... muito lindo.

Eu também tinha que admitir que Ethan era lindo — de um jeito desgrenhado, taciturno e misterioso. Era divertido observar a paquera de minha irmã se desenvolver. Aquilo fazia com que me sentisse mais próxima dela, como se fosse algo de que falaríamos sem parar se eu ainda estivesse viva.

Emma pigarreou, e Ethan foi rolando a página que ela tinha acessado.

— É uma lista de todas as pessoas que faziam parte da vida de Sutton — explicou ela, pronunciando as palavras rapidamente. — Eu verifiquei tudo: Facebook, telefone, e-mails. E agora tenho quase certeza de que a data da morte dela foi 31 de agosto.

Ethan se virou para Emma.

— Como você sabe?

Emma deu um rápido suspiro.

— Olhe isto. — Ela tocou no ícone do Facebook. — Escrevi para Sutton às 22h30 do dia 31. — Ela aproximou a tela para Ethan poder ler a mensagem: Isso vai parecer loucura, mas acho que somos parentes. Você não seria por acaso adotada, não é? — E ela respondeu às 0h56: Nossa! Não acredito nisso. Sim, eu fui adotada...

Uma expressão incompreensível cruzou o rosto de Ethan.

— Então, como pode achar que ela morreu no dia 31 se estava escrevendo mensagens no Facebook para você?

— Eu fui a única pessoa para quem Sutton escreveu ou com quem falou naquela noite. — Emma rolou a tela pelo registro de chamadas de Sutton no dia 31. A última chamada atendida fora de Lilianna Fiorello, uma das amigas de Sutton, às 16h32; depois, às 20h39, Chamada perdida, Laurel. Mais três chamadas perdidas às 22h32, 22h45 e 22h59, de Madeline. Emma passou ao registro do dia seguinte. As chamadas perdidas começavam de novo na manhã seguinte: 9h01, Madeline; 9h02, Garrett; 10h36, Laurel.

— Talvez ela estivesse ocupada demais para atender — sugeriu Ethan. Pegou o telefone e clicou na página do Facebook de Sutton, percorrendo os posts de seu mural.

Emma segurou o relicário de Sutton.

— Chequei todo o registro de chamadas de Sutton desde dezembro. Ela atendia praticamente todas as ligações que recebia. E, se não atendesse, retornava depois.

— E esse post que ela escreveu no dia 31? — perguntou Ethan, apontando para a tela. — Não poderia significar que estava evitando todo mundo? — O último post havia sido escrito poucas horas antes do bilhete para Emma: JÁ PENSOU EM FUGIR? EU JÁ.

Emma balançou a cabeça com veemência.

— Nada intimidava minha irmã. Nem mesmo ser estrangulada. — O simples fato de dizer as palavras *minha irmã* conectou-a com Sutton de uma maneira profunda e intensa. A princípio, Emma tentara imaginar se Sutton tinha *mesmo* fugido. Talvez, colocar a irmã gêmea perdida em seu lugar fosse parte de um trote elaborado. Mas depois que alguém praticamente asfixiara Emma na casa de Charlotte, ela tinha se convencido de que era verdade. — Ethan, pare para pensar — continuou ela. — Sutton escreve esse post aleatório sobre querer fugir... e depois alguém a mata? É coincidência demais. E se ela não o escreveu? E se tiver sido o assassino? Assim, se alguém percebesse seu sumiço, ia ler seu Facebook e presumir que ela tinha fugido, não morrido. Seria uma maneira de o assassino se proteger.

Ethan rolava uma bola de tênis esquecida no chão com a sola do pé. Um rasgo ao longo da costura deformava o tecido amarelo vivo.

— Mesmo assim, isso não explica o recado que Sutton escreveu algumas horas depois, chamando você para vir a Tucson. Quem escreveu aquilo? — O tremor na voz dele revelava seu nervosismo.

Um leve calafrio percorreu a espinha de Emma.

– Acho que o assassino escreveu os dois recados – sussurrou ela. – Quando se deu conta de que eu existia, quis me trazer até aqui e me colocar na vida dela. Não existe homicídio sem cadáver.

Os olhos de Ethan percorriam a quadra como se ele ainda não acreditasse em Emma, mas eu tinha quase certeza de que minha irmã estava certa. Eu acordara na vida dela na noite de 31 de agosto, poucas horas antes de ela descobrir o vídeo de meu estrangulamento. Eu não achava que teria conseguido existir ao mesmo tempo no mundo da Sutton Viva e no da Sutton Fantasma.

Emma olhou para as silhuetas escuras das árvores a distância.

– Então, o que a Sutton estava *fazendo* naquela noite? Onde ela estava, e com quem?

– Encontrou alguma pista no quarto dela? – perguntou Ethan. – Algum e-mail, uma anotação no calendário...?

Emma balançou a cabeça, negando.

– Eu examinei o diário dela. Mas é muito enigmático e vago, como se ela imaginasse que um dia ele cairia em mãos erradas. Não há nada em lugar algum sobre o que ela fez na noite em que morreu.

– E recibos nos bolsos? – arriscou Ethan. – Anotações amassadas na lata de lixo?

– Nada. – Os olhos de Emma se fixaram no espaço entre seus pés. Repentinamente, ela se sentiu exausta.

Ethan suspirou.

– Tudo bem. E as amigas dela? Você sabe onde estavam naquela noite?

– Perguntei a Madeline – disse Emma. – Ela me disse que não se lembra.

— Que conveniente. — Ethan arrastava a ponta do tênis pela quadra. — Mas consigo imaginar Madeline como culpada. A bailarina linda e atordoada. Como um *Cisne negro* de verdade.

Emma soltou uma breve risada.

— É um pouco de exagero, não acha? — Ela havia saído várias vezes com Madeline na última semana. Tinham até conversado com franqueza sobre Thayer e dado risadas na banheira de um spa. Naqueles momentos, Madeline fazia Emma se lembrar de sua amiga dura mas afetuosa Alexandra Stokes, que morava em Henderson, Nevada.

Emma olhou para Ethan.

— Talvez Madeline estivesse falando a verdade. Você se lembra do que estava fazendo no dia 31?

— Para dizer a verdade, me lembro. Foi o primeiro dia da chuva de meteoros.

— As Perseidas — assentiu Emma. Na primeira vez que vira Ethan, ele estava observando estrelas.

Um sorriso tímido esgueirou-se pelo rosto de Ethan, como se ele também estivesse se lembrando daquele momento.

— É, provavelmente estava na varanda. A chuva dura mais ou menos uma semana.

— E você estava acampado ali porque estrelas são mais interessantes que pessoas, não é? — implicou Emma.

As bochechas de Ethan ficaram vermelhas, e ele desviou os olhos.

— Do que *algumas* pessoas.

— Devo perguntar novamente a Madeline? — insistiu Emma. — Acha que ela está escondendo alguma coisa?

Ethan balançou a cabeça devagar.

— Com essas garotas, nunca se sabe. Não que eu tivesse acesso aos segredos delas, mas sempre achei Madeline e

Charlotte estranhas. Antes de você vir para cá, quando Sutton ainda estava viva, parecia que elas competiam pela atenção e pela posição dela, ao mesmo tempo. – Ele olhou para o nada. – Como se a amassem e a odiassem.

Segurando o telefone de Sutton, Emma tocou no ícone do Twitter e abriu a página de cada uma das amigas da irmã, sem encontrar nada digno de nota no dia 31. Mas quando passou para os tuítes do dia 1º de setembro, algo na página de Madeline chamou sua atenção. Ela tinha escrito um agradecimento para @chamberlainbabe, o nome de usuário de Charlotte. Obrigada por ficar do meu lado ontem à noite, char. Amigas de verdade ficam juntas, em qualquer situação.

– Amigas de verdade – disse Ethan com sarcasmo. – Uau.

– Está mais para *Oi?* – Havia algo errado. – Madeline e Charlotte não são melosas. Nem um pouco. – Para Emma, elas mais pareciam rivais no mesmo exército de garotas populares.

Então, Ethan apontou para *ontem à noite.*

– Madeline está falando do dia 31.

Eu estremeci. Talvez elas tivessem me visto naquela noite. Era possível que tivessem matado sua pseudomelhor amiga juntas. E talvez, se Emma não tomasse cuidado, ela fosse a próxima.

Emma passou as mãos pelo rosto, depois olhou novamente para Ethan. Seu peito estava cheio de culpa. Quem quer que tivesse matado sua irmã estava monitorando todos os seus movimentos. Quanto tempo o assassino levaria para perceber que Ethan sabia a verdade e tentar silenciá-lo também?

– Sabe, você não precisa me ajudar – sussurrou ela. – Não é seguro.

Ethan se virou para encará-la com um olhar intenso.

— Você não deve ficar sozinha.

— Tem certeza?

Quando ele assentiu, Emma se sentiu repentinamente inundada de gratidão.

— Bom, obrigada. Eu estava desmoronando sozinha.

Ethan ficou surpreso.

— Você não parece o tipo de garota que desmorona em alguma situação.

Emma queria esticar a mão e tocar o ponto onde o luar tocava a bochecha dele. Ele se moveu um centímetro mais para perto até seus joelhos se esbarrarem e o rosto dele se inclinar em direção ao dela, como se estivesse a ponto de beijá-la. Emma sentiu o calor do corpo dele cada vez mais perto, totalmente atenta a seu lábio inferior carnudo.

Sua mente rodopiava, lembrando-se da noite anterior, quando ele dissera que estava apaixonado pela garota que tinha assumido a vida de Sutton. Que estava apaixonado por *ela*. Outra garota saberia como agir. Em seu diário, Emma tinha uma lista chamada Formas de Flertar, mas nunca havia colocado nenhuma das técnicas em prática.

Clic.

Emma se levantou depressa, virando a cabeça para a direita. Do outro lado da quadra, de trás de uma árvore, vinha o suave brilho azul de um celular, como se alguém estivesse parado ali, observando-os.

— Viu aquilo?

— O quê? — sussurrou Ethan.

Emma esticou o pescoço. Mas só viu escuridão, e teve a inquietante sensação de que alguém tinha visto — e *ouvido* — tudo.

3
GIRANDO EM CÍRCULOS

Na manhã de segunda-feira, Emma se sentou num canto na sala de cerâmica do Hollier High. Estava cercada de pelotas de argila cor de cimento, ferramentas de madeira para esculpir e cortar, e tigelas emborcadas sobre tábuas de madeira esperando para entrar na fornalha. O ar tinha um cheiro terroso e úmido, e havia um constante chiado de tornos girando e pés desajeitados batendo contra os pedais.

Madeline se estirou no banco à direita de Emma, olhando para seu torno de cerâmica com ódio, como se fosse um instrumento de tortura.

– Por que fazer cerâmica? Não é para isso que serve a Pottery Barn?

Charlotte bufou.

— A Pottery Barn não vende cerâmica só por causa desse nome! Ou você também acha que a Crate & Barrel vende engradados e barris?

— E que a Pier 1 vende píeres? — Laurel riu, uma fileira à frente delas.

— Menos falação e mais *criação*, meninas — disse a sra. Gilliam, a instrutora de cerâmica, ziguezagueando entre os tornos, fazendo tilintar os sininhos de sua tornozeleira enquanto andava. A julgar pela aparência, a sra. Gilliam era uma daquelas pessoas que não poderiam ter outra profissão além de professora de arte. Usava calças largas de malha, coletes de jacquard e colares chamativos sobre túnicas de batique que cheiravam a patchuli bolorento. Suas palavras eram enfáticas e faziam Emma se lembrar de uma assistente social que conhecera, a sra. Thuerk, que sempre falava como se estivesse fazendo um monólogo shakespeariano. *Ora, Emma... estás tu sendo bem tratada neste lar para infantes de temporário cuidado em Nevada?*

— Ótimo trabalho, Nisha — murmurou a sra. Gilliam quando passou pela mesa de esmaltagem, onde vários alunos pintavam suas cerâmicas em tons terrosos. Nisha Banerjee, que era cocapitã de Sutton na equipe de tênis, virou-se e abriu um sorriso sarcástico e triunfante para Emma. Seus olhos reluziam de puro ódio, o que causou uma onda de medo no peito de Emma. Estava claro que Nisha e Sutton se detestavam: Nisha olhava feio para Emma desde que ela assumira a vida de Sutton.

Desviando o olhar, Emma posicionou uma pelota de argila cinza no centro do torno, envolveu-a com as mãos e deixou o torno girar lentamente até obter uma forma semelhante a uma tigela. Laurel soltou um assobio baixo.

— Como conseguiu fazer isso?

— Hã, sorte de principiante? – Emma deu de ombros como se não fosse nada de mais, mas suas mãos tremeram levemente. Uma manchete apareceu em sua cabeça: *Habilidades para a cerâmica revelam que Emma Paxton se passava por Sutton Mercer. Escândalo!* Emma tinha aprendido a fazer cerâmica em Henderson. Ela passava horas usando o torno depois da aula; era muito melhor que ir para a casa de Ursula e Steve, os pais temporários hippies com quem morava na época e que não eram a favor do banho. A regra da sujeira se aplicava a eles, suas roupas e seus oito cachorros sarnentos.

Emma atravessou a tigela com a mão e soltou um falso suspiro de tristeza quando ela se despedaçou.

— Minha sorte já era.

Assim que a sra. Gilliam foi para perto da fornalha, Emma deu uma olhada para Madeline e tirou o pé do pedal. Madeline e as outras ainda eram as suspeitas mais prováveis da morte de Sutton. Mas ela não tinha provas.

Limpando as mãos em um pano, ela pegou o iPhone de Sutton e checou o calendário.

— Hã, gente? – disse ela. – Alguém sabe quando eu fiz luzes pela última vez? Eu me esqueci de marcar no calendário e quero deixar um lembrete para a próxima vez. Foi em... 31 de agosto?

— Em que dia da semana caiu? – perguntou Charlotte. Ela parecia exausta, como se tivesse passado a noite anterior em claro. Charlotte apertava a argila com força demais, transformando a tigela que estava fazendo em uma panqueca mole.

Emma tocou a tela do telefone outra vez.

— Hã... foi no dia anterior à festa de Nisha. — *Um dia antes de Mads me sequestrar no Sabino Canyon, achando que eu era Sutton. Ou talvez sabendo que eu não era.* — Dois dias antes do começo das aulas.

Charlotte olhou para Madeline.

— Não foi nesse dia que nós...

— Não — retrucou rapidamente Madeline, encarando Charlotte com um olhar gelado. Depois, virou-se para Emma. — Nenhuma de nós sabe onde *você* estava naquele dia, Sutton. Outra pessoa vai ter que curar sua amnésia.

A luz fluorescente reluzia sobre a pele de porcelana de Madeline. Seus olhos se estreitaram para Emma, como se a desafiassem a parar de falar naquele assunto. Charlotte olhava de Emma para Madeline, parecendo repentinamente alerta. Até mesmo as costas de Laurel estavam rígidas à frente delas.

Emma esperou, sabendo que tinha tocado em um ponto fraco e esperava que alguém lhe dissesse o que era. Mas como o silêncio tenso persistiu, ela desistiu. *Tente outra vez*, pensou, enfiando a mão no bolso e envolvendo com os dedos o pingente prateado de locomotiva.

— Não importa. Então, eu estava pensando que está na hora de fazer um novo trote do Jogo da Mentira.

— Ótimo — murmurou Charlotte, com os olhos novamente focados na rodopiante pelota de argila que tinha diante de si. — Alguma ideia?

Do outro lado da sala, uma garota lavava as mãos na pia, e um estrondo veio da fornalha.

— Foi incrível quando eu roubei o carro da minha mãe. — Ela se lembrava de ter visto o vídeo desse trote no computador de Laurel. — Talvez devêssemos fazer algo parecido de novo.

Madeline assentiu, pensando:

— Talvez.

— Só que... com uma mudança — continuou Emma, dizendo as palavras que tinha ensaiado na noite anterior no quarto de Sutton. — Tipo, podíamos deixar o carro de alguém no meio de um lava-rápido. Ou jogá-lo em uma piscina. Ou abandoná-lo nos trilhos de um trem.

Ao ouvir a palavra *trilhos*, Charlotte, Laurel e Madeline se retraíram. Uma pontada quente e aguda percorreu as entranhas de Emma. *Na mosca*.

— Muito engraçado. — Charlotte amassou sua argila com um forte golpe.

— Repetições são proibidas, lembra? — sussurrou Laurel, olhando para trás.

Madeline passou as costas da mão na testa e olhou para Emma.

— Também espera que a polícia apareça outra vez?

A polícia. Tentei ao máximo forçar a memória a vir à tona. Mas o relance que eu vira dos trilhos do trem tinha virado pó.

Emma olhou para as amigas de Sutton com a garganta seca. Mas, antes de conseguir formular a pergunta seguinte, um som alto de microfonia soou pelo sistema de alto-falantes.

— Atenção! — disse a voz de Amanda Donovan, uma aluna do último ano que lia os anúncios diários. — Está na hora de anunciar as eleitas para a corte do Baile de Dia das Bruxas da Semana de Boas-Vindas, eleitas pelos talentosos times masculinos de futebol e futebol americano, cross-country e vôlei! Faltam duas semanas, fantasmas e gnomos, então comprem seus ingressos hoje, antes que acabem! Eu e meu par já compramos!

Madeline contraiu os lábios, enojada.

— Com quem Amanda vai? Tio Wes?

Charlotte e Laurel deram uma risadinha. O tio de Amanda era Wes Donovan, narrador esportivo que tinha um programa de rádio na emissora Sirius. Amanda citava o nome dele com tanta frequência durante os anúncios matutinos que Madeline jurava que eles tinham um caso secreto.

— Por favor, vamos parabenizar Norah Alvarez, Madison Cates, Jennifer Morrison, Zoe Mitchell, Alicia Young, Tinsley Zimmerman...

Cada vez que um nome era dito, Madeline, Charlotte e Laurel colocavam o dedão para cima ou para baixo.

— ... e Gabriella e Lilianna Fiorello, nossas *primeiras* gêmeas da corte do Baile de Boas-Vindas! — concluiu Amanda. — Meus parabéns, garotas!

Madeline piscou várias vezes, como se estivesse acordando de um sonho.

— As Gêmeas do Twitter? Na corte?

Charlotte torceu o nariz.

— Quem votou nelas?

Emma olhava de uma para a outra, tentando acompanhar. Gabby e Lili Fiorello, as Gêmeas do Twitter, eram gêmeas bivitelinas do ano delas. Ambas tinham grandes olhos azuis e cabelo louro-mel, mas também ostentavam outros traços particulares, como a pinta no queixo de Lili ou os lábios de Angelina Jolie de Gabby. Emma ainda não sabia se Gabby e Lili estavam dentro ou fora da panelinha; elas tinham dormido na casa de Charlotte duas semanas antes, quando o agressor anônimo quase a matara asfixiada, mas não faziam parte do Jogo da Mentira. Com expressões estúpidas, as mesmas ideias e um vício por iPhones, para Emma, elas pareciam bonitas e vazias, só servindo de enfeite.

Mas eu não tinha tanta certeza assim. Se havia algo que estava aprendendo era que as aparências enganam...

Como se fosse ensaiado, quatro toques de celular altos encheram a sala. Charlotte, Madeline, Laurel e Emma procuraram os telefones. Na tela de Emma, havia duas novas mensagens de texto, uma de Gabby, outra de Lili. SABEMOS QUE SOMOS MARAVILHOSAS!, dizia Gabby. MAL PODEMOS ESPERAR PARA USAR NOSSAS COROAS!, escrevera Lili.

— Divas — disse Madeline a seu lado. Emma olhou para o telefone dela. Madeline recebera as mesmas mensagens.

Charlotte escarneceu, também olhando para o telefone.

— As duas deviam ir de Carrie, a Estranha. Aí, poderíamos jogar sangue de porco na cabeça delas.

O telefone de Emma tocou mais uma vez. Lili havia enviado mais uma mensagem para ela: QUEM É A MAIS BELA DE TODAS? ENGULA ESSA, VADIA-RAINHA!

— Bom, agora elas oficialmente não vão acampar conosco depois do baile — declarou Charlotte.

— Vamos acampar de novo? — perguntou Laurel, torcendo o nariz.

— É uma tradição — falou Charlotte, ríspida. Ela olhou para Emma. — Não é, Sutton?

Acampar? Emma levantou uma das sobrancelhas. Aquelas garotas não pareciam gostar de ar livre. Mas ela assentiu.

— É.

— Talvez pudéssemos ir àquelas fontes termais incríveis em Mount Lemmon — disse Madeline, enrolando seu cabelo escuro em um coque. — Gabby e Lili disseram que são cheias de sais naturais que deixam a pele maravilhosa.

— Chega de falar de Gabby e Lili — resmungou Charlotte, ajustando a faixa azul-centáurea no cabelo. — Não acredito que temos que planejar uma festa para elas. Elas vão ficar insuportáveis.

Emma franziu a testa.

— Por que temos que planejar a festa?

Por um instante, todas fixaram os olhos nela. Charlotte estalou a língua.

— Você se lembra de uma organizaçãozinha chamada Comitê do Baile de Boas-Vindas? A única atividade que você faz desde o primeiro ano?

Emma sentiu o pulso acelerar. Ela forçou uma risada falsa.

— Eu estava sendo *irônica*. Já ouviu falar disso?

Charlotte revirou os olhos.

— Bom, infelizmente a festa de coroação *não pode* ser irônica. Temos que fazer melhor do que a do ano passado.

Emma fechou os olhos. Sutton... em um comitê de baile? Sério? Quando Emma estudava na Henderson High, ela e a melhor amiga, Alex, zombavam das garotas ridículas do comitê. Eram todas projetos de Martha Stewart, obcecadas com o preparo de cupcakes, colocação de serpentinas e escolha das melhores seleções de música lenta.

Mas, pelo que eu me lembrava, era uma honra fazer parte do Comitê do Baile de Boas-Vindas do Hollier. A escola também tinha uma política rígida que ditava que as planejadoras do baile não podiam fazer parte da corte, e era por isso que Amanda não dissera meu nome. Mas, se minha memória fraca não me falhava, no último baile eu tinha desfilado pelo salão com uma faixa da corte ao redor do torso.

Fiquei pensando se Emma ainda estaria presente para assumir meu lugar no baile de formatura daquele ano. Meu assassinato poderia ficar *tanto* tempo sem solução? Será que Emma ainda estaria vivendo essa mentira na primavera? Todos esses pensamentos me deixaram apavorada. E também me encheram de uma tristeza agora familiar: não haveria mais bailes de formatura para mim. Nunca mais corsages bregas, limusines e festas pós-baile. Eu sentia falta até das músicas ruins e dos DJs idiotas que achavam que seriam a próxima grande sensação. Quando era viva, tinha deixado tudo aquilo passar rápido demais, sem registrar aqueles momentos, sem me dar conta do quanto eram bons.

O sinal tocou, e as garotas se levantaram dos tornos. Emma ficou diante da pia, deixando a água fria lavar suas mãos sujas de argila. Enquanto as secava em papel toalha, o celular de Sutton tocou em sua bolsa mais uma vez. Suspirando, Emma o pegou. Será que Gabby e Lili tinham enviado *outra* mensagem?

Mas era um e-mail da conta da própria Emma, que ela tinha registrado no telefone de Sutton. DE ALEX, dizia. ESTOU PENSANDO EM VOCÊ! LIGUE QUANDO PUDER. MAL POSSO ESPERAR PARA CONVERSAR! BJS

Emma segurava o iPhone, pensando em como responder. Fazia dias que tinha escrito para Alex, a única pessoa além de Ethan que sabia sobre sua viagem para o Arizona. Mas ao contrário do que fizera com ele, Emma tinha maquiado a verdade para Alex, que ainda achava que Sutton estava viva e que acolhera a irmã. Às vezes, ao acordar, Emma tentava fingir que tudo aquilo acontecera mesmo, e que os eventos e ameaças anteriores tinham sido um sonho. No diário, ela começara até uma seção chamada *Coisas que Sutton e eu faríamos se ela estivesse aqui*. Ela ensinaria Sutton a preparar profiteroles, algo que tinha aprendido ao trabalhar em um bufê depois da escola. Sutton ia mostrar a ela como curvar os cílios, coisa que Emma nunca tinha dominado. E talvez, na escola, elas trocassem de lugar por um dia, indo uma às aulas da outra e atendendo pelo nome uma da outra. Não porque precisavam. Porque *queriam*.

De repente, Emma teve a clara sensação de que alguém a observava. Ela se virou rapidamente e viu que a sala de cerâmica estava quase vazia. Mas, no corredor, dois pares de olhos estavam fixos nela. Eram Gabby e Lili, as Gêmeas do Twitter. Quando perceberam que Emma as vira, abriram um sorriso malicioso, aproximaram-se uma da outra e sussurraram. Emma estremeceu.

Alguém tocou o braço de Emma, e ela tomou outro susto. Laurel estava atrás dela, encostada ao grande barril cinzento cheio de argila que ficava ao lado da pia.

– Ah, oi. – O coração de Emma pulsava em seus ouvidos.

– Só estou esperando você. – Laurel jogou uma mecha de cabelo com reflexos louros para trás do ombro e olhou para o iPhone na mão de Emma. – Escrevendo para alguém interessante?

Emma deixou o telefone de Sutton cair dentro da bolsa.

– Hã, na verdade, não. – O lugar onde vira as Gêmeas do Twitter agora estava vazio.

Laurel segurou seu braço.

— Por que você falou do trote do trem? – perguntou ela com a voz baixa e severa. – Ninguém acha isso engraçado.

A nuca de Emma ficou salpicada de suor, e ela abriu a boca, mas não conseguiu dizer nada. As palavras de Laurel ecoavam o bilhete que ela recebera: *Talvez as outras queiram esquecer o trote do trem, mas essa lembrança sempre me fará estremecer!* Algo tinha acontecido naquela noite. Algo terrível.

Emma respirou fundo, endireitou os ombros e envolveu a cintura de Laurel com o braço.

— Não seja tão sensível. Agora vamos. Este lugar está fedendo. – Ela torceu para ter parecido mais tranquila do que estava.

Laurel olhou para Emma por um instante, mas depois foi com ela para o corredor cheio. Emma soltou um suspiro de alívio quando Laurel seguiu na direção oposta. Sentiu que tinha escapado por pouco de algo grave.

Ou talvez, pensei, tivesse aberto a caixa de Pandora.

4
EVIDÊNCIAS IMPRESSAS

Depois da aula de tênis, Laurel entrou com seu Jetta da Volkswagen na rua dos Mercer em um condomínio na base das Catalinas, que tinha casas de estuque cor de areia e jardins cheios de flores e cactos. O único som no carro de Laurel era sua mandíbula mascando o chiclete que ela tinha enfiado na boca.

– Então... obrigada pela carona – disse Emma, tentando quebrar o silêncio constrangedor.

Laurel lançou a Emma um olhar gélido.

– Você vai tirar seu carro do depósito algum dia, ou vou ter que ser sua motorista para sempre? Não dá para continuar dizendo que o carro está na casa da Madeline, sabia? A mamãe e o papai não são *tão* idiotas.

Emma se afundou no banco. O carro de Sutton fora apreendido antes de sua chegada a Tucson. Aparentemente, ela teria de resgatá-lo se Lauren não quisesse mais lhe dar carona.

Então, Laurel ficou em silêncio mais uma vez. Ela estava fria com Emma desde a aula de cerâmica, virando as costas quando Emma pediu para ser sua dupla nos voleios de tênis e dando de ombros quando ela sugeriu passarem na Jamba Juice a caminho de casa. Emma gostaria de conhecer as palavras mágicas para fazer Laurel se abrir, mas não tinha muita experiência em navegar pelo mundo dos relacionamentos fraternos. Tivera irmãos temporários, claro, mas esses relacionamentos raramente acabavam bem.

Não que meu relacionamento com Lauren tivesse recebido um fim melhor. Não éramos próximas havia anos. Eu via relances de nós duas muito mais novas, de mão dadas em um brinquedo no parque de diversões e espionando o jantar de nossos pais com os amigos quando éramos pequenas, mas algo tinha acontecido entre aquela época e agora.

Depois de passar por três casas grandes – duas das quais tinham jardineiros regando as árvores – Laurel estacionou na entrada da garagem dos Mercer.

– Merda – disse ela entredentes.

Emma seguiu o olhar de Laurel. Sentado no banco de ferro fundido da varanda dos Mercer estava Garrett. Ele ainda usava as chuteiras e a blusa de treino do futebol. Duas joelheiras enlameadas cobriam seus joelhos, e ele envolvia um capacete de ciclismo com os braços.

Emma saiu do carro e bateu a porta.

– O-Oi – disse ela, hesitante, com os olhos fixos no rosto de Garrett. Os cantos de sua boca rosada estavam franzidos.

Seus olhos castanho-claros ardiam. O cabelo louro estava suado do treino. Ele estava sentado bem na ponta do banco da varanda, como um gato pronto a atacar.

Laurel seguiu Emma até a entrada da garagem, acenou para Garrett e entrou.

Lentamente, Emma subiu os degraus da varanda, parando a uma distância segura de Garrett.

— Como você está? — perguntou ela com uma voz fraca.

Garrett fez um barulho horrível com a garganta.

— Como acha que eu estou?

Os irrigadores chiaram no jardim, jogando uma névoa de água sobre as plantas. A distância, um cortador de grama foi ligado. Emma suspirou.

— Eu sinto muito.

— Mesmo? — Garrett segurava o capacete com as grandes mãos. — Sente tanto que não retornou minhas ligações? Sente tanto que nem olha para mim agora?

Emma olhou para seu peito forte, suas pernas tonificadas e a barba rala em seu queixo. Ela entendia o que Sutton via nele e se sentiu angustiada por ele não saber a verdade.

— Sinto muito. — As palavras ficaram presas na garganta de Emma. — Este verão está sendo estranho — disse ela. *Aquilo* era amenizar as coisas.

— Estranho porque você conheceu outra pessoa? — Garrett fechou o punho, fazendo saltar os músculos de seu antebraço.

— Não! — Emma deu um passo surpreso para trás, quase esbarrando nos mensageiros do vento que a sra. Mercer tinha pendurado no beiral.

Garrett limpou as mãos na camisa.

– Jesus! No mês passado, você estava a fim. A fim de *mim*. Por que começou a me odiar de repente? Foi isso o que todo mundo me avisou? Esse é um clássico de Sutton Mercer?

Um clássico de Sutton Mercer. As palavras ecoaram, dolorosas, em meus ouvidos, um refrão que eu ouvira muitas vezes nas últimas semanas. De meu novo ponto de vista, tinha começado a perceber como tratava mal os outros.

– Eu não odeio você – protestou Emma. – Eu só...

– Quer saber? Eu não ligo. – Garret bateu as mãos espalmadas contra as laterais das pernas e se levantou. – Acabou. Eu não quero suas desculpas. Não vou mais cair nos seus jogos. Isso foi exatamente o que você fez com o Thayer. Eu deveria ter me tocado.

Emma recuou diante da aspereza da voz de Garrett – e da menção ao irmão de Madeline.

Thayer. Ouvir aquele nome fez seus olhos verde-claros, maçãs do rosto altas e cabelo escuro desgrenhado passarem por minha mente. E então, vi outra coisa: uma imagem de nós dois parados no pátio da escola. Lágrimas corriam por meu rosto enquanto Thayer falava comigo em um tom urgente, como se tentasse me fazer entender alguma coisa, mas a lembrança se desfez, embora eu tentasse segurá-la.

Emma se esforçou para controlar a voz.

– Não sei o que você pensa que eu...

– Quero meu jogo *Grand Theft Auto* de volta – interrompeu Garrett, virando-se para o gramado impecável dos Mercer. Um labrador preto levantou a pata em um freixo. – Está no seu PS3.

– Vou procurar – murmurou Emma.

— E acho que também não preciso disso. — Garrett tirou um ingresso longo e fino da sacola. *Baile de Dia das Bruxas da Semana de Boas-Vindas*, dizia em letras que pareciam derreter. Ele o empurrou para ela quase com violência, depois se aproximou até estarem praticamente se tocando. Seu corpo tremia com o que parecia ser energia reprimida e pronta para explodir. Emma prendeu a respiração, totalmente consciente de que não sabia o que ele podia fazer em seguida. — Tenha uma boa vida, Sutton — sussurrou Garrett, com a voz gelada. Suas chuteiras estalaram alto quando ele saiu batendo os pés pela entrada da garagem, montou em sua bicicleta e foi embora.

— Tchau — sussurrei para suas costas que se afastavam.

Aquilo correra bem. Tecnicamente, fora o primeiro término da vida de Emma — todos os seus relacionamentos anteriores tinham terminado em amizade mútua ou esfriado naturalmente. Era compreensível que todo mundo achasse aquilo horrível.

Abalada, Emma se virou para entrar. Enquanto atravessava a varanda, um SUV esportivo branco na rua chamou sua atenção. Ela estreitou os olhos e viu um relance de cabelo louro através do para-brisa. Mas, antes de conseguir distinguir um rosto, o carro saiu em alta velocidade, sumindo em uma nuvem de fumaça do cano de descarga.

Emma encontrou Laurel na cozinha, cortando uma maçã em fatias finas.

— Conhecemos alguém que tenha um SUV esportivo branco? — perguntou ela.

Laurel a encarou.

— Além das Gêmeas do Twitter?

Emma franziu a testa. As gêmeas moravam do outro lado da cidade.

– Então? – perguntou Laurel. – O que aconteceu com Garrett? – Havia uma expressão presunçosa em seu rosto. Agora *ela quer conversar*, pensou Emma amargamente.

Emma andou até a ilha da cozinha e enfiou uma fatia suculenta de maçã na boca.

– Acabou.

A expressão de Laurel se suavizou um pouco.

– Você está bem?

Emma enxugou as mãos no short de tênis.

– Vou ficar. – Ela olhou para Laurel. – Acha que ele vai?

Laurel mordeu uma fatia de maçã e olhou para o quintal pelas portas de vidro.

– Não sei. Garrett sempre foi um enigma para mim – disse ela por fim. – Sempre me perguntei se havia algo mais por trás da fachada.

Emma estremeceu, pensando em como Garrett tinha se aproximado dela na varanda.

– Ah, não sei. – Laurel fez um gesto despreocupado com a mão, como se repentinamente tivesse se lembrado de que não estava falando com Emma naquele dia. Ela empurrou uma pilha de cartas pela mesa. – São para você.

Depois, Laurel se virou e saiu pelo corredor. Enquanto Emma olhava os catálogos distraidamente, pensando na visita de Garrett e nas palavras assustadoras de Laurel, um envelope com a logo de um banco no canto superior chamou sua atenção. AMEX BLUE, dizia a etiqueta. Estava endereçado a Sutton Mercer.

A respiração de Emma ficou presa na garganta enquanto ela o rasgava para abrir. Era a fatura do cartão de crédito de Sutton do mês do assassinato. Com os dedos trêmulos, ela desdobrou o papel e esquadrinhou a coluna de débitos de agosto. CBGB... Sephora... Walgreen's... AJ's Gourmet Market. Então seu olhar recaiu sobre um débito de 31 de agosto. *Oitenta e oito dólares. Clique.*

Seus nervos ficaram à flor da pele. *Clique.* A palavra repentinamente pareceu agourenta, como o som da trava de segurança de uma arma sendo solta.

Emma pegou o telefone de Sutton na bolsa. Ethan atendeu no segundo toque.

– Não marque nada para hoje à noite – sussurrou Emma. – Acho que conseguimos algo.

5

MOMENTOS EXTREMOS PEDEM MEDIDAS EXTREMAS

Horas mais tarde, Emma e Ethan estavam sentados no velho Honda vermelho-escuro dele em um estacionamento que ficava atrás de várias lojas perto da Universidade do Arizona. O cheiro de pizza no forno a lenha enchia o ar, e universitários tontos passavam cantando músicas desafinadas da Taylor Swift. Havia a Wonderland, uma loja de maconha medicinal, o Pink Pony, um salão de beleza punk-rock, e um lugar chamado Wildcat Central, que vendia moletons e copos de bebida da Universidade do Arizona. Bem no final, ficava a loja Clique.

Ethan baixou a aba de seu boné do time de beisebol Arizona Diamondbacks.

— Pronta?

Emma assentiu, contendo o nervosismo. Ela *tinha* que estar pronta.

Quando Ethan soltou o cinto de segurança, ela se sentiu inundada por uma onda de gratidão.

— Ethan? — Ela tocou a pele macia de seu cotovelo, e minúsculas ferroadas de calor percorreram as pontas de seus dedos. — Só quero agradecer. De novo.

— Ah. — Ethan pareceu meio envergonhado. — Não precisa ficar me agradecendo. Não sou a Madre Teresa. — Ele abriu a porta do carro com o pé. — Vamos, está na hora do show.

Os manequins na vitrine da Clique usavam máscaras *avant-garde* de Dia das Bruxas. Casacos de caxemira luxuosos, vestidos de seda e cachecóis diáfanos pendiam de seus corpos. Seus olhos pretos e vazios encaravam Emma. Sinos tocaram quando Ethan empurrou a porta da frente.

Eu observei o lugar, tentando obter um mínimo de reconhecimento. Uma grande mesa coberta de jeans skinny, calças de algodão skinny, calças cargo skinny e leggings ainda mais skinny preenchiam a maior parte do espaço da frente da loja. Botas, sapatilhas, saltos e espadrilhas estavam alinhados no peitoril da janela como soldados prontos para a batalha. Mas nada se destacava; parecia apenas o tipo de loja que eu frequentava habitualmente.

Emma andou até uma arara e olhou a etiqueta de preço de uma camiseta de algodão branca simples. *Oitenta dólares?* Seu guarda-roupa inteiro do segundo ano tinha custado menos que isso.

— Posso ajudá-la?

Emma se virou e viu uma morena alta com um olhar de Megan Fox e peitos de Heidi Montag. Quando a garota viu Ethan, seu rosto se iluminou.

— Ethan? Oi!

— Ah, oi, Samantha. — Ethan passou os dedos por uma peça de roupa que estava em cima da mesa, mas corou e recuou ao perceber que era uma calcinha de renda rosa. — Não sabia que você trabalhava aqui.

— É só meio expediente. — A vendedora da loja olhou novamente para Emma. Sua expressão ficou amarga. — Você dois são... *amigos*?

Ethan olhou para Emma com o canto da boca contraído.

— Sutton, esta é Samantha. Ela estuda no St. Xavier. Samantha, esta é Sutton Mercer.

Samantha arrancou a camiseta de algodão das mãos de Emma e recolocou-a na arara.

— Sutton e eu já nos conhecemos.

Emma endireitou os ombros, atenta ao tom de Samantha.

— Hã, é — disse ela. — Na verdade, eu queria saber se você tem um registro de transações. — Ela mostrou a fatura do cartão de crédito da irmã. — Estou meio encrencada por gastar demais no cartão de crédito e quero devolver umas coisas que comprei no dia 31 de agosto. — Ela soltou uma risadinha constrangida. — O problema é que não consigo lembrar o que comprei aqui.

Samantha pressionou a mão contra o peito, fingindo surpresa.

— Você não se lembra do que comprou?

— Hã, não. — Emma queria revirar os olhos. Se soubesse a resposta, por que estaria perguntando? Mas precisava da ajuda de Samantha, então tinha que morder a língua e guardar aquela resposta para o arquivo Respostas que Eu Deveria Ter Dado, uma compilação de respostas grosseiras que lhe ocorriam, mas que ela não se atrevia a falar.

— Você se lembra do que *roubou*? — provocou Samantha.

— O quê?

— Na última vez que esteve aqui — disse Samantha devagar, como se estivesse falando com uma criança do jardim de infância —, você e suas amigas roubaram um par de brincos de ouro martelado. Ou convenientemente esqueceu isso também?

Ao que parecia, passei meu último dia na terra roubando lojas.

Emma se agarrou às palavras de Samantha.

— Minhas amigas? Quem?

— Sério, o que você está tomando? — Os olhos de Samantha estavam em brasa. — Pode acreditar, se eu soubesse quem eram ou tivesse provas concretas do que vocês fizeram, daria queixa em um piscar de olhos. — Com isso, ela se virou, foi para os fundos da loja com suas botas de saltos com tachas e começou a reorganizar um mostruário de suéteres com estampa argyle.

Por um momento, os únicos sons da loja foram as batidas de um mix de dance music do Chemical Brothers. Então, Emma passou os dedos sobre um vestido de lã áspera e olhou para Ethan.

— Com que amigas Sutton poderia estar? Por que não me contaram?

Ethan pegou uma sapatilha de balé, revirando-a entre as mãos antes de recolocá-la ao lado do outro pé.

— Talvez o roubo as tenha deixado apavoradas.

— Apavoradas por roubar em uma loja? Sério? — Emma se aproximou de Ethan e baixou a voz até se tornar um sussurro. — Estamos falando das mesmas garotas que estrangularam

Sutton por *diversão*. E, quando a polícia me escoltou até o Hollier em uma viatura no primeiro dia de aula, elas acharam o máximo.

A mente de Emma voltava a seu breve conflito na delegacia. Os policiais a tinham desconsiderado com extrema rapidez quando ela tentara explicar quem era, não acreditando nem por um segundo que podia ser outra pessoa além de Sutton. Mas, enfim, Sutton tinha uma longa ficha – o policial de plantão, detetive Quinlan, mostrara uma enorme pasta de papel repleta de seus delitos passados. Provavelmente continha inúmeros trotes do Jogo da Mentira.

Emma se empertigou quando um pensamento lhe ocorreu de repente. E se a pasta contivesse alguma coisa sobre o trote do trem? Madeline tinha comentado que a polícia aparecera. Dos fundos da loja, Samantha a observava com o canto do olho.

Ethan tocou o ombro de Emma.

– Não estou gostando de sua expressão – disse ele. – No que está pensando?

– Você vai ver. – Emma pegou casualmente uma bolsa clutch turquesa Tory Burch da mesa. Quando teve certeza de que Samantha estava olhando, enfiou-a dentro da blusa. Sentiu na pele o couro macio.

– O que é isso? – Ethan fez um movimento frenético de cortar a garganta. – Está louca?

Emma o ignorou.

Seu pulso estava acelerado. Aquilo era muito estranho e *errado*. Becky sempre roubava lojas de conveniência – pegando um chocolate aqui, enfiando um pacote de chicletes no bolso de Emma ali, e uma vez até saíra com garrafas de dois litros de Coca-Cola enfiadas sob a camisa como dois peitos bizarros. Emma estava sempre com medo de que a polícia levasse as duas para a cadeia – ou pior, que a afastasse da mãe. Mas, no fim, a polícia não levara Becky; ela abandonara a filha por vontade própria.

– Pare onde está!

Emma congelou com a mão na maçaneta. Samantha a fez se virar. Suas sobrancelhas formavam um *V* perfeito.

– Bela tentativa. Devolva.

Suspirando, ela retirou a mão da cintura e soltou a camisa. A bolsa caiu no chão com um baque, a corrente dourada tilintou contra o piso de lajotas. Uma garota seminua enfiou a cabeça para fora do provador, perplexa.

Samantha pegou a clutch do chão com um sorriso petulante e tirou um BlackBerry do bolso da calça jeans justa. Ela fez uma chamada.

– Espere. – Ethan contornou um sofá de veludo vinho. – É só um mal-entendido. Eu posso explicar.

– Polícia, emergência? – chiou uma voz do outro lado da linha.

Samantha estreitou os olhos para Emma.

– Eu gostaria de relatar um furto que acaba de ocorrer.

Emma enfiou as mãos trêmulas nos bolsos e colou os lábios para conservar o sorriso sarcástico e insolente de "Eu sou Sutton Mercer e estou adorando ir para a cadeia".

De certa forma, não foi difícil – ir até a delegacia de polícia era exatamente o que ela queria.

6
FICHA CRIMINAL

Emma se sentou em uma cadeira de plástico amarelo dentro de uma sala de blocos de concreto na delegacia. A sala não era maior que um galinheiro, tinha cheiro de legumes podres, e, inexplicavelmente, havia dois quadros de gueixas com expressões serenas pendurados na parede oposta a Emma. Seria um ótimo cenário para uma matéria... se ela fosse a repórter, não o assunto.

A porta se abriu, e o detetive Quinlan entrou, o mesmo policial que se recusara a acreditar que ela era Emma Paxton e que sua irmã gêmea há muito perdida tinha desaparecido. Ali, sob o braço dele, estava uma pasta com o nome Sutton Mercer. Emma conteve um sorriso.

Quinlan se jogou na cadeira diante dela e entrelaçou os dedos sobre a pasta. Botas reverberavam pelo corredor sacudindo todo o complexo malconstruído.

— Furtando uma loja, Sutton? Sério?

— Eu não tive intenção — exclamou Emma, encolhendo-se na cadeira.

Muito tempo antes, Emma estivera em uma delegacia com Becky no meio da noite depois que os policiais a tinham prendido por direção irresponsável. Em certo ponto, um policial pegou o grande telefone preto e entregou a Becky, mas ela o rejeitara, implorando: "Por favor, não ligue para eles. *Por favor*", dissera. Ao amanhecer, depois de Becky ser liberada com uma advertência, Emma perguntou para quem o policial tentara ligar. Mas Becky limitou-se a acender um cigarro e fingir que não sabia do que Emma estava falando.

— Você não teve a intenção de ser *flagrada*? — Quinlan mostrou a pasta de Sutton. — Esqueceu que já foi pega por furto de loja? — Ele tirou uma folha de papel da pasta. — Um par de botas da Banana Republic, 6 de janeiro. Ou seja, você é uma criminosa reincidente. Isso é sério, Sutton.

Emma arrastou os pés pelo linóleo, suas pernas descobertas e suadas se grudavam ao assento de plástico.

As algemas do cinto de Quinlan tilintaram quando ele se sentou outra vez.

— O que você quer? Ir para um reformatório? Ou vai fingir ser outra pessoa de novo, gêmea secreta de Sutton? Qual foi mesmo o nome verdadeiro que você inventou? Emily... alguma coisa?

Mas Emma não estava escutando. Com um espasmo, ela levou as mãos à garganta. Ofegou, dobrou-se para a frente e começou a tossir. Tossiu até seus pulmões doerem.

Quinlan franziu a testa.

— Você está bem?

Emma balançou a cabeça, iniciando outro acesso de tosse.

— Água — disse com a voz áspera enquanto tomava fôlego. — Por favor.

Quinlan se levantou da mesa e foi para o corredor.

— Não saia daí — rosnou ele.

Emma tossiu mais algumas vezes quando ele fechou a porta, depois entrou em ação, puxando a pasta para perto de sua cadeira. Seus dedos tremiam quando a abriu e folheou as páginas. Por cima estava o relatório mais recente, de quando Emma tinha ido à delegacia no primeiro dia de aula. *Levamos a srta. Mercer de volta à escola em uma viatura*, alguém tinha digitado. Mais quatro relatórios haviam sido arquivados dizendo exatamente a mesma coisa.

— Anda *logo*... — murmurou Emma entredentes, folheando mais páginas. Havia relatórios por perturbar a paz e uma reivindicação do carro apreendido de Sutton, um Volvo 1960, por multas de estacionamento vencidas. Logo depois, encontrou um depoimento que Sutton dera sobre o desaparecimento de Thayer Vega. Os olhos de Emma o esquadrinharam. *Saímos às vezes*, dissera Sutton para o entrevistador. *Acho que ele tem uma quedinha por mim. Não, claro que não o vi desde que ele desapareceu.* Mais para baixo havia anotações do entrevistador: *A srta. Mercer estava muito inquieta. Esquivou-se de várias perguntas, sobretudo em relação a...*

Emma virou a página e passou pelos arquivos até que duas palavras chamaram sua atenção. *Trilhos do trem.* Emma puxou o papel da pilha. Era um relatório de polícia com data de 12 de julho. Em LOCAL DO INCIDENTE, dizia *Trilhos do trem, cruzamento da Orange Grove com a Rota 10*. Na descrição do incidente, leu *S. Mercer... risco para o veículo... aproximação do trem.*

Sutton fora entrevistada juntamente com Charlotte, Laurel e Madeline. Gabriella e Lilianna Fiorello também estava listadas como testemunhas.

Gabby e Lili? Emma franziu a testa. Por que estavam com elas?

Vi um relance e senti uma estranha sensação de formigamento. O apito de trem distante rugiu em minha cabeça. Ouvi gritos, pedidos desesperados e sirenes.

Sem aviso, a memória daquela noite voltou toda de uma vez.

7
O TROTE DOS TROTES

Estou ao volante de meu Volvo britânico verde-esmeralda de 1965. Minhas mãos apertam o volante forrado de couro, e meu pé pisa e solta facilmente a embreagem. Madeline está sentada a meu lado, girando o botão do rádio customizado. Charlotte, Laurel e as Gêmeas do Twitter se apertam no banco de trás, rindo sempre que o carro derrapa em uma curva e as espreme em um dos lados. Gabby manuseia um batom vermelho como uma varinha mágica.

— Não se atreva a sujar de batom os bancos de couro do Floyd — aviso.

Charlotte ri.

— Não acredito que você chama seu carro de Floyd.

Eu a ignoro. Dizer que adoro meu carro é pouco. Meu pai o comprou no eBay há alguns anos, e eu o ajudei a restaurá-lo e a recuperar sua antiga glória — eliminando os amassados da lataria com martelo, substituindo a grelha enferrujada por uma nova e cromada, reestofando os bancos da frente e de trás com couro macio e instalando um motor novo que ronronava como um puma contente. Não me incomodo de não ter recursos modernos, como adaptador de iPod ou sensor de estacionamento. Este carro é único, elegante e está à frente de seu tempo – exatamente como eu.

Passamos pelo Starbucks, pelo shopping de rua com galerias de arte que todos os aposentados adoram e pelas quadras de saibro onde tive minha primeira aula de tênis aos quatro anos. A luz do fim do dia tem o mesmo tom âmbar dos olhos do coiote que se enfiou por baixo da cerca do nosso quintal no ano passado. Estamos a caminho de uma festa de fraternidade na Universidade do Arizona, que promete bombar. O fato de estar com Garrett não me impede de cobiçar os universitários gatinhos de vez em quando.

Madeline sintoniza uma estação que está tocando "California Gurls", de Katy Perry. Gabby solta um gritinho e começa a cantar junto.

– Argh, estou muito enjoada dessa música – reclamo, estendendo a mão e abaixando outra vez o volume. Normalmente, não me incomodo com cantoria, mas algo está me irritando nessa noite. Ou, mais exatamente, dois alguéns.

Lili fica emburrada.

– Mas na semana passada você disse que Katy era incrível, Sutton! Dou de ombros.

– Katy é passado.

– Ela compõe as melhores músicas! – choraminga Gabby, enrolando suas luzes louro-mel e fazendo beicinho com os lábios supercarnudos.

Tiro os olhos da estrada por um instante e lanço um olhar furioso para elas.

– Katy não escreve as músicas, gente. Quem escreve é algum produtor gordo de meia-idade.

Lili parece horrorizada.

– Sério?

Como eu queria parar o carro e colocá-las para fora. Estou cheia da falsa falta de noção do Tico e Teco do Twitter. Fiz uma aula de trigonometria com elas no ano passado, e elas não são tão idiotas quanto parecem. Os garotos acham fofo esse teatrinho idiota, mas a mim elas não enganam.

O sinal fica verde, e Floyd ruge satisfatoriamente quando sai em disparada, levantando poeira e passando velozmente pelos arbustos do deserto.

– Bom, eu acho a música boa. – Mads quebra o silêncio, aumentando lentamente o volume outra vez.

Lanço um olhar a ela.

– O que seu pai diria se soubesse que a vulgar da Katy é seu exemplo de comportamento, Mads?

– Ele não se importaria – diz Madeline, tentando parecer dura. Ela cutuca o adesivo da MÁFIA DO LAGO DOS CISNES na parte de trás de seu celular. Não sei o que o adesivo significa. Nenhuma de nós sabe. Acho que a Mads gosta que seja assim.

– Ele não se importaria? – repito. – Vamos ligar para o papai e perguntar. Melhor, vamos ligar para ele e contar também que você está torcendo para pegar um cara da universidade hoje.

– Sutton, não! – rosna Madeline, segurando minhas mãos antes que eu consiga alcançar o telefone. Mads sempre mente para o pai; provavelmente disse a ele que ia fazer um trabalho em grupo.

– Relaxe – falei, recolocando o telefone no console central. Madeline se afunda no banco com sua expressão "não falo mais com você". Meus olhos encontram os de Charlotte pelo retrovisor e ela me olha como quem diz Pare com isso. Usar o pai para implicar com Madeline é um golpe baixo, mas é o que ela merece por ter convidado as Gêmeas do Twitter hoje. Deveríamos ser só nós, as verdadeiras *integrantes do Jogo da Mentira, mas de alguma forma, Gabby e Lili descobriram nossos planos, e Madeline era boazinha demais para lhes dizer que não podiam participar. Senti os olhares suplicantes das duas durante todo o percurso de carro, como se suas expectativas estivessem escritas em balões de pensamento sobre a cabeça:* Quando vai nos deixar entrar no Jogo da Mentira? Quando vamos ser uma de vocês? *Já era ruim o bastante minha irmã mais nova ter se esgueirado para dentro do clube. Não há lugar para mais ninguém, muito menos para elas.*

E, além disso, tenho um plano para esta noite – um plano que não envolve Gabby ou Lili. Mas quem disse que Sutton Mercer não consegue ser flexível?

A parte norte de Tucson fica totalmente deserta depois das dez da noite, e quase não se veem outros carros na Orange Grove. Antes de podermos entrar na autoestrada, temos de cruzar os trilhos do trem. A placa em forma de X de Cruzamento de via férrea *brilha na escuridão. Quando a luz fica verde, impulsiono Floyd sobre os trilhos salientes. Quando estou a ponto de acelerar para a entrada da autoestrada, o carro morre.*

– Hã... – murmuro. "California Gurls" é interrompida. *O ar frio do ar-condicionado para de sair da ventilação, e as luzes do painel se apagam. Viro a chave na ignição, mas nada acontece.* – OK, vadias, quem encheu o tanque do Floyd com areia?

Charlotte finge um bocejo.

– Esse trote é tão velho...

– Não fomos nós – *gorjeia Gabby, provavelmente animada por estar praticamente incluída em uma conversa que envolve o Jogo da Mentira.* – Temos ideias muito melhores para trotes, se nos deixarem compartilhá-las com vocês.

– Não estou interessada – *digo, dispensando-a com um gesto.*

— Hã, ninguém está se importando de termos parado sobre os trilhos do trem? — Madeline olha pela janela, apertando a porta com os dedos. Repentinamente, as luzes vermelhas do CRUZAMENTO DE VIA FÉRREA começam a piscar. O sino de alerta toca, e a cancela listrada é baixada, interrompendo a estrada atrás de nós, impedindo todos os outros carros no sinal — não que haja algum carro — de passar sobre os trilhos. A luz indistinta do trem da Amtrak pisca a distância.

Tento girar a chave na ignição novamente, mas Floyd só tosse.

— Qual é, Sutton? — Charlotte parece irritada.

— Está tudo sob controle — resmungo. O chaveiro com o símbolo da Volvo oscila de um lado para o outro enquanto viro a chave sem parar.

— Sei. — O couro range sob a bunda da Charlotte. — Eu falei para você que a gente não deveria ter entrado nesta lata-velha.

O trem apita.

— Talvez você não esteja ligando direito. — Madeline estica a mão e vira a chave na ignição, mas o carro se limita a fazer o mesmo som resfolegante. As luzes nem sequer piscam no painel.

O trem está se aproximando.

— Será que ele vai nos ver e acionar os freios? — pergunto, com a voz trêmula, enquanto a adrenalina corre por minhas veias.

— O trem não pode parar! — Charlotte tira o cinto de segurança. — É por isso que essas cancelas fecham a rua! — Ela puxa a maçaneta da porta de trás, mas ela não se move. — Meu Deus! Destranque isso, Sutton.

Aperto o botão DESTRANCAR — meu pai e eu instalamos um dispositivo elétrico em todas as quatro portas e janelas —, mas não ouço o familiar clique pesado dos pinos sendo liberados.

— Hã... — Aperto o botão várias vezes.

— E a trava manual? — Lili tenta levantar o pino de sua porta. Mas algo também o emperra.

O trem apita novamente, com um acorde grave semelhante a uma gaita. Laurel tenta baixar as janelas, mas é inútil.

– Meu Deus, Sutton! – grita Laurel. – O que vamos fazer?

– Isso é um trote? – berra Charlotte, puxando com força a maçaneta da porta, que não cede. – Você está brincando conosco?

– Claro que não! – Eu também puxo minha maçaneta.

– Sério? – grita Madeline.

– Sério! Juro solenemente pela minha vida! – É nosso código de segurança, que devemos dizer para provar que alguma coisa é muito séria.

Madeline estica a mão e esmurra o centro do volante. A buzina toca debilmente, como uma cabra moribunda. Laurel disca um número no celular.

– O que você está fazendo? – grito para ela.

– Emergência? – chia uma voz no fone.

– Estamos paradas nos trilhos do trem entre Orange Grove e I-10! – grita Laurel. – Estamos presas no carro! O trem vai nos atropelar!

Os segundos seguintes são um caos. Charlotte se inclina para a frente e esmurra o para-brisa. Gabby e Lili choram inutilmente. Laurel detalha a situação para o atendente da polícia. O trem corre em nossa direção. Giro a chave na ignição de um lado para o outro. O trem se aproxima... mais... até eu conseguir jurar que estou vendo o rosto apavorado do condutor.

Todas gritam. Nossa morte está a apenas alguns segundos de distância.

E é quando estendo calmamente a mão até o painel e puxo o afogador.

Ligando o motor, eu nos tiro dos trilhos do trem e derrapo em uma pequena área de terra na passagem subterrânea. No instante seguinte, destravo as portas e todas caem no cascalho empoeirado, olhando o trem passar como um raio a poucos metros de seus corpos.

— *Peguei vocês, idiotas!* — *grito. Meu corpo está em brasa.* — *Não foi o melhor trote da história?*

Minhas amigas me encaram, momentaneamente atordoadas. Lágrimas marcam seus rostos. Depois, seus olhos ardem de ódio. Madeline fica de pé sem firmeza.

— *Que porra foi essa, Sutton? Você usou o código de segurança! Você quebrou as regras!*

— *Regras são feitas para ser quebradas, vadias. Querem saber como eu fiz? Mal posso esperar para explicar. Passei semanas planejando esse trote. É minha obra-prima.*

— *Não quero saber como você fez!* — *grita Charlotte. Seu rosto é pura fúria. Suas mãos se retorcem ao lado do corpo.* — *Ninguém achou engraçado!*

Olho para minha irmã. Mas ela simplesmente umedece os lábios e olha de um lado para o outro, como se o trote a tivesse deixado muda.

Madeline treme de raiva.

— *Quer saber, Sutton? Cansei desse clube. Cansei de você.*

— *Eu também* — *concorda Charlotte. Lili olha de um lado para o outro, absorvendo tudo.*

Eu inclino o queixo.

— *Isso é uma ameaça? Vocês querem sair?*

Madeline se endireita em seu quase um metro e oitenta.

— *Talvez.*

— *Tudo bem, então! Saiam!* — *digo a Madeline e Charlotte.* — *Um monte de garotas poderiam substituir vocês! Não é?* — *Eu me viro e olho para Lili e Gabby, mas apenas Lili me encara.* — *Onde está Gabby?* — *pergunto.*

Charlotte, Madeline, Lili e eu estreitamos os olhos na escuridão.

Mas Gabby desapareceu.

8
VERDADE OU CONSEQUÊNCIA

Emma esquadrinhou o restante do relatório de polícia.

Volvo 122 de meados da década de 1960 enguiçado escapou à colisão com o trem Sunset Limited da Amtrak de San Antonio, Texas. A srta. Mercer alega que seu carro teve um defeito e que não conseguiu tirá-lo dos trilhos ou destravar as portas para permitir a saída segura das passageiras. Quanto às passageiras, M. Vega, C. Chamberlain e L. Mercer confirmaram a alegação da srta. Mercer de que o problema foi uma falha no sistema elétrico. Nenhuma queixa foi prestada até o momento. Hospitalização de uma das vítimas, G. Fiorello. Ambulância chegou às 22h01 e a levou para o Oro Valley Hospital.

Emma sentiu um frio percorrer sua espinha. Gabriella? *Hospital*?

Passos ecoaram no corredor. Emma enfiou rapidamente os papéis dentro da pasta e a afastou de si segundos antes de Quinlan abrir a porta. Ele bateu com força um copo de papel cheio de água, fazendo pequenas gotas saírem pelas laterais e respingarem na mesa.

– Pronto. Espero que esteja satisfeita.

Emma escondeu um sorriso contente – ela *estava* satisfeita... mas também confusa. Sua mente se agitava com o que descobrira. Sem dúvida, Sutton deixara o carro morrer de propósito, mas o relatório caracterizava o acontecido como um acidente. Como Sutton tinha conseguido que as outras mentissem sobre algo que fizera Gabby parar em um hospital? Emma chegou à conclusão de que nunca conhecera *ninguém* tão poderoso quanto Sutton: uma garota que conseguia silenciar as amigas mesmo em uma tragédia.

Mas eu também não sabia como conseguira calá-las. Claro, eu era poderosa, mas não *tão* poderosa. Afinal, Madeline e Charlotte estavam furiosas em minha lembrança. Mesmo agora, aquele ódio intenso me assustava.

Emma tomou um gole da água. Estava morna e tinha gosto de metal. Os detalhes do trote ainda turbilhonavam em sua cabeça. Como Sutton podia tê-las colocado em risco daquela maneira? Parar um carro nos trilhos do trem? Será que ela era louca?

Fiquei irritada com os pensamentos de Emma. Havia centenas de coisas arriscadas na vida: andar de bicicleta no acostamento da autoestrada, mergulhar no lago de um cânion sem saber sua profundidade, tocar a maçaneta cheia de germes em um banheiro público. Eu provavelmente sabia que meu carro ia pegar assim que eu puxasse o afogador. Nunca colocaria minhas amigas nesse tipo de perigo... colocaria?

— Então. — Quinlan juntou os dedos, formando um triângulo. — Já inventou uma boa explicação para ter decidido roubar hoje, srta. Mercer?

Emma respirou fundo e repentinamente se sentiu exaurida.

— Olha, foi um erro muito, muito idiota. Vou pagar pela bolsa, prometo. E vou mudar. Chega de golpes. Chega de roubar lojas. Juro. Só quero ir para casa.

Quinlan soltou um assobio baixo.

— Ora, claro, Sutton! Vá para casa! Você foi totalmente absolvida! Não haverá nenhuma consequência! Puxa, não vamos nem contar aos seus pais! — Ele nem tentava esconder o sarcasmo.

Como se fosse ensaiado, bateram na porta.

— Pode entrar — vociferou Quinlan.

A porta se abriu, e o sr. e a sra. Mercer entraram. O sr. Mercer estava com um avental cirúrgico e tênis New Balance. A sra. Mercer usava um terninho preto, batom cor de uva e segurava uma pasta de pele de cobra. Era óbvio que ambos tinham sido tirados do trabalho, provavelmente de reuniões ou cirurgias. Nenhum dos dois parecia contente.

Uma das piores coisas da morte era assistir de longe à reação de meus pais a mim. Com certeza não era a primeira vez que tinham de lidar com uma ligação da delegacia. De meu novo ponto de vista, parecia que eles estavam com o coração partido. Quantas vezes eu os tinha magoado assim? Quantas vezes eu não tinha me importado?

Emma se encolheu na cadeira. Ela mal conhecia os Mercer, só sabia que estavam na faixa dos cinquenta anos, tinham cargos importantes e só percorriam os corredores de orgânicos no supermercado. Mas a julgar pelas fotografias de família espalhadas pela sala de estar – os retratos deles com Minnie Mouse na Disneylândia, usando equipamento de mergulho na Florida Keys e sorrindo ao lado da Pirâmide do Louvre em Paris – o sr. e a sra. Mercer tentavam ser bons pais para as filhas e lhes davam tudo o que elas queriam. Certamente não esperavam que a filha mais velha se tornasse uma criminosa.

– Sentem-se. – Quinlan indicou duas cadeiras do outro lado da mesa.

Os Mercer não aceitaram a oferta. Os dedos da sra. Mercer, cujos nós estavam brancos, seguravam com força a pasta.

– Meu Deus, Sutton – sibilou a sra. Mercer, voltando os olhos cansados para Emma. – Qual é o seu problema?

– Desculpe – murmurou Emma com a cabeça baixa, segurando o relicário de Sutton entre o dedão e o indicador.

A sra. Mercer balançou a cabeça, fazendo os brincos de pérola em forma de gota oscilarem de um lado para o outro.

– Você não aprendeu a lição na primeira vez que foi presa?

– Foi uma idiotice. – Emma baixou a cabeça. Ela tinha conseguido o que queria, mas, quando olhou para a frente, viu a preocupação gravada no rosto dos Mercer. A maioria dos pais temporários não ligaria se ela roubasse, a não ser que precisassem enfiar a mão no bolso para pagar a fiança. Na verdade, a maioria a teria deixado passar a noite apodrecendo na cadeia. Ela sentiu inveja dos pais interessados de Sutton, algo a que sua irmã não parecia dar valor quando estava viva.

O sr. Mercer virou-se para Quinlan, falando pela primeira vez.

— Sinto muito pelo incômodo.

— Eu também sinto muito. — Quinlan levou o punho ao esterno. — Talvez, se vocês prestassem mais atenção nela...

— Nós prestamos muita atenção em nossa filha, não se preocupe. — A voz da sra. Mercer estava aguda. Seu estado defensivo fez Emma se lembrar das visitas de assistentes sociais, nas quais, sendo ou não verdade, os pais temporários sempre defendiam o bom trabalho que estavam fazendo com as crianças sob sua custódia. A sra. Mercer enfiou a mão em sua bolsa Gucci para pegar a carteira. — Existe alguma multa?

Quinlan fez um som constrangido com a garganta como se tivesse engolido um inseto.

— Não acho que uma multa baste desta vez, sra. Mercer. Se a loja quiser prestar queixa, ficará registrada permanentemente na ficha de Sutton. E pode haver outras consequências.

A sra. Mercer parecia estar a ponto de desmaiar.

— Que *tipo* de consequências?

— Bem, vamos ter de esperar para ver o que a loja quer fazer — respondeu Quinlan. — Eles podem dar uma multa ou exigir uma punição mais dura, especialmente porque Sutton já roubou antes. Talvez ela precise fazer serviços comunitários. Ou vá para a cadeia.

— Cadeia? — Emma levantou a cabeça rapidamente.

Quinlan deu de ombros.

— Você já tem dezoito anos, Sutton. É um mundo completamente diferente.

Emma fechou os olhos. Ela tinha esquecido que acabara de passar por esse aniversário tão importante.

— M-Mas, e a escola? — murmurou ela de um jeito meio idiota. — E o tênis? — Na verdade, o que ela queria perguntar era: *E a investigação? E a busca pelo assassino de Sutton?*

A porta rangeu quando Quinlan a abriu.

— Você deveria ter pensado nisso antes de enfiar aquela bolsa sob a camisa.

Quinlan segurou a porta para Emma e os Mercer, e eles saíram no estacionamento. Ninguém falou. Emma estava com medo até de respirar. A sra. Mercer guiou-a pelo cotovelo em direção à Mercedes, que tinha um adesivo de Mãe orgulhosa – Tênis do Hollier grudado no para-choque.

— Reze para a loja retirar a queixa – grunhiu a sra. Mercer entredentes enquanto se sentava no banco do motorista. – Espero que tenha aprendido alguma coisa de valor com tudo isso.

— Eu aprendi – respondeu Emma em voz baixa, com a cabeça girando por causa de tudo o que lera no arquivo. Ela tinha descoberto um novo motivo, novas pistas e uma situação perigosa, que deixaria furiosas até as amigas mais leais.

9
FILHINHA DO PAPAI

O percurso da delegacia até a casa foi preenchido por um silêncio pétreo e implacável. O rádio ficou desligado. A sra. Mercer nem sequer reclamou do motorista barbeiro que a cortou. Ela fixou o olhar à frente como uma estátua de cera do museu Madame Tussauds, sem voltá-lo para a garota afundada no banco a seu lado, que acreditava ser sua filha. Emma ficou o tempo todo de cabeça baixa, cutucando a pele ao redor dos dedos até uma minúscula gota de sangue correr por sua pele.

A sra. Mercer estacionou a Mercedes na entrada da garagem atrás do Acura do marido, e todos se arrastaram para dentro de casa como prisioneiros acorrentados. Laurel se levantou rapidamente do sofá de couro da sala de estar assim que a porta se abriu.

— O que está acontecendo?

— Precisamos falar com Sutton por um minuto. Em particular. — A sra. Mercer jogou a bolsa sobre o cabide de casacos e guarda-chuva que montava guarda na porta da frente. Drake, o dogue alemão da família, saltou para cumprimentar a sra. Mercer, mas ela o enxotou. Drake estava mais para bobalhão adorável que para cão de guarda, mas sempre deixava Emma nervosa. Ela passara a temer cachorros aos nove anos, depois que o chow-chow de pais temporários tinha usado seu braço como brinquedo de morder.

— O que aconteceu? — Os olhos de Laurel estavam arregalados. Ninguém respondeu. Laurel tentou encontrar o olhar de Emma, mas ela não tirava os olhos do enorme clorófito que ficava no canto.

— Sente-se, Sutton. — O sr. Mercer indicou o sofá. Na mesa de centro de madeira havia um copo de água com gás sobre um porta-copos e um exemplar virado da *Teen Vogue* no chão. — Laurel, por favor. Deixe-nos a sós.

Laurel suspirou e saiu com passos pesados pelo corredor. Emma ouviu o leve som de sucção da porta da geladeira se abrindo na cozinha. Ela se sentou na poltrona de camurça e olhou, desamparada, para o design estilo Sudoeste Chique da sala — tons castanhos e vermelhos inspirados no deserto, uma manta Navajo com padrão de zigue-zague jogada sobre o sofá de couro, um tapete branco felpudo que era incrivelmente limpo, apesar das grandes e normalmente enlameadas patas de Drake, e um teto com vigas de madeira com diversos ventiladores que giravam devagar. Um piano de cauda Steinway Baby ficava perto da janela. Emma tentou imaginar se Sutton e Laurel haviam tido aula em algo tão requintado. Sentiu outra pontada de inveja por sua gêmea idêntica ter tido uma criação tão amorosa, com tudo o que queria. Se o destino tivesse lhe dado uma sorte diferente, se Becky a tivesse abandonado, e não Sutton, quando eram bebês, talvez aquela vida fosse sua. Sem dúvida teria sido uma vida melhor.

Senti o arroubo de irritação que sempre sentia quando Emma me julgava. Como poderíamos apreciar nossa vida se não tínhamos nada com que compará-la? Só depois de sermos despojadas de alguma coisa, depois de ser abandonada por uma mãe, depois de *morrer*, percebemos o que estávamos perdendo. Mas aquilo levantava uma questão interessante: se Emma tivesse vivido como vivi, também teria morrido como morri? Teria sido assassinada em meu lugar? Mas esse pensamento me ocorreu amargamente, com a sensação desanimadora de que minha morte fora, de alguma maneira, culpa minha – algo que *eu* causei, o resultado de uma escolha que talvez Emma não tivesse feito. Não tinha nada a ver com destino.

A sra. Mercer andava de um lado para o outro, estalando os saltos altos contra o piso de pedra. Seu rosto estava cansado, e suas mechas grisalhas pareciam mais pronunciadas do que nunca.

– Em primeiro lugar, você vai trabalhar durante esse castigo, Sutton. Vai fazer as tarefas da casa, resolver coisas na rua. Qualquer coisa que eu pedir, você vai fazer.

– Tudo bem – disse Emma suavemente.

– Em segundo lugar – continuou a sra. Mercer –, nem sonhe em sair de casa por duas semanas. Só para ir à escola, ao tênis ou para o serviço comunitário se for essa a pena estabelecida para você. Vamos *torcer* para que seja. – Ela parou perto do piano e colocou a mão na testa, como se pensar naquilo a deixasse tonta. – O que acha que as universidades vão achar disso? Você *pensou* nas consequências, pelo menos, ou apenas pegou uma coisa na loja e saiu correndo?

Laurel, que estava claramente espreitando, apareceu no vão da porta segurando um saco fechado de pipoca da Smart-Food.

– Mas o baile é na semana que vem! Você precisa deixar Sutton ir. Ela está no comitê de planejamento! E vamos acampar depois.

A sra. Mercer balançou a cabeça, depois se voltou para Emma.

– Também não tente sair escondida. Vou mandar colocarem trancas externas em sua janela. Sei que você tem saído por ali. Nas suas também, Laurel.

– Eu não saio escondida! – protestou Laurel.

– Vi pegadas em volta dos canteiros de flores hoje de manhã – disparou a sra. Mercer.

Emma contraiu os lábios. As pegadas do lado de fora do quarto de Laurel eram dela. Ela tinha fugido pela janela do quarto de Laurel durante sua festa de aniversário, logo depois de encontrar uma versão não editada do vídeo do assassinato que mostrava Laurel, Madeline e Charlotte dando um trote em Sutton. Mas Sutton não admitiria ter pisado nas flores e, naquele momento, ela também não admitiu. Talvez estivesse ficando mais parecida com a irmã gêmea do que imaginava.

A sra. Mercer revirou a bolsa para atender o telefone que tocava. Encostou o minúsculo aparelho ao ouvido e sumiu corredor adentro. O sr. Mercer também checou seu bipe, depois se virou com um ar cansado para Sutton.

— Na verdade, tenho uma tarefa para você agora. Vá se trocar e me encontre na garagem.

Emma assentiu com obediência. Que começasse o castigo.

Dez minutos depois, Emma tinha vestido uma camiseta e uma calça jeans surrada — bem, tão surrada quanto um jeans de grife podia ser — e estava na garagem dos Mercer, onde cabiam três carros. O ambiente era forrado de prateleiras cheias de ancinhos, pás, latas de tinta e sacos sobressalentes de ração de cachorro. No meio do grande cômodo de concreto havia uma velha moto com a palavra NORTON em letras cursivas na lateral. O sr. Mercer estava agachado ao lado da roda dianteira da moto, inspecionando o pneu. Usava joelheiras brancas.

Quando viu Emma, ele se endireitou um pouco e fez um aceno com a cabeça.

— Estou aqui — falou Emma, meio encabulada.

O sr. Mercer a observou por bastante tempo. Emma se preparou para um sermão, mas ele parecia apenas triste.

Emma não sabia o que dizer. Decepção era algo que ela estava acostumada a sentir, mas que nunca tinha causado. Sempre tentara ser o que quer que seus pais temporários quisessem — babá, empregada e, uma vez, até quiroprática. Nunca tinha criado problemas de propósito.

O sr. Mercer virou as costas para a moto.

— Este lugar está uma bagunça — disse ele por fim. — Talvez você possa me ajudar a jogar coisas fora e recolocar tudo no lugar certo.

— Está bem. — Emma pegou um grande saco de lixo preto de uma caixa em uma estante próxima.

Ela observou a garagem, surpresa por ver que ela e o sr. Mercer podiam ter um pouco em comum. Na parede, havia um pôster velho de uma Gibson Les Paul, uma das guitarras prediletas de Emma durante sua fase "quero entrar para uma banda". Também havia uma reedição emoldurada de uma das manchetes de jornal incorretas favoritas de Emma: Dewey vence Truman. E à esquerda dos equipamentos para manutenção de carros e herbicidas, havia uma pequena estante com romances policiais em brochura, gastos pelo uso e adorados, muitos dos quais Emma também tinha devorado. Ela se perguntou por que não estavam nas estantes embutidas da casa. Será que a sra. Mercer sentia vergonha do gosto literário do marido? Ou era uma característica dos pais manter seus objetos favoritos no próprio espaço?

Emma nunca conhecera o próprio pai. Quando estava no jardim de infância, vários pais de alunos foram à sala de aula e falaram do que faziam da vida; um médico, o dono de uma loja de instrumentos musicais e um chef. Emma foi para casa naquele dia e perguntou a Becky o que seu pai fazia. O rosto de Becky ficou desanimado, e ela soprou a fumaça do cigarro pelo nariz. "Não importa." "Pode me dizer o nome dele?", pediu Emma, mas Becky não respondeu. Logo depois dessa conversa, Emma passou uma fase fingindo que vários dos homens que elas encontravam em suas intermináveis viagens — Becky nunca conseguia manter um emprego por muito tempo — podia secretamente ser seu pai. Raymond, o caixa do posto de gasolina, que dava a Emma alguns doces de graça junto com a compra. O dr. Norris, o médico do pronto-socorro que deu pontos em seu joelho quando ela caiu no parquinho. Al, o vizinho do conjunto habitacional, que acenava para Emma todas as manhãs. Emma imaginava um desses homens pegando-a no colo, girando-a e levando-a à loja de conveniência. Mas isso nunca aconteceu.

Uma enxurrada de lembranças me veio à mente: eu e meu pai sentados em um clube de blues ouvindo a banda. Eu e meu pai em uma trilha na montanha, com binóculos encostados ao rosto, observando pássaros. Eu caindo da bicicleta e correndo para dentro, procurando meu pai para me confortar. Tive a sensação de que houvera uma ligação especial entre nós em certo ponto. De repente, vendo o que Emma tinha passado, me senti sortuda por ter todas aquelas lembranças. Mas agora meu pai nem sequer sabia que eu tinha partido.

Emma se inclinou sobre a moto, inspecionando-a com cuidado.

— Por que o câmbio está do lado errado?

O sr. Mercer olhou-a com uma expressão perplexa, como se Emma tivesse começado a falar suaíli de repente.

— Na verdade, não está. Esta moto é inglesa. Antes de 1975, o câmbio ficava do lado direito. — Ele riu sem jeito. — Achei que seu interesse por carros se limitasse a Volvos da década de 1960.

— Ah, bom, li alguma coisa sobre isso — inventou Emma.

Uma de suas famílias temporárias, os Stuckey, tinha um carro que dava defeito constantemente e, por alguma razão, a responsabilidade de descobrir como consertá-lo recaíra sobre Emma. Ela tinha se tornado amiga dos mecânicos do posto de gasolina da região, e eles a haviam ensinado a trocar pneus, verificar o óleo e substituir diversos fluidos e partes. O proprietário do posto, Lou, tinha uma Harley, e Emma o observava consertá-la, ajudando de vez em quando. Lou passou a gostar dela e a chamava de Macaquinha Engraxada. Se um dia ela quisesse ser aprendiz de mecânica, disse ele, as portas estavam abertas.

Eu sorri. Aquela, *sim*, era uma opção de carreira. Mas a desenvoltura dela me impressionava. Ethan estava certo em relação ao que disse naquela outra noite: parecia que nada podia fazê-la desmoronar.

— Thayer tinha uma moto da Honda, não é? — perguntou o sr. Mercer. — Você não andava com ele, andava?

Emma deu de ombros, e sua pele pinicou à menção do nome de Thayer. Na semana anterior, Emma descobrira que Laurel e Thayer eram melhores amigos e que Laurel tinha por ele uma queda secreta mas nem tanto. Também soubera que, no mínimo, Thayer gostava de Sutton.

Tentei desesperadamente lembrar o que Thayer significava para mim. Eu não parava de ver relances de nós dois parados no pátio da escola, de Thayer segurando minhas mãos e dizendo alguma coisa em tom de desculpas enquanto eu as puxava com força e disparava alguma resposta com palavras cruéis e ásperas. Mas depois a memória se dissolvia.

O sr. Mercer se deixou cair em um engradado de leite emborcado.

— Sutton... por que você roubou hoje?

Emma passou os dedos sobre o câmbio. *Porque estou tentando solucionar o assassinato de sua filha.* Mas tudo o que ela disse foi:

— Eu sinto muito, mesmo.

— Foi por causa de... tudo aqui em casa? — perguntou bruscamente o sr. Mercer.

Emma se surpreendeu, virando-se para encará-lo.

— Como assim? — Repentinamente, uma nova lista começou a se formar em sua mente: Coisas Constrangedoras Com Uma Nova Família Que Você Não Conhece, Mas Deveria Conhecer. Conversas francas com um pai que ela só tinha conhecido duas semanas antes seria o primeiro item da lista.

O rosto do sr. Mercer se contraiu em uma expressão exasperada que dizia "por favor, não me faça explicar".

— Sei que é muito para absorver. Sei que você passou por muitas... mudanças.

Mais do que você imagina, pensou Emma ironicamente.

O sr. Mercer lançou a Emma um olhar cheio de significado.

— Quero saber o que você está sentindo. Quero que saiba que pode conversar comigo. Sobre qualquer coisa.

O ar-condicionado estremeceu ao se desligar, e um silêncio ensurdecedor caiu sobre a garagem. Emma tentou manter a compostura. Não sabia como responder à pergunta dele, e, por um instante, considerou contar a verdade nua e crua. Mas depois se lembrou da ameaça feita pelo assassino de Sutton: *se contar a alguém, se disser alguma coisa, você será a próxima.*

— Está bem... obrigada — disse Emma, constrangida.

O sr. Mercer mexia com uma chave inglesa.

— E tem certeza de que não roubou porque... bem, porque *queria* ser pega?

Analisei os olhos azul-claros de meu pai e tive um relance repentino de vozes e acusações trocadas. Eu me vi correndo por uma trilha no deserto, ouvi a voz furiosa do meu pai me chamando e senti lágrimas rolando por meu rosto.

Como Emma não respondeu, o sr. Mercer desviou os olhos, balançou a cabeça e jogou um pano amarelo amassado no chão sujo de graxa.

— Deixe para lá — resmungou ele, parecendo irritado. — Só não se esqueça de jogar o saco de lixo na lata quando terminar, está bem?

Ele fechou a porta com um baque surdo. Atrás dela, havia uma cortiça com um calendário muito antigo, um cartão profissional de um serviço local de ar-condicionado e aquecimento e um retrato de Laurel e Sutton no meio no quintal, sorrindo para a câmera. Emma observou a foto longa e intensamente. Ela queria que a foto pudesse falar, queria que Sutton pudesse lhe dizer alguma coisa, *qualquer coisa*, sobre quem ela tinha sido, que tipo de segredos guardava e o que exatamente tinha acontecido com ela.

Um risinho malicioso soou atrás de Emma. Depois, ela sentiu um formigamento morno, como o hálito de alguém em sua nuca. Emma virou-se depressa, com o coração na boca, mas se viu olhando para a garagem vazia. Então, através das estreitas janelas quadradas, viu o relance de um SUV esportivo passando devagar pela casa dos Mercer. Ela correu até as janelas e olhou para fora, reconhecendo imediatamente o SUV esportivo da Lincoln. E, desta vez, também reconheceu os rostos do outro lado do para-brisa.

Eram as Gêmeas do Twitter.

10

PEIXE FORA D'ÁGUA

Plinc. Plinc.

Emma se levantou depressa da cama de Sutton. O luar formava uma faixa prateada pelo carpete. O protetor de tela do computador de Sutton mostrava um slideshow com fotos de alegres noites passadas na casa das outras integrantes do Jogo da Mentira. A TV de tela plana de Sutton exibia um episódio de *The Daily Show*. *A redoma de vidro*, que Emma relia depois de ter debatido com Ethan na semana anterior, estava virado para baixo sobre a mesa de cabeceira. A porta para o corredor estava fechada. Tudo estava exatamente onde Emma tinha deixado ao se deitar.

Plinc.

O som vinha da janela. Emma jogou as cobertas para o lado. Na semana anterior, tivera um sonho que começava exatamente assim. No sonho, ao olhar pela janela, via Becky na entrada da garagem. Alertando-a. Dizendo-lhe para ter cuidado. E depois desaparecia.

Hesitante, Emma andou até a janela e olhou para fora. O poste da rua formava um suave círculo dourado sobre os espinhentos figos-da-índia que ladeavam a calçada. O Jetta de Laurel estava estacionado bem abaixo. Sem dúvida, havia alguém parado perto da garagem, sob a cesta de basquete. Ela esperava vagamente que fosse Becky, mas o vulto colocou-se sob a luz, com o braço pronto para lançar outra pedra na janela.

Era Ethan.

Emma inalou o ar repentinamente e se afastou da janela. Ela vestiu um sutiã cinza sob o top translúcido de Sutton e enfiou as pernas nuas em uma calça de pijama listrada. Depois, reapareceu no vidro, acenou e abriu a janela. A sra. Mercer não tinha colocado as travas ainda, e foi fácil levantá-la. O ar da noite estava quente e sufocante, sem qualquer vento.

– Já ouviu falar de usar o telefone em vez de pedras? – disse ela suavemente.

Ethan olhou para ela com os olhos apertados.

– Você pode sair?

Emma prestou atenção para ver se ouvia algum som no corredor – uma descarga, as tilintantes medalhinhas de identificação de Drake, qualquer coisa. Os Mercer a matariam por se esgueirar para fora de casa no mesmo dia em que fora pega roubando. Mas só havia silêncio. Ela levantou um pouco mais a janela e saiu.

Um grosso galho de árvore se estendia até o telhado; Emma se pendurou facilmente e desceu até o chão. Não era de estranhar que Sutton o usasse como rota de fuga. Ela aterrissou no cascalho e foi em direção a Ethan com um sorriso no rosto.

Mas Ethan não sorria.

– O que deu em você, afinal? Ficou louca?

– *Shhh*. – Emma olhou em volta. A vizinhança estava sinistra de tão quieta, com todas as luzes apagadas e carros silenciosos na entrada das garagens. – Era o único jeito de entrar na delegacia.

– Por que você queria fazer *isso*?

Emma se sentou na grande pedra que havia diante da casa dos Mercer.

– Eu precisava ver a ficha criminal de Sutton.

Quanto mais Emma contava a Ethan sobre o relatório de polícia e o incidente nos trilhos do trem, mais os olhos dele se arregalavam.

– Ela colocou a vida de todas em risco – terminou Emma. – E alguma coisa aconteceu com Gabby naquela noite. Ela foi para o hospital.

– Nossa! – O corpo de Ethan se curvou sobre a pedra ao lado dela. – E *ninguém* dedurou Sutton?

– Segundo o relatório, não. – As pernas deles mal se tocavam, mas Emma sentia o tecido grosso do jeans dele através da fina calça do pijama.

Ethan revirava o telefone entre as mãos.

– Por que acha que elas ficaram quietas?

– Não sei. O trote do trem foi sério. Todas podiam ter morrido – comentou ela, observando uma sombra passar pela janela de uma casa vizinha. – Será que queriam fazer Sutton provar do próprio veneno?

— Com um trote... ou outra coisa?

Um frio percorreu as veias de Emma.

— Você mesmo disse que as amigas de Sutton pareciam querer matá-la na noite do vídeo do assassinato, não é?

Ethan olhou a rua, mordiscando o lábio inferior.

— Foi o que pareceu para mim — disse ele por fim. — Mesmo que elas tenham dito que era um trote, Sutton parecia assustada de verdade.

— Parece uma vingança — disse Emma.

Ethan se lembrava daquela noite melhor do que eu. Quando o vira parado diante de mim, estava tonta e vulnerável. Se ao menos conseguisse me lembrar das horas e dias seguintes ao incidente do estrangulamento... Será que tinha voltado às atividades normais com minhas amigas, como se nada tivesse acontecido? Será que conseguira superar o medo com tanta facilidade?

— Mas também não sei se devemos descartar as Gêmeas do Twitter — disse Emma. — Afinal de contas, Gabby foi para o hospital... talvez tenha se machucado muito. Elas também estavam na casa da Charlotte quando dormi lá. E ficam rondando esta rua, me observando. Além disso, elas me olham de um jeito muito estranho na escola. — Ela fechou os olhos, pensando em Garrett. — Mas, enfim, um monte de gente me olha de um jeito estranho.

Ethan assentiu.

— Não dá para descartar nenhuma delas até terem um álibi convincente.

Emma levantou o rosto para o céu e soltou um gemido. Tudo parecia muito... *difícil*.

— Os pais de Sutton iam me matar se soubessem que estou aqui — disse ela, olhando para as janelas escuras da casa. — Já estou de castigo para sempre.

Ethan mudou de posição no cascalho.

— Então esta é sua única noite de liberdade?

— Pode-se dizer que sim. Amanhã provavelmente vai haver um cadeado enorme em minha janela.

Ethan sorriu.

— Então é melhor fazermos alguma coisa mais divertida do que falar sobre o assassino de Sutton.

Devagar, Emma levantou seus olhos até os dele.

— Como o quê?

— O quintal do vizinho tem uma piscina. — Ethan indicou um muro de blocos de concreto que separava a casa dos Mercer da dos vizinhos. — Quer dar um mergulho?

— Eles vão nos ver! — exclamou Emma. Os vizinhos de porta dos Mercer, os Paulson, tinham acenado para Emma algumas vezes da entrada da garagem deles. Eles usavam roupas combinando da J. Crew, dirigiam Lexus cor de champanhe idênticas e colocavam o sobrenome em tudo — um enorme PAULSON na caixa de correio, PAULSON, DESDE 1968 em uma placa de pedra no jardim, até as placas dos carros eram PAULSON1 e PAULSON2. Eles até pareciam simpáticos, mas Emma duvidava de que fossem ficar contentes com invasores de piscina.

Ethan apontou para a entrada da garagem deles. Havia vários jornais enrolados em plástico azul perto da caixa de correio. As luzes da casa estavam apagadas, e não havia nenhum carro ali.

— Acho que estão viajando.

Emma fez uma pausa. Sabia que devia voltar para dentro e dormir, mas uma vozinha diabólica em sua cabeça destacava os profundos olhos azuis e o sorriso esperançoso de Ethan, encorajando-a.

Talvez o diabinho fosse eu. Emma merecia se divertir um pouco.

— Estou dentro — disse ela com um sorriso.

Em segundos, eles escalaram o muro dos Paulson e chegaram à piscina oval no meio do pátio. Havia boias e botes em pilhas organizadas no deque. Uma churrasqueira a gás preta da marca Weber ficava sob a pérgola, e uma concavidade hexagonal para fogueira, em um ponto mais afastado do quintal. Duas toalhas, ambas com *P*s roxos bordados no meio, pendiam sobre as espreguiçadeiras. Emma olhou com cautela mais uma vez para a casa escura dos Paulson. Nenhuma luz se acendeu.

Ethan levou menos de cinco segundos para tirar a camisa, a bermuda cargo e os tênis de corrida New Balance e mergulhar na piscina. Quando voltou à tona, sorriu para Emma.

— A água está ótima! Entre!

Emma despiu uma das pernas da calça do pijama.

— Hã, não estou exatamente vestida para entrar na piscina.

Ethan agitou as sobrancelhas.

— Pode tirar. Eu não me incomodo.

Emma fingiu um olhar raivoso para ele, mas tirou a calça do pijama, feliz por estar usando por baixo uma calcinha boxer preta de algodão totalmente opaca. Indo na ponta dos pés até a borda, entrou na piscina, sentindo a água fria deslizando centímetro a centímetro por sua pele. Afastou-se da borda e deu algumas braçadas de peito debaixo d'água. Seu top se ondulou sob ela como um paraquedas inflado. Quando subiu para respirar, Ethan estava no meio da piscina. As luzes douradas se refletiam em suas maçãs do rosto, destacando seu cabelo puxado para trás, o rosto anguloso e ombros largos e morenos. O olhar de Ethan encontrou o dela, e ele sorriu. Emma desviou os olhos rapidamente. Não queria que ele pensasse que o estava encarando.

– Foi uma boa ideia – observou Emma, virando-se para boiar de costas.

– Eu avisei. – Ethan nadou até o trampolim. – Tenho uma confissão a fazer – disse ele um instante depois, atravessando a água com os braços fortes. – Sou um invasor serial de piscinas. Quando era mais novo, entrava na piscina dos meus vizinhos o tempo todo.

– Bom, sou uma invasora de piscinas virgem – disse Emma, esperando que a noite estivesse escura o bastante para Ethan não ver que ela tinha corado com a palavra *virgem*.

– Sempre quis ter minha própria piscina. – Ethan esticou o braço e segurou ambos os lados do trampolim. – Meus pais nunca toparam. Minha mãe achava que eu ia virar uma daquelas crianças afogadas que aparecem no jornal.

Emma se deu conta de que sabia muito pouco sobre a vida de Ethan.

– Como são seus pais?

Ethan deu de ombros.

– Eles são... bom, minha mãe é uma preocupada crônica. E meu pai é... ausente.

– Ele foi embora? – Talvez eles tivessem alguma coisa em comum.

O ar escapou aos poucos por entre os lábios de Ethan.

– Não exatamente. Ele só viaja muito. O trabalho é tudo para ele. Ele tem um apartamento em San Diego, perto da matriz da empresa, e passa mais tempo lá do que em casa. Provavelmente gosta de ficar longe de nós.

– Você não deveria brincar com isso.

Ethan levantou um dos ombros. Pareceu que ia dizer mais alguma coisa, mas balançou a cabeça energicamente, como se tentasse apagar os pensamentos, e pulou do trampolim.

– Você tinha piscina quando era criança, Emma?

Emma riu, batendo as pernas mais depressa enquanto boiava.

– Uma criança do sistema de adoção com uma piscina? Era sorte ter uma banheira limpa. Mas eu ia muito a piscinas públicas. Quando era mais nova, uma assistente social me matriculou em aulas gratuitas de natação.

– Isso é bom.

– É, talvez. – Teria sido melhor se Becky a tivesse ensinado a nadar. Ou se uma de suas mães temporárias tivesse se dado o trabalho de ir assistir às aulas. Emma tinha o hábito de olhar para as arquibancadas de dentro d'água, achando que alguém podia estar ali para vê-la, mas sempre se decepcionava. Por fim, parou de olhar.

– Quando você era pequena, qual era seu jogo preferido na piscina? – perguntou Ethan.

Emma pensou por um instante.

– Acho que Marco Polo. – Depois das aulas de natação, era o que jogavam.

– Quer jogar? – perguntou Ethan.

Emma soltou uma risadinha, mas o rosto de Ethan estava sério.

— Hã, claro — disse ela. — *Em voz baixa.* — Ela fechou os olhos, girou algumas vezes dentro d'água e sussurrou: — Marco!

— Polo — murmurou Ethan. Emma flutuou em direção à voz dele, com os braços esticados para a frente.

Ethan soltou um risinho.

— Você parece uma morta-viva.

Emma riu, mas se sentiu mal por algum motivo. E se o corpo de Sutton estivesse boiando em algum lugar naquele momento, exatamente como o dela?

Uma imagem de água fria e escura passou por minha mente. Ondas batiam em um corpo enrolado em panos encharcados. Eu não conseguia chegar perto o bastante para distinguir o vulto caído com o rosto para baixo no leito do rio. Será que podia ser eu deitada ali, dada como morta?

Emma nadou sem vontade em direção à voz de Ethan, tentando se livrar da sensação de medo que tinha surgido em sua barriga. Suas mãos vasculhavam o ar.

— Eu sou o mestre do Marco Polo — zombou Ethan. Parecia que ele estava na parte rasa. — Então, passar a infância no sistema de adoção foi ruim?

Emma pigarreou.

— Foi — disse ela, fechando os olhos com mais força. — Mas como agora tenho dezoito anos, acho que acabou. Marco!

— Polo — respondeu Ethan, agora parecendo estar à esquerda de Emma. — Também acabou porque você está *aqui*, vivendo a vida da Sutton. E quando resolvermos isso, vai poder voltar a ser Emma.

Emma passou os dedos pela água fria, pensando naquilo. Era difícil não imaginar o que podia lhe acontecer depois que o assassinato de Sutton fosse desvendado — *se* fosse desvendado. Ela queria mais do que tudo ficar ali, poder conhecer os Mercer como *ela mesma*, mas e se eles a colocassem para fora quando descobrissem que ela estava se passando por sua filha morta?

Ethan quebrou o silêncio.

– Não sei como você conseguiu passar anos com famílias temporárias e se tornar tão... normal. Não sei se eu seria.

– Bem, eu me escondia dentro da minha cabeça. – Emma deslizava pela água, concentrada no som da voz baixa de Ethan. – Inventei um mundo só meu.

– Como assim?

– Escrevia diários e histórias. E criei um jornal.

– Sério?

Emma assentiu, com os olhos ainda fechados.

– Era uma espécie de... *Notícias da Emma*. Eu tirava fotos e escrevia as coisas que aconteciam comigo como se fossem um furo jornalístico na primeira página. Sabe, *Garota prepara mais um pão de lentilhas para pais temporários hippies*. Ou, *Irmã temporária quebra coisa que Emma Paxton adorava só por quebrar*. Aquilo me ajudava a aguentar. Ainda faço manchetes imaginárias às vezes.

– Por quê?

Emma tirou a água do rosto.

– Acho que me faz sentir... importante. Como se eu fosse boa o bastante para ser a manchete da primeira página, mesmo que seja em meu jornal inventado.

– Eu também ia para o meu mundinho – confessou Ethan. – Implicavam comigo o tempo todo quando eu era mais novo.

– Implicavam com *você*? – Emma queria abrir os olhos e encará-lo. – Por quê?

– Por que implicam com as pessoas? – A voz de Ethan falhou. – Simplesmente acontecia. Só que, em vez de escrever jornais, eu desenhava labirintos. No começo, eram bem básicos, mas depois de um tempo comecei a deixá-los cada vez mais complicados, até que nem mesmo eu conseguia solucioná-los. Eu me perdia naqueles labirintos. Imaginava que ficavam em um jardim onde eu podia desaparecer para sempre.

De repente, Emma sentiu chutes vibrando sob a água. Esticou as mãos para a frente, tocou a pele e abriu os olhos. Ethan estava no canto, perto do ofurô embutido.

Antes de se dar conta do que estava fazendo, Emma tocou um pequeno corte de lâmina de barbear no queixo dele.

– Está doendo?

Ethan ficou vermelho.

– Não. – Ele segurou a cintura dela e a puxou mais para perto. Suas pernas se tocaram, e Emma sentiu a fricção entre sua pele e a dele. Ela olhou para os lábios úmidos de Ethan, as gotas de água em seus cílios, as sardas esparsas sobre seus ombros.

Ouvia-se o barulho dos grilos. As árvores suspiravam ao vento. No momento em que Ethan se inclinava mais para perto, o cordão de Emma refletiu a luz da lua, lançando um lampejo sobre a superfície da piscina.

De repente, a água pareceu gelo em contato com sua pele. Aquilo estava acontecendo rápido demais.

– Hã... – murmurou ela, virando-se e nadando para longe dele.

Ethan também se virou, constrangido, limpando a água do rosto.

"*Arg!*", gritei para eles. Que frustrante!

Emma foi em direção à escada.

— Acho que é melhor sairmos.

— É. — Ethan impulsionou o corpo para fora da piscina. Olhou para os canteiros de flores e para os alimentadores de pássaros em forma de cone que pendiam de uma bétula. Para qualquer lugar, menos para Emma.

Eles estavam molhados, tremendo, e seminus no deque. Emma desejou conseguir pensar em alguma coisa para dissipar a tensão, mas sua mente estava vazia e saturada.

Um ronco profundo a fez se virar. Faróis brilhavam por entre as tábuas da cerca. Havia um carro parado na rua. Emma segurou o braço de Ethan.

— Tem alguém aqui!

— Merda.

Ethan enfiou os sapatos e as roupas embaixo do braço e correu descalço para os fundos do muro de blocos de concreto. Emma enfiou-se na calça do pijama, torceu seu top e correu atrás dele. Com as mãos, ele deu um apoio para Emma, depois pulou sozinho. Atrás do quintal dos Paulson havia um riacho seco cheio de galhos, pedras, palha seca e cactos sem poda. A casa dos Mercer ficava à esquerda, mas Ethan virou para a direita.

— Tenho que ir para casa — disse ele.

— Você veio até aqui andando? — perguntou Emma, surpresa.

— Na verdade, vim correndo. Gosto de correr à noite.

O carro estava parado na rua. Emma tentou enxergar na escuridão. O deserto era interminável.

— Tem certeza de que vai ficar bem?

— Vou ficar ótimo. Falo com você depois.

Emma observou Ethan até não conseguir mais ver as faixas refletoras na parte de trás de seus tênis. Então, foi até o quintal de Sutton, se esgueirou rente ao muro e saiu perto do Jetta de Laurel. Quando olhou, esperava ver um carro diante da casa dos Paulson, talvez até mesmo o sr. Paulson rondando o terreno com um taco de beisebol. Mas a entrada da garagem estava vazia. Os jornais continuavam exatamente no mesmo lugar em que estavam uma hora antes. Além disso, nenhuma luz havia sido acesa na casa.

Uma ideia fria e nauseante percorreu a pele de Emma. O carro não pertencia aos Paulson. Quem quer que estivesse estacionado ali, observando-os, era outra pessoa.

11
NADA COMO UMA AMEAÇA
ÀS DUAS DA MANHÃ

Poucos minutos depois, Emma corria pela entrada da casa dos Mercer. Na árvore que ficava do lado de fora da janela de Sutton, nenhum galho era baixo o bastante para subir, então a única maneira de voltar era pela porta da frente.

A chave estava embaixo de uma grande pedra sob uma árvore, exatamente como na primeira noite em que Emma entrara na casa. Ela enfiou-a na fechadura, rezando para os Mercer não terem acionado o alarme naquela noite. A fechadura virou. Silêncio. *Vitória*.

A porta se abriu facilmente, e Emma correu para dentro. O ar-condicionado estava no máximo, e sua pele úmida ficou arrepiada. Os vidros nas molduras dos retratos de família cintilavam sob a pálida luz que vinha da rua. O cartão do detetive Quinlan estava em cima do aparador, perto da porta, exatamente onde a mãe de Sutton o deixara naquela tarde. Emma envolveu o pulso com a palma da outra mão e relembrou o toque dos dedos de Ethan ali. Fechou os olhos e apoiou a cabeça contra a parede.

Qual era o *problema* dela?, eu queria perguntar. Por que não o tinha beijado?

Crec. Emma congelou. Isso foi um passo?

Crec. Creeeeec. Uma sombra apareceu no final do corredor. Pés tocavam levemente o chão, cada vez mais alto, até que Laurel apareceu sob a luz. Emma deu um pulo para trás e suprimiu um grito.

– Nossa! – Laurel levantou as mãos. – Alguém anda assustada! – Ela observou Emma mais de perto. – Por que você está toda molhada?

Emma baixou os olhos para o top encharcado grudando-se a sua pele; gotas de água rolavam lentamente por suas costas.

– Eu só tomei um banho.

– De *roupa*?

Emma foi até o lavabo e secou o rosto com uma toalhinha verde-água; quando olhou para seu reflexo, viu Laurel observando-a no espelho. Será que Laurel a vira com Ethan na piscina? Será que ouvira a conversa deles? Será que *ela* tinha ligado os faróis em cima deles?

Parecia possível. Pelos relances que eu via de meu passado, Laurel era grudenta e intrometida, uma espiã. Eu não sabia por que a tínhamos deixado entrar no Jogo da Mentira, mas sabia que eu não concordara. Acho que, lá no fundo, eu tinha ciúmes. Laurel era a filha verdadeira de meus pais, claramente mais amada do que eu. Eu não queria que minhas amigas também a amassem mais.

Laurel entrou no lavabo e se sentou na tampa do vaso sanitário.

– Então, quando você ia me contar?

– O quê? – Emma fingiu estar fascinada pelos sabonetinhos enfileirados na borda da pia.

– O nome do cara com quem você está saindo. Com quem estava conversando lá fora agora há pouco.

Os nervos de Emma ficaram à flor da pele. Então, Laurel *tinha* visto. Se Laurel tivesse matado Sutton e soubesse que Emma estava com Ethan, a vida dele também podia estar em risco.

– Não sei do que você está falando. – Sua voz tremeu levemente.

– Pare com isso – disparou Laurel. – Você está com um cara chamado Alex, não é?

Alex? Emma deixou a toalha pender de suas mãos, revirando o cérebro para encontrar alguém chamado Alex no Hollier. A única Alex que ela conhecia era sua amiga de Henderson...

– Eu vi a mensagem de texto no seu telefone na aula de cerâmica – disse Laurel, cruzando os braços e encarando Emma no espelho. – Um Alex escreveu para você. Disse que estava *pensando em você*. – Os olhos dela cintilavam. – Foi com esse cara que você desapareceu na sua festa também?

A cabeça de Emma girava.

– Alex é uma garota – Emma deixou escapar.

– Hã-rã – Laurel revirou os olhos. – Você vai voltar a confiar em mim algum dia? – perguntou ela em voz baixa. Algo doloroso acontecera entre elas, algo que Emma não conseguia descobrir o que era. Sutton tinha magoado Laurel no passado, disso Emma tinha certeza, e parecia que Laurel também magoara Sutton.

– É uma garota. – Emma se virou, batendo o quadril contra a quina da pia. – E... não foi legal você ter olhado meu telefone.

Laurel baixou o queixo e lançou a ela um sorriso malicioso.

– Como se você não olhasse o meu toda hora. Então, quem é esse Alex? Alguém da Valencia Prep? Da Universidade do Arizona? Vocês estavam nadando pelados? Ainda bem que os Paulson estão no Havaí!

– Eu não estava na piscina – repetiu Emma, mas depois olhou para si mesma. As pontas do cabelo pingavam sobre seus ombros. Ela cheirava a cloro. – OK, tudo bem. Eu estava na piscina. Mas estava sozinha.

Laurel passou os dedos pela parte de cima das palavras VIVA, RIA, AME, esculpidas em ferro fundido, que ficavam atrás do vaso sanitário.

– Por que não me diz a verdade? – perguntou ela, parecendo magoada. – Não vou contar a ninguém. Prometo. Eu consigo guardar um segredo.

Emma baixou os olhos. A única pessoa em quem ela podia confiar em Tucson era Ethan.

– Eu fui sozinha para a piscina, juro. Estava calor, eu estava acordada... fim de papo. E a Alex é uma garota que conheci no acampamento de tênis. – Emma esperava que Sutton tivesse ido a um acampamento de tênis... e que Laurel não tivesse ido com ela. Então, tentando parecer irritada e indiferente, ela empurrou Laurel para o lado e foi para o corredor.

– Sutton, espere.

Emma se virou. Laurel estava parada atrás dela com um sorriso perigoso nos lábios.

– Você não me engana. Vai me contar o que está tramando. Ou...

As palavras ficaram no ar, quase palpáveis.

– Ou *o quê*?

Laurel estava tão perto que Emma sentia o cheiro de limão de seu xampu. Seus ombros eram retos e fortes. Suas mãos grandes estavam fechadas nas laterais do corpo. De repente, Emma foi transportada novamente para aquela noite terrível na casa de Charlotte, quando alguém a tinha agarrado por trás e quase a matado. Laurel era mais alta que Emma, mais ou menos da altura da pessoa que a atacara. E tinha uma força sólida, uma segurança que levava Emma a pensar que talvez ela fosse capaz de algo como aquilo. Afinal de contas, Emma tinha visto Laurel sufocar Sutton com violência no vídeo do assassinato.

Laurel se aproximou ainda mais, e Emma se retraiu e desviou os olhos.

– É melhor me contar logo o que está tramando, ou vou lhe dar algo para temer de verdade. Agora, você acha o trote do trem engraçado? Bom, e se eu contar tudo para a mamãe e o papai? E se eu contar a eles o que *realmente* aconteceu?

Emma deu um passo para trás, surpresa. *Por favor, me conte o que realmente aconteceu*, ela desejou em silêncio. Mas Laurel virou as costas e subiu a escada, deixando Emma sozinha na escuridão.

12

OUTRO TIPO DE SEGREDO

— *Ich war in Arizona geboren* — sussurrou Emma para si mesma, com o livro de Alemão IV no colo e várias anotações nas mãos. Ela achava aquelas sílabas guturais desagradáveis. O alemão a fazia lembrar um velho escarrando.

Era terça-feira, e Emma estava no pátio, sentada a uma mesa redonda ao ar livre reservada aos alunos do último ano e a alguns alunos descolados do penúltimo; todos os outros eram obrigados a sentar no abafado refeitório, que tinha um cheiro desagradável de tacos de peixe. Charlotte, Madeline e Laurel iam chegar a qualquer momento, e Emma passou o tempo revisando as anotações de alemão para uma prova importante no dia seguinte.

Embora Sutton provavelmente nunca tivesse estudado um dia na vida, Emma não conseguia ignorar nenhum teste. Ela só tirava A desde o primeiro ano e não ia parar agora.

O juízo de valor de minha irmã gêmea me irritava. Talvez eu estivesse distraída com outras coisas, ocupada demais para estudar. Ou talvez no fundo fosse inteligente, mas não desse a mínima.

O teste de alemão abrangia os estágios da vida: nascer, viver, morrer.

— *Ich war in Arizona geboren* — murmurou Emma mais uma vez. *Eu nasci no Arizona*. Essa seria a resposta de Sutton, mas será que era verdade? Becky sempre dissera a Emma que ela tinha nascido no Novo México, o que significava que Sutton também nascera lá. — *Sutton starb in Arizona* — sussurrou em voz baixa, lendo a palavra seguinte do vocabulário. *Sutton morreu no Arizona*. Dizer isso, mesmo em outra língua, fez o estômago de Emma se contrair. Ela folheou o glossário, mas o livro de Alemão IV não tinha verbos mais exatos como *assassinar, trucidar* ou *estrangular*.

— Já comprou seus ingressos para o baile?

Emma se sobressaltou com a voz alegre perto dela. Uma garota com o rosto pintado de verde, um nariz falso, uma peruca de Elvira e um vestido preto que parecia infestado de pulgas jogou no colo de Emma um panfleto no qual se lia Baile de Dia das Bruxas da Semana de Boas-Vindas! Apareça ou apodreça! Quando viu quem Emma era, seu sorriso insano se desfez e ela se afastou.

— Ah! Hã, quer dizer, tenho certeza de que *você* comprou, Sutton. Divirta-se!

Antes que Emma conseguisse dizer uma palavra, Elvira saiu correndo pelo pátio. Não era a primeira vez que algum idiota se assustava com ela, abrindo-lhe um grande espaço nos corredores ou saindo às pressas do banheiro feminino quando ela entrava. *É só mais uma consequência de ser Sutton Mercer*, Emma percebeu, tentando imaginar, repentinamente, se a reação das pessoas havia feito sua irmã se sentir solitária. Será que Sutton já tinha sido íntima de alguém?

Eu não sabia como responder à pergunta de Emma. Mas considerando que alguém próximo a mim tirara minha vida, talvez eu estivesse certa em não confiar em ninguém.

Emma fechou o livro de alemão. Enquanto olhava para o casal alemão falsamente feliz com roupas típicas na capa, sentiu a clara e irritante sensação de que alguém a observava. Virou-se devagar. Uma mesa de jogadores de futebol americano gargalhava de um menino que encenava alguma piada do outro lado do pátio. Na mesa ao lado, havia um garoto e uma garota. Suas bocas estavam contraídas de raiva, e seus olhares fixavam-se diretamente em Emma.

Garrett e Nisha.

Nesse dia, Nisha usava um suéter verde-esmeralda justo, tênis da Lacoste e tinha um olhar furioso que gelou o sangue de Emma. Embora Emma não soubesse que eles eram amigos, Garrett se sentara grudado a Nisha, com seu olhar perfurante também fixo em Emma. A expressão enojada dele parecia dizer, *Eu sei sobre vocês. Eu sei sobre Ethan.*

Será que Garrett sabia? Será que ele estava no carro parado perto da piscina dos Paulson na noite anterior? Talvez ele e Nisha tivessem ido juntos. Emma deu a Garret um pequeno e esperançoso aceno, mas ele se limitou a balançar a cabeça levemente, depois sussurrou algo no ouvido de Nisha. Ela riu com o comentário e lançou um sorriso malicioso a Emma.

De repente, Emma se sentiu farta dos segredinhos deles. Fechando o punho, ela olhou furiosamente para a garota mignon de cabelos escuros.

— Posso ajudar você com alguma coisa, Nisha? — perguntou, sem se dar o trabalho de esconder o sarcasmo.

Nisha deu um sorriso meloso e se aproximou mais de Garrett, apoiando de forma possessiva as unhas vermelho-sangue em seu braço.

— Eu só queria lembrar que o jantar obrigatório da equipe vai ser sexta na minha casa. Quer dizer, eu a teria envolvido no planejamento, mas como ia saber se você sequer apareceria?

Emma se irritou.

— Bom, eu apareceria se você fizesse algum evento ao qual valesse a pena ir.

Boa, Em, pensei. Emma estava se defendendo e invocando sua Sutton interior cada vez melhor. Talvez houvesse mesmo alguma verdade naquele debate de natureza x criação.

Então, o olhar de Nisha brilhou para alguém atrás de Emma.

— Você vai, não é, Laurel? Ou Sutton não vai deixar?

Emma se virou e viu Laurel colocando a bandeja do almoço na mesa. Laurel lançou um olhar cortante para Nisha e não respondeu.

— Desde quando esses jantares são obrigatórios? — murmurou ela entredentes. — Alguém tem de avisar a ela que ser cocapitã da equipe não a torna rainha.

— Ela só está irritada porque Sutton não apareceu na última vez. — Charlotte também se sentou, jogando uma lancheira de lona listrada na mesa. Ela olhou para Emma. — Se você não nos quiser lá, Sutton, nós não vamos.

Laurel se virou para Emma e também assentiu. Emma percebera que, como líder do Jogo da Mentira, as amigas de Sutton sempre se submetiam a ela.

Mas eu não sabia se elas gostavam disso. Charlotte lançou um olhar cansado a Emma, como se estivesse farta das regras e dos regulamentos volúveis de Sutton Mercer.

— Então, *onde* você estava hoje? — interrompeu Madeline, deslizando para o banco ao lado de Emma. — Por que não estava na The Hub?

Emma estreitou os olhos.

— Íamos nos encontrar na The Hub? — Aquele era o nome da loja e cafeteria da escola que ficava ao lado do refeitório. O lugar vendia basicamente moletons do Hollier, números para a rifa do baile e lápis número dois.

— Para planejar a coroação, sim! Alô, tradição? — Madeline tirou um café de um suporte de papelão e o entregou a Emma. — Dane-se. Eu trouxe um *latte* para você. Acho que alguém está meio distraída hoje, hein? Será que foi a prisão de ontem à noite?

Laurel abriu seu Sprite Diet com um ruído alto.

— Eu contei para elas hoje de manhã. — Ela sustentou o olhar de Emma, piscando com inocência como quem diz, *E adivinhe o que mais vou contar?*

— Aparentemente, você não ia contar. — Charlotte pousou as mãos sobre um Tupperware cheio de salada de espinafre. — O que aconteceu?

Madeline brincava nervosamente com uma faca de plástico, passando os dedos pela parte denteada.

— Desde quando você rouba lojas sozinha? — Ela parecia irritada, como se Emma a tivesse desprezado.

— E ser pega na Clique? — Charlotte estalou a língua. — Já tínhamos dominado aquele lugar no oitavo ano!

— Laurel me contou que você pegou uma clutch Tory Burch. — Madeline torceu o nariz. — Sutton, *não* vale a pena roubar Tory.

Emma retirou a tampa do copo de café, e o vapor subiu até seu rosto.

— Sabem quando você simplesmente *precisa* ter alguma coisa? — disse ela de um jeito vago. — E eu teria me safado numa boa se a vadia do caixa estivesse trabalhando em vez de ficar me perseguindo. Acho que ela tem uma quedinha por mim.

— Alguém está perdendo o jeito — cantarolou Charlotte, mordendo uma cenoura com um ruído perceptível. Ela parecia quase feliz por Emma ter sido pega.

Emma tomou um gole do *latte* e estremeceu — estava pelando.

— Acabei com minhas chances de ir ao baile. Vou passar o próximo milênio de castigo.

— Ah, por favor. Você vai. — Madeline enfiou uma passa coberta de iogurte na boca. — Vamos dar um jeito. E também vai acampar conosco depois.

Então, Madeline soltou um risinho de escárnio para alguma coisa atrás dela.

— CorteZillas à frente.

Embora as gêmeas normalmente se vestissem de maneiras opostas — Gabby tinha um jeito mais recatado, usando faixas de patricinha no cabelo e gorgorão em tudo, e Lili ostentava um visual mais despojado, com flanelas xadrez, saias minúsculas e muita maquiagem preta nos olhos —, naquele dia ambas usavam vestidos cor-de-rosa justos com saias de tule e plataformas altíssimas amarradas nos tornozelos finos. Como sempre, seguravam seus iPhones. Todo mundo – desde o pessoal das bandas que estava no canto até os taciturnos tipos artísticos perto do muro de estuque – estava olhando para elas.

– Oi, meninas! – gorjeou Gabby quando chegou à mesa.

– *Ciao!* – disse Lili. – Alguém falou em acampar? Para onde vamos este ano?

– *Nós* vamos acampar em Mount Lemmon – disse Charlotte em um tom cortante. – Não sei onde *vocês* vão acampar.

– Que pena – respondeu Lili em um tom igualmente cortante. – Porque somos as únicas que sabem onde ficam as melhores fontes termais.

– E temos uma churrasqueirinha linda. Podemos fazer s'mores – acrescentou Gabby.

– Não sei se começar um incêndio no deserto é uma boa ideia – desdenhou Laurel.

Emma passava a língua sobre os dentes enquanto olhava as garotas, pensando no carro delas passando lentamente pela casa de Sutton. Será que *elas* estavam espreitando a casa de Sutton na noite anterior, observando-a na piscina com Ethan?

Madeline avaliou a roupa delas.

– A votação da corte já *aconteceu*, senhoritas. Vocês não precisam mais se vestir de Barbies do Baile.

– Vai ver nós gostamos. – Lili colocou as mãos nos quadris ossudos. – Então, meninas. Já fizeram os planos para nossa cerimônia?

– Espero que sejam bons – Gabby se intrometeu, mastigando com força um chiclete. O cheiro de melancia flutuou pelo ar. – Criados... comida e música incríveis... e talvez uma cerimônia de iniciação do Jogo da Mentira para fechar com chave de ouro? – Gabby contou nos dedos cada pedido.

– Temos algumas ideias matadoras para trotes – contou Lili com um brilho dançando em seus olhos claros.

– Seríamos um trunfo para o grupo – gabou-se Gabby em voz baixa, olhando diretamente para Emma. Ela se retraiu de leve, com o coração acelerado. Gabby tirou um frasquinho do bolso de seu vestido, abriu a tampa cor-de-rosa e colocou uma pílula redonda sobre a língua. Sua garganta se elevou quando ela engoliu. Ela não tirou os olhos de Emma, como se uma mensagem tácita estivesse sendo passada entre elas.

– O convite para o Jogo da Mentira não vai rolar, senhoritas – disse Emma, tentando parecer confiante e equilibrada. Sutton não tinha deixado Gabby e Lili entrarem no clube antes, talvez por uma boa razão.

Os olhos de Gabby percorreram depressa o corpo de Emma, como se a estivessem avaliando para uma briga.

– É o que vamos ver, não é? – disse ela em um tom repentinamente duro.

Lili tocou o pulso de Gabby.

– Calma, Gabs – falou ela em voz baixa. Depois, puxou Gabby pelo pátio.

– Sem autógrafos – avisou ela para os colegas de turma perplexos, escondendo o rosto como se estivesse sendo perseguida pelos paparazzi. Assim que Lili a soltou, Gabby virou-se e formou uma arma com o dedo, apontando para Emma e fingindo atirar. Emma ficou de queixo caído.

Imediatamente, uma imagem cobriu minha visão: com um sorriso amarelo, eu expulsava as gêmeas de meu quarto em uma festa do pijama: "Desculpe, meninas. Precisamos debater um assunto particular sobre o Jogo da Mentira. Fiquem no escritório com os outros ninguéns." Os nós dos dedos de Gabby tinham ficado brancos quando ela apertara seu iPhone. Então, Lili tinha se empertigado: "Preste atenção no que estou falando, Sutton, *não vai ser sempre assim*", disparou ela.

Mas Madeline se limitou a revirar os olhos para as Gêmeas do Twitter.

– O que deu nessas duas nos últimos tempos? Elas estão mais loucas do que nunca.

– Sem dúvida – disse Charlotte, bebendo seu café e olhando para as portas duplas pelas quais as gêmeas tinham entrado. – Mas elas têm razão, precisamos planejar a cerimônia.

– Vamos fazer isso no sábado. – Madeline enfiou seu Tupperware na bolsa. – Na minha casa?

– Eu não posso – disse Emma. – Estou de castigo, lembram?

Charlotte bufou.

– E desde quando isso a impede?

O sinal tocou, e todos se levantaram, jogando as sobras no lixo e voltando para dentro da escola. Laurel e Charlotte seguiram em direções opostas, mas Madeline ficou para trás e esperou Emma arrumar a bolsa para entrarem juntas.

Elas foram para a ala de música. Notas desafinadas saíam pelas portas abertas. No final do corredor, Elvira entregava mais panfletos para o Baile de Boas-Vindas. Seu nariz falso ameaçava cair, e alguns garotos riam ao passar. Madeline olhou para Emma com o canto do olho.

– O que você tem ultimamente? – perguntou, diminuindo o passo.

– Como assim? – respondeu Emma, alarmada.

Madeline contornou uma garota que lutava com um estojo de tuba.

— Você anda... estranha. Quieta, desaparecendo sem explicar, roubando sozinha... Char e eu achamos que uma forma de vida alienígena assumiu o controle do seu corpo.

Emma sentiu um calor subir até o rosto e o peito. *Acalme-se*, disse a si mesma. Puxou o colar de Sutton, esforçando-se para manter a compostura. Então, teve uma ideia.

— Acho que só estou irritada porque você e Char andam muito íntimas nos últimos tempos — disse ela em uma voz aflita, tentando parecer petulante e enciumada. — Estou sendo substituída como sua melhor amiga? — Ela observou a altura e a postura de bailarina de Madeline, que usava calça cargo skinny e um suéter de manga-morcego, torcendo para ela morder a isca.

Os traços delicados de Madeline se enrijeceram.

— Char e eu sempre fomos amigas.

— É, mas alguma coisa mudou entre vocês duas — insistiu Emma. — Vocês estão mais próximas. Isso tem a ver com a noite anterior à festa de Nisha? Eu *sei* que vocês estavam juntas, Mads.

Madeline parou de repente no corredor, deixando os alunos passarem ao redor delas. Uma veia em sua têmpora pulsava.

— Você pode parar de falar naquela noite?

Emma ficou perplexa. Um fogo ardendo em seu estômago a impeliu em frente.

— Por quê?

— Porque eu não quero falar sobre isso, OK?

— Mas...

— Deixe isso para lá, Sutton! — Madeline virou-se e esgueirou-se pela porta mais próxima, que levava à biblioteca da escola.

Emma empurrou a porta da biblioteca com o ombro e entrou atrás de Madeline. Alunos se debruçavam sobre o dever de casa em mesas longas e largas. Telas de computador brilhavam atrás de uma parede de vidro. A grande sala cheirava a livros velhos e ao desinfetante spray que Travis usava.

Madeline se enfiou em um dos corredores dos fundos.

— Mads! — chamou Emma, passando por uma prateleira baixa de atlas e enciclopédias. — Mads, pare com isso!

A bibliotecária colocou o dedo sobre os lábios.

— *Silêncio!* — ordenou ela atrás de sua mesa.

Emma passou correndo por pôsteres das séries *Crepúsculo* e *Harry Potter*, o que lhe causou uma leve pontada de saudade. Becky lia *Harry Potter* para ela, fazendo vozes para cada personagem e usando uma capa desbotada de veludo preto que comprara em um bazar de garagem depois do Dia das Bruxas. Emma adorava, e não ligava para o cheiro de mofo da capa.

Emma entrou no corredor no qual Madeline se enfiara. Madeline tinha parado no final do corredor, perto de um monte de exemplares das obras completas de Shakespeare. Seu cabelo longo e escuro escorria pelas costas totalmente retas.

De repente, tive uma lembrança clara e distinta de Madeline parada na mesma pose tesa, mas magoada. Estávamos no quarto dela, e houve uma comoção no final do corredor, vozes abafadas, cada vez mais altas. Eu a ouvi suspirar levemente, como se estivesse tentando conter as lágrimas.

— Mads? — sussurrou Emma. Madeline não respondeu. — Pare com isso, Mads. Desculpe pelo que quer que eu tenha dito.

Madeline virou-se de repente e encarou Emma com os olhos vermelhos.

— Eu liguei primeiro para você, está bem? — Sua voz falhou, e ela pressionou os lábios. — Você não atendeu. Acho que tinha coisas mais importantes a fazer.

Ela fungou e respirou, engasgada.

— O mundo não gira em torno de você, sabia? Eu sempre faço o que você manda, mas seria bom se você correspondesse, às vezes. Liguei para a Charlotte em seguida, e ela ficou comigo a noite toda. Então, *sim*, é claro que estamos mais próximas nos últimos tempos. Satisfeita?

Com o maxilar contraído, Madeline passou por Emma como se ela fosse um aluno desconhecido atravancando o corredor da biblioteca.

— Mads! — protestou Emma, mas Madeline não parou. Ela passou correndo pelas portas, voltando para o corredor da escola.

A biblioteca inteira se virou e olhou para Emma. Ela retornou para o corredor da biblioteca e se encostou contra uma pilha de livros. Madeline estava escondendo algo importante, mas não o que Emma pensava. Era impossível fingir uma reação como aquela. Na noite em que Sutton desaparecera, Madeline tivera um problema pessoal, algo completamente alheio ao que acontecera a Sutton. Madeline estava ocupada naquela noite. Era *inocente*. E, como estava com ela, Charlotte provavelmente também era.

Senti uma onda de alívio, forte e rápida. Eu queria comemorar em voz alta. Minhas duas melhores amigas eram mesmo minhas melhores amigas — não minhas assassinas.

Uma série de bipes agudos ressoou quando a bibliotecária começou a escanear livros para um ruivo magrelo. Emma virou-se para ir embora, mas seu joelho esbarrou em um exemplar das obras completas de Shakespeare e o derrubou no chão. O livro caiu aberto, com as páginas finas cheias de destaques e notas de alunos que pareciam não se importar com o fato de aquele ser um livro da biblioteca. Uma frase de *Hamlet* chamou a atenção de Emma, causando um calafrio em sua espinha.

Alguém pode sorrir, e sorrir, e ser um vilão.

Aquilo também me fez estremecer. Charlotte e Mads eram inocentes, mas meu assassino ainda estava solto – sorrindo, assistindo, espreitando, esperando.

13
NUNCA SUBESTIME O PODER DA BISBILHOTICE

— Ela vai se comportar, mãe — implorou Laurel. — Eu *prometo*. Por favor, deixe-a ir.

Era noite de sexta-feira, e Emma e Laurel estavam na sala de estar da casa dos Mercer. A sra. Mercer examinava as garotas da porta de seu escritório. Drake ofegava a seu lado com a língua comprida parecendo uma grossa fatia de presunto. Emma se afastou um pouco dele.

— É só um jantar de tênis sem importância — continuou Laurel com uma voz doce. — Vai ser chatíssimo... *Nisha* organizou. E, de qualquer maneira, a treinadora Maggie não disse que vai praticamente colocar um monitor de tornozelo na Sutton quando ela chegar lá? Você não tem com o que se preocupar.

— Por favor?

Emma lançou à sra. Mercer um olhar desamparado igual ao de Laurel. Uma semana antes, ela não teria acreditado que *desejaria* ir a um evento na casa de Nisha. Mas a verdade é que ficar de castigo era meio... insuportável. Ela não ficava simplesmente presa em casa; a sra. Mercer tinha proibido Emma de usar a internet, desconectado a TV a cabo do quarto dela e confiscado seu iPhone. Depois de se acostumar com o equipamento novo de alta tecnologia de Sutton, o antiquado e velho BlackBerry que Emma tinha trazido de Las Vegas não dava conta do recado muito bem. Ela passava as tardes vasculhando novamente o quarto de Sutton, procurando algo relevante sobre seu assassinato, mas não havia nada. A única coisa que restava a fazer era o dever de casa. Provavelmente, Sutton estava se revirando no túmulo.

Isso *se* eu estivesse em algum lugar entediante como um túmulo. Algo de que duvidava profundamente.

A princípio, Emma não ia ao jantar de Nisha para a equipe de tênis, mas aparentemente a treinadora Maggie tinha ligado para o trabalho da sra. Mercer naquela tarde e pedido que deixasse Emma comparecer. Seria bom para a equipe, dissera Maggie, garantindo à sra. Mercer que estaria presente e ficaria de olho em Emma. Mas, agora, a sra. Mercer hesitava.

— Você vai vigiá-la como um falcão, Laurel? — perguntou a sra. Mercer.

— Vou — murmurou Laurel, mexendo com a tira de seu top florido.

— E vocês duas vão vir diretamente para casa depois que o jantar terminar?

— Com certeza — disseram as duas em uníssono.

A sra. Mercer pousou o dedo sobre os lábios.

— Bem, é Nisha. — Ela disse o nome de Nisha da mesma maneira reverente que usaria para falar do dalai-lama. A sra. Mercer considerava Nisha uma garota-modelo que só tirava A e tinha uma moral férrea e infalível.

— OK, tudo bem. — Com um suspiro, a sra. Mercer relaxou os ombros e as botou porta afora.

Emma entrou no carro de Laurel, que se sentou no banco do motorista e comemorou.

— Como é a liberdade?

— Maravilhosa! — exclamou Emma.

Laurel dirigiu com apenas uma das mãos pelo bairro, usando a outra para passar uma escova por seu longo cabelo louro. Apesar do quarto bagunçado, a irmã de Sutton estava sempre impecável: reaplicava o gloss o tempo todo, checava os dentes em espelhos para ver se não havia nada grudado neles e tirava a tábua de passar do armário do corredor para passar suas saias e camisas. Emma gostava de ver Laurel cuidando das próprias roupas em vez de pedir à sra. Mercer ou de mandá-las para uma lavanderia a seco. Ela era desenvolta como Emma. Sabia cuidar de si mesma.

Mas isso não queria dizer que Emma confiava nela.

Emma mudou de posição no banco do carona e entrou mentalmente no modo investigativo.

— Então, ao que parece, Madeline tem um segredo — começou ela, virando-se para Laurel e vendo de relance a Doggie Dude Ranch, uma creche para cachorros que passou depressa pela janela. Uma loja que vendia turquesas e cristais veio depois, seguida por uma grande loja de cerâmica ao ar livre.

As sobrancelhas de Laurel se ergueram, mas ela não tirou os olhos da rua.

— Ah, é? Qual?

— Ela não quer me contar. Tem alguma coisa a ver com a noite anterior à festa de volta às aulas da Nisha.

O rosto de Laurel ficou sério.

— Está falando da noite anterior à que você *me deixou na mão*?

Emma mordeu com força o interior da bochecha. *Oops*. Sutton deveria ter buscado Laurel para a festa... mas, como ela estava morta, não buscou.

— É, enfim, Mads ligou para Charlotte naquela noite e contou a ela o que era. Acho que era meio importante.

— Por que você não estava com elas?

De repente, o ar-condicionado do carro pareceu congelante. *Diga você*, Emma queria responder.

— Pelo visto, você também não estava com elas.

A boca de Laurel se contraiu até virar uma linha reta. O Jetta saiu de sua faixa da autoestrada, e o motorista ao lado buzinou, sobressaltando as duas.

— Ah, *não* — respondeu ela, rígida, depois de recolocar o carro na faixa. — Não estava.

— Então, onde você estava? — Emma tentava fazer aquilo parecer uma conversa casual, embora seu coração estivesse disparado dentro do peito.

Os dedos de Laurel apertaram o volante. Ela fez uma longa pausa, com os olhos fixos no horizonte.

— Sutton, vamos mesmo ter essa conversa agora? — perguntou ela por fim, com uma voz dura. Emma a encarou, esperando, mas ela não disse mais nada.

Laurel estacionou o carro perto de uma familiar casa térrea estilo rancho com um grande jardim. Era exatamente igual à última vez que Emma estivera ali, em seu primeiro dia em Tucson, antes de saber que sua irmã gêmea estava morta. Antes de toda a loucura começar. Vários carros estavam parados na entrada e no meio-fio, e muitos deles tinham, no para-choque, adesivos nos quais se lia Tênis é felicidade ou Amor, com uma bola de tênis amarela no lugar do O. Todas as luzes da casa estavam acesas, e uma risada explodiu em algum lugar lá dentro.

– Vamos.

Laurel apertou o botão da chave para trancar o Jetta e seguiu pela entrada, mas Emma ficou para trás por um instante. Ela olhou para a casa de Ethan do outro lado da rua. A varanda estava escura. O telescópio que ele usava quando a conhecera não estava ali. Ela tentou imaginar o que Ethan estaria fazendo naquela noite. Será que pensara no quase beijo deles na piscina? Eles tinham se visto pelos corredores, mas não conversaram desde então.

A porta da frente da casa de Nisha se abriu, e a equipe de tênis as cumprimentou com abraços e gritinhos. Emma olhou para a sala e cutucou Laurel.

– Onde está Maggie?

Laurel começou a rir.

– Maggie não está *aqui*.

Charlotte saiu do meio da multidão com uma blusa listrada de ombro caído. Ela deu o braço a Emma.

– Vejo que meu planinho funcionou! – As sardas de seu nariz se comprimiram quando ela sorriu.

Emma franziu a testa. *Planinho?*

Charlotte esticou o dedão e o mindinho, imitando um telefone.

– Alô, sra. Mercer? – disse ela com uma voz adulta. – Aqui é a treinadora Maggie. Eu adoraria que Sutton fosse ao jantar da equipe de tênis hoje à noite. Seria uma demonstração enorme de solidariedade! Ah, entendo que ela está de castigo, mas não vou tirar os olhos dela, prometo. Pode contar comigo!

Nem mesmo eu esperava por isso. Minhas amigas eram *boas*. Com uma onda de alívio, tentei abraçar Charlotte, exultante por ela não ter me matado. Mas, como de costume, meus dedos atravessaram sua pele.

Charlotte passou o braço por cima dos ombros de Emma e os apertou.

– Não precisa me agradecer. Agora todas nós temos de descobrir um jeito de levar você ao baile.

Ela puxou Emma para a sala de jantar, onde havia bandejas de frango assado e paninis sobre uma toalha de mesa xadrez ao lado de grandes tigelas de salada de macarrão, pão de alho crocante enrolado em papel-alumínio e cupcakes com cobertura de chocolate para a sobremesa. Copos de plástico vermelho alinhavam-se a garrafas de Gatorade, Smart Water e Coca Diet. Todas as outras integrantes da equipe já estavam jantando, colocando comida nos pratos com colheres de plástico de cabo longo.

Quando Emma foi em direção à mesa, certa mão gelada segurou seu pulso.

– Que bom que você veio, Sutton – disse Nisha com um sorriso meloso.

Emma estremeceu, nervosa por ver Nisha. Aquela garota tinha algo reluzente *demais*, a começar pelo fato de estar vestida com perfeição exagerada: a blusa de seda creme impecavelmente enfiada dentro de uma calça jeans escura estilo alfaiataria. As pulseiras douradas em seu pulso pareciam ter sido polidas até não poder mais. Seu cabelo era uma cascata macia e brilhante que descia pelas costas, e a maquiagem parecia ter sido feita por um profissional.

– Que bom que você está *gostando* – continuou Nisha. – Foi um pouco difícil preparar tanta comida. Especialmente porque tive de fazer tudo sozinha.

"Mentirosa", eu queria gritar. Na cozinha, afastadas de todas as garotas, eu via um monte de sacolas de compras do AJ's Market sobre o balcão. Sem dúvida, Nisha tinha comprado tudo aquilo pronto e simplesmente arrumado nos pratos.

– Então... – A voz de Nisha gotejava falsa doçura. – Como Sutton Mercer se sente sem namorado? Deve ser a primeira vez desde, ah, sei lá, o jardim de infância!

Emma se empertigou.

– Na verdade, estou me divertindo muito – disse ela, esticando um braço para enfiar um biscoito na boca. – É bom ser livre.

Os cantos da boca de Nisha se curvaram num sorriso de um cor-de-rosa enjoativo.

– Soube que você não quis fazer sexo com ele – acrescentou ela, alto o bastante para virar cabeças de alunas do segundo ano que estavam na fila para repetir a salada de macarrão.

A mão de Emma congelou sobre os biscoitos.

– Onde ouviu isso?

Uma risadinha escapou da boca de Nisha. A resposta era óbvia. Além de suas amigas, Garrett era a única pessoa que sabia o que tinha acontecido no quarto de Sutton.

Eca. Fiquei repentinamente feliz por Emma ter acabado com ele.

– Eu não imaginava que você era tão puritana! – gorjeou Nisha, expondo seus dentes perolados. Então, sem permitir que Emma dissesse mais uma palavra, ela se virou e saiu andando com afetação para o escritório.

Emma espetou um pedaço de frango da bandeja, com um ódio por Nisha que crescia a cada segundo. Será que Sutton também a odiava tanto? Mas não era só isso. Havia algo em Nisha que a deixava nervosa. Os olhares estranhos que lhe lançava, os sussurros. Era como se estivesse brincando com Emma. Como se *soubesse* de alguma coisa – alguma coisa importante.

Emma olhou para fora da sala de jantar. Uma grande cozinha moderna ficava a sua direita; do outro lado da sala havia um corredor longo e escuro, que muito provavelmente levava ao quarto de Nisha. Será que ela se atrevia?

"Tome cuidado", alertei, embora Emma não pudesse me ouvir. Nisha não ficaria nem um pouco satisfeita com essa bisbilhotice.

Emma olhou para a coxa de frango que tinha selecionado na bandeja, e a carne magra e amarelada repentinamente revirou seu estômago. Deixando o prato de lado, ela murmurou algo sobre o banheiro sem se dirigir a ninguém em particular e entrou pelo corredor na ponta dos pés.

Minúsculas luzes noturnas iluminavam os rodapés. O ar tinha cheiro de Febreze e especiarias indianas. Emma empurrou a primeira porta com as pontas dos dedos e olhou para um closet cheio de toalhas e roupas de cama. Passou à porta seguinte. Era o banheiro do corredor, adornado com uma cortina de chuveiro com estampa Paisley e um espelho com moldura de mosaico. A porta seguinte, que levava ao quarto principal, estava entreaberta. A cama king size estava desfeita, e camisas masculinas de botão, meias pretas e sapatos pretos lustrosos espalhavam-se por todo o carpete. *Acho que a faxineira de alguém faltou esta semana*, pensou Emma, surpresa por ter se acostumado tanto a uma casa imaculada em poucas semanas. Ela sentiu uma pontada de culpa ao lembrar que a sra. Banerjee morrera naquele verão.

Emma empurrou a última porta à direita. Uma luz estava acesa sobre uma escrivaninha meticulosa. Havia um laptop da Compaq fechado ao lado de um iPod branco, que carregava no suporte. O restante da superfície era vazio e estéril como um quarto de hotel. Nisha tinha alisado a colcha, deixando-a sem nenhum amarrotado, organizado oito travesseiros fofos com todo o cuidado e enfileirado seus bichos de pelúcia – um dos quais era uma enorme raquete de tênis com olhos arregalados – na cabeceira. Tinha arrumado em ordem alfabética todos os livros da estante – que pareciam ser basicamente do tipo entediante, vitoriano no estilo irmãs Brontë. Até mesmo as ripas da veneziana estavam inclinadas exatamente no mesmo ângulo.

Um estrépito de risadas ressoou no escritório, e Emma congelou. Ela espiou pelo vão entre a porta e a parede e contou até três. Ninguém apareceu na extremidade do corredor.

Na ponta dos pés, ela explorou o quarto mais a fundo para avaliar melhor a colagem de fotos que ficava sob um painel de vidro perto da cama de Nisha. A maioria das fotos mostrava Nisha em ação: rebatendo um backhand, um drop shot, sacando, levantando as mãos acima da cabeça ao ganhar uma partida. No meio da colagem, Nisha estava no primeiro lugar de um pódio, com uma brilhante medalha de ouro no pescoço. Sutton estava no terceiro lugar, zangada. Havia uma atadura castanho-clara em seu joelho.

Presas nas bordas havia várias fotos da equipe de tênis: as garotas segurando a taça do torneio, com Sutton o mais longe de Nisha que podia. Charlotte tinha o cabelo mais escuro na foto, e o de Laurel estava cortado em um lustroso chanel louro. Outra foto mostrava as garotas no portão de um aeroporto. Sutton posava mais afastada, apoiando a perna em um dos bancos e fazendo um biquinho sexy para a câmera. Emma reparou em caça-níqueis piscantes ao fundo. Seria Vegas? Será que ela e Sutton tinham estado na mesma cidade ao mesmo tempo? Por um breve instante, Emma imaginou as duas se esbarrando no cassino New York New York, onde ela trabalhava. Será que Sutton a teria notado? Será que teriam sorrido uma para a outra?

Uma última foto da equipe estava presa no canto do quadro de cortiça, sobre outras fotos, como se tivesse sido colocada ali às pressas. A equipe de tênis se reunia à mesa de jantar de Nisha. Sutton e Charlotte não estavam presentes, mas Laurel dava um grande sorriso, com o cabelo no comprimento atual. Festa do pijama de volta às aulas da equipe, estava escrito na parte de baixo da foto. Emma passou o dedo pela data escrita na letra rebuscada de Nisha: 31/8. Ela teve de olhar a data por um bom tempo antes de acreditar que era real.

– O que está fazendo?

Emma estremeceu.

Nisha estava parada no vão da porta com os braços cruzados. Ela se aproximou a passos largos e empurrou o ombro de Emma.

– Não falei que você podia entrar aqui!

– Espere! – Emma apontou para a foto. – Quando essa foto foi tirada?

Nisha inspecionou a foto e revirou os olhos.

— Você não sabe ler? — perguntou ela em tom sarcástico. — Está escrito 31 de agosto.

Nisha colocou a palma da mão entre as omoplatas de Emma e a empurrou para fora. Ela bateu a porta antes de se virar para encará-la.

— Participar de uma equipe *significa* comparecer às atividades da equipe. Pelo menos para as que querem apoiar umas às outras.

— Até Laurel estava aqui — comentou Emma devagar, levantando os olhos para encontrar os de Nisha.

Um sorriso arrogante se abriu no rosto de Nisha quando ela olhou sobre o ombro de Emma.

— Falando no diabo! Estávamos falando de você.

Emma se virou. Laurel estava no final do corredor com um copo de plástico vermelho na mão.

— É mesmo? — perguntou ela, olhando de uma para a outra.

— Eu estava contando a Sutton que nos divertimos muuuito na festa do pijama de volta às aulas da equipe de tênis há algumas semanas — cantarolou Nisha.

As bochechas de Laurel coraram, e seu copo de plástico crepitou quando ela o apertou.

— Ah — disse ela em voz baixa. Seus olhos passaram por Emma e depois pousaram no carpete malva que forrava o corredor de Nisha. — Ah, Sutton, desculpe, eu...

— É assim *tão* constrangedor? — Nisha bateu os braços contra as laterais do corpo. — Você veio, Laurel. Eu diria até que se *divertiu*.

A boca de Laurel passou de um sorriso para uma expressão de desagrado, depois formou uma linha ondulada.

— Foi legal — sussurrou ela.

Os olhos de Nisha brilharam de triunfo. Ela puxou a maçaneta da porta de seu quarto mais uma vez por precaução e passou por Emma e Laurel. Deu uma olhada para dentro do quarto do pai, ficou pálida e também fechou a porta.

Depois que Nisha foi embora, Laurel olhou timidamente para Emma.

— Desculpe, Sutton. Sei que você e Nisha se odeiam. Mas achei que a festa do pijama era obrigatória. Eu não sabia que você e Charlotte não viriam. Por favor, não fique zangada comigo.

Mais risadas vieram do escritório. As fortes rajadas de vento lá fora pressionavam as janelas. Talvez a verdadeira Sutton tivesse ficado irritada por descobrir o que Nisha tinha acabado de lhe contar — obviamente, Laurel não admitira ter ido à festa de tênis porque as amigas de Sutton deviam ser unidas no ódio a Nisha. Era provável que Sutton interpretasse aquilo como traição.

Mas Emma estava maravilhada — *aliviada*. A presença de Laurel na festa do pijama da equipe de tênis de Nisha significava que ela tinha um álibi incontestável para o dia 31. Nem ela — nem Nisha — poderiam ter matado Sutton.

— Tudo bem — disse Emma a Laurel, abraçando a irmã de Sutton com tanta força que ela se desequilibrou.

— Sutton? — falou Laurel, com a voz abafada contra a manga da blusa lavanda de Emma.

Eu girei em um círculo invisível ao lado das duas. Aquilo era ainda melhor do que saber que Charlotte e Madeline não eram culpadas. Minha própria irmã era *inocente*.

14

PROBLEMAS EM DOBRO

— O que é *isso*? — perguntou Madeline quando abriu a porta de sua casa e viu Laurel, Emma e Charlotte na varanda. Era a tarde de sábado, e as três seguravam calças jeans manchadas de tinta, camisetas sujas e tênis velhos.

— As fantasias que vamos usar quando chegarmos em casa. — Laurel colocou as roupas sujas no balanço da varanda. — Eu disse a nossa mãe que Char e eu íamos ser voluntárias em uma equipe de pintura de casas da Habitat para a Humanidade hoje. Falei que Sutton também deveria ir. Prometi que seria uma *experiência benéfica* para ela.

— Até que ponto chegamos para libertar você, Sutton — disse Madeline, dramática, jogando uma longa trança negra por sobre o ombro.

Charlotte piscou para Emma, e Emma riu. Ela não precisava mais ficar nervosa perto delas; eram amigas de Sutton, não suas assassinas. Ela estava tão grata que deixara Laurel comer o último muffin light naquela manhã e dera um enorme abraço em Charlotte ao entrar no carro.

— *Alguém* está contente hoje — comentara Charlotte. — Está apaixonada?

Agora Emma olhava em volta. Era a primeira vez que ia à casa de Madeline, um bangalô com paredes de adobe autênticas, uma lareira antiquada em estilo Pueblo e uma cozinha com ladrilhos mexicanos e alegres lustres vermelhos pendentes. Pela janela aparecia uma deslumbrante vista das montanhas Catalinas; Emma distinguia vagamente uma fila de pessoas caminhando em uma das trilhas mais altas.

— Vamos.

Madeline pegou uma grande tigela de pipoca na ilha da cozinha e entrou no escritório. Sofás de veludo cotelê cercavam uma grande TV de tela plana no canto. Na parede, espalhadas entre placas de madeira que diziam coisas como Abençoe nosso lar feliz e Somos uma família, havia fotografias emolduradas de Madeline e seu irmão, Thayer.

Emma se aproximou das fotos e tentou inspecioná-las sem que Madeline percebesse. Havia fotos de Thayer usando uniforme de futebol. Thayer diante do restaurante italiano local, fingindo dar uma mordida em uma enorme pizza de papelão. Thayer sobre uma imensa pedra no deserto, de camiseta vermelha e bermuda cargo. O vento soprava seu cabelo preto sobre os simpáticos olhos esverdeados, e havia a sugestão de um sorriso em seu rosto de pele limpa e maxilar forte. Todas as fotos o mostravam sorrindo para a câmera, com exceção de uma: a fotografia de um grupo que ia para o baile de formatura. Sutton e Garrett posavam juntos com roupas formais. Madeline estava com Ryan Jeffries, que Emma reconhecia da escola, e um cara de cabelos escuros que Emma não conhecia acompanhava Charlotte. Thayer estava um pouco afastado, com os braços cruzados sobre o elegante smoking. Seus olhos estavam semicerrados, e seu rosto, rígido, como se estivesse tentando parecer indiferente. *Garoto misterioso desaparece sem deixar vestígios*, pensou Emma, atribuindo uma legenda à foto.

Mas algo na expressão dele me causou uma emoção profunda. Thayer não estava tentando parecer indiferente – ele estava furioso. Mas por quê?

Quem é você? Emma queria poder perguntar ao garoto das fotos. *Por que foi embora? E por que toda vez que vejo uma foto sua sinto calafrios?*

Éramos duas.

Madeline mirou o controle remoto na TV, e *Jersey Shore* apareceu na tela. Abriu um grande fichário branco intitulado Baile de Dia das Bruxas com letras em um tom vivo de laranja.

— OK. Char, está tudo certo com a decoradora?

— Sim – assentiu Charlotte, arregaçando o short amarelo-claro ao se sentar no carpete creme felpudo.

— O nome dela é Calista... minha mãe já a contratou para várias festas. Teremos caldeirões, esqueletos, lobisomens e uma casa mal-assombrada. O resto do ginásio vai parecer a MI6 de Los Angeles. Sombrio e sexy.

— O lugar perfeito para entrar com bebidas sem ninguém ver – disse Madeline.

— Ou o lugar perfeito para ficar com alguém que não é seu par — acrescentou Charlotte. Então, virou-se para Emma. — Nem pense nisso, Sutton.

Emma não se deu o trabalho de protestar. Charlotte podia dar suas alfinetadas; ela sabia que eram inofensivas.

— Agora, precisamos de um tema para a festa de coroação — disse Laurel.

Charlotte revirou os olhos.

— É uma idiotice a festa de coroação precisar ter um tema, e o baile, outro. Às vezes, tenho vontade de matar os veteranos que inventaram essa tradição.

Madeline foi até a janela e a abriu com os braços longos e esbeltos.

— Ah, vamos planejar logo e acabar com isso. Acho que deveria ser assustador, porém glamoroso, mas não glamoroso a ponto de irritar o corpo docente e nos impedir de fazer.

Laurel apoiou as pernas na mesinha de centro.

— Que tal vampiros?

— Arg. — Madeline fez uma careta. — Estou cansada de vampiros.

— Que tal um evento de gala para os mortos? — perguntou Emma. — Sabe, uma festa superluxuosa, só que todos os convidados são cadáveres.

Charlotte estreitou os olhos, pensando.

— Queria que a ideia fosse sua, não é, Char? — implicou Emma. Ela sabia que aquilo era algo que Sutton diria.

Charlotte simplesmente deu de ombros.

— É interessante – admitiu ela. – Mas deveria se basear em alguma coisa real, e não ser apenas uma festa cheia de gente morta.

Um pensamento ocorreu a Emma.

— Que tal um baile sofisticado no *Titanic*? Mas *depois* que o navio afundou. Aí, poderia ser no fundo do mar, e todo mundo estaria morto, mas ainda assim se divertindo em grande estilo. Algo que a personagem de Kate Winslet no filme teria aprovado.

Laurel semicerrou os olhos.

— Gostei!

— Concordo. — Charlotte bateu palmas. — Aposto que Calista pode arranjar ótimas decorações no estilo do *Titanic*.

Madeline enfiou a mão no bolso e pegou um maço de Parliament e um isqueiro rosa. Uma chama azul surgiu no ar, seguida pelo cheiro forte de fumaça de cigarro.

— Alguém quer um? — perguntou ela, soprando a fumaça pela janela.

Todas balançaram a cabeça.

— Você deveria parar com isso, Mads. — Charlotte abraçava uma almofada. — O que Davin vai achar quando for beijar você e sentir cheiro de cinzeiro?

— Ainda não tenho certeza absoluta de que gosto dele. — A fumaça saiu pelo nariz de Madeline. — Talvez meu hálito de cinzeiro o mantenha distante.

— Bom, não sopre a fumaça em mim. — Charlotte formou um *X* com os braços na direção de Madeline. — Não quero que nada estrague minhas chances de ficar com Noah.

— Com quem você vai, Laurel? — perguntou Madeline.

Laurel passou a mão sobre um fiapo do carpete.

— Caleb Rosen.

— Não conheço — anunciou Charlotte em voz alta.

Madeline lançou um sorriso morno para Laurel.

— Ele é da minha aula de matemática. — Seu tom monótono não deixou claro se ela o aprovava ou não.

Emma ficou perplexa.

— Vocês têm par?

Madeline bateu a cinza para fora da janela.

— Está dizendo que você *não tem*?

— Bem, eu ia com Garrett — disse Emma, lembrando-se do ingresso que ele lhe entregara quando terminaram. Ele e Sutton deviam ter planejado isso antes de seu desaparecimento. — Mas depois fiquei de castigo. Então, não chamei mais ninguém.

Madeline soprou uma nuvem de fumaça pela janela.

— Convide alguém e pronto, Sutton. Vários caras adorariam ir com você.

Emma fixou os olhos em edições antigas da *National Geographic* e da *Motor Trend* que cobriam a estante. Tentou imaginar se Ethan gostava de bailes escolares.

— Ninguém me vem à cabeça — falou ela após um instante.

Eu queria dar uma cotovelada nela. Sutton Mercer *não vai* sozinha a bailes. Madeline fez um gesto amplo com o cigarro como se estivesse fazendo a metade superior de um passo de balé.

— Sério, Sutton? Não tem nem uma quedinha por alguém?

— Não.

Charlotte bateu em Emma com uma almofada.

— Pare de mentir. Laurel nos contou.

Emma encarou Laurel, mas ela se limitou a dar de ombros sem parecer arrependida.

— Sei que você entrou escondido naquela piscina com alguém. Eu *ouvi* vocês.

– Desembuche! – Os olhos de Madeline cintilavam.

As bochechas de Emma ficaram quentes.

– Não é ninguém, juro.

– Ah, por favor, Sutton! – Laurel juntou as mãos em um gesto de oração. – Pode contar!

Emma passou a língua sobre os dentes. Será que se atrevia a contar a elas sobre Ethan? Eram as amigas de Sutton, afinal, não suas assassinas. E agora que Emma as tinha inocentado, começava a sentir que também eram *suas* amigas.

Conte a elas, eu queria poder dizer. Provavelmente minhas amigas encorajariam Emma a superar aquela timidez que não tinha *nada* a ver com Sutton Mercer e convidar Ethan. Sem dúvida, ele era um solitário, mas um solitário gato.

De repente, a porta da frente bateu.

– Olá? – chamou uma voz masculina.

Madeline se levantou com um pulo, apagou o cigarro no parapeito da janela e ventilou a fumaça para fora. Ouviram-se passos, e então o sr. Vega espiou para dentro do escritório.

– Ah, oi, meninas. Madeline não me disse que vocês viriam aqui hoje.

– Elas só vieram planejar o Baile de Boas-Vindas, pai – disse Madeline, saindo do banco da janela e sentando-se na cadeira reclinável. Seu rosto estava ainda mais pálido que de costume.

O sr. Vega se virou e lançou a ela um olhar longo e penetrante. Ele empinou o nariz e farejou o ar.

– Alguém estava fumando? – A transformação do rosto inexpressivo do sr. Vega em uma carranca furiosa relembrou a Emma o sr. Smythe, um de seus pais temporários. Ele parecia o dr. Jekyll/sr. Hyde: gentil em um instante, explosivo no outro. Emma só percebia que ele ia pirar porque ele começava a lamber os lábios sem parar.

Madeline balançou a cabeça.

– Claro que não!

– O cheiro veio lá de fora – disse Charlotte ao mesmo tempo. – Um grupo de garotos passou, e todos estavam fumando.

O rosto do sr. Vega retornou à expressão neutra, mas seus olhos ainda ardiam.

– Bem, se precisarem de alguma coisa, estarei em meu escritório. – Então, notou o episódio de *Jersey Shore* na TV. – Você não deveria assistir a esse lixo, Madeline.

Madeline apertou o botão do controle remoto. A cena de perseguição de um leão derrubando uma zebra frenética preencheu a tela. Depois que ele saiu, Charlotte se aproximou de Madeline e tocou seu braço.

O iPhone de Madeline, que estava emborcado sobre a mesinha de centro, soltou um leve bipe. Todas se sobressaltaram. Ela o pegou e olhou para a tela.

– Surpresa. *Mais um* tuíte de Lili e Gabby. Elas passaram o dia inteiro implorando para ir a Mount Lemmon conosco.

– Nem pensar – disse Charlotte.

O telefone de Sutton, que a sra. Mercer tinha deixado com Emma para o caso de uma emergência, também tocou. Emma o tirou da bolsa. OLÁ, QUERIDA!, escrevera Gabby. VOCÊ ADORARIA ESTAR NO NOSSO LUGAR, NÃO É? ENTÃO SOMOS TRÊS – NÓS TAMBÉM NOS AMAMOS! MUAH!

Charlotte suspirou quando leu a mensagem no seu Black-Berry.

– Se elas fossem mais convencidas, iam precisar de uma lipo no ego.

Todos os telefones se iluminaram mais uma vez. Parece que o *m* em Jogo da Mentira significa *mau-caráter*!

— *Isso* não foi legal. — Laurel apertou as teclas de seu telefone para deletar a mensagem. — Se continuarem assim, nunca mais votarão nelas.

— Não sei nem como elas *entraram* na disputa — refletiu Charlotte, mexendo com a estátua de cerâmica de um burro que estava sobre a mesinha de centro. — Dei uma olhada nas candidatas na internet... Isabel Girard e Kaitlin Pierce também estavam concorrendo, e os garotos gostam muito mais delas que de Gabby e Lili.

— Eu voto para não andarmos mais com elas — disse Madeline ao pegar um punhado de pipoca.

— Eu apoio — concluiu Emma rapidamente, lembrando-se do sinistro gesto de puxar o gatilho que Gabby fizera na hora do almoço, dias antes.

Eu também, pensei.

Os telefones tocaram novamente, e todas voltaram sua atenção para as telas. Duas lindas garotas da corte merecem uma festa incrível! Caprichem, vadias!

— Sabem o que deveríamos fazer? — Madeline se recostou na cadeira e encolheu os joelhos até o peito. — Deveríamos colocar essas princesas no seu devido lugar. Pisar no calo delas.

— Um trote? — As sobrancelhas de Laurel se ergueram.

Emma mudou de posição.

— Não... — Ela pensou no arquivo da delegacia: Gabby no hospital por culpa de Sutton. Ela ainda não tinha entendido como Gabby se machucara, mas parar no pronto-socorro não devia ter sido agradável. — Talvez seja ir longe demais. Especialmente depois do que aconteceu... — Ela deixou a voz morrer e olhou pela janela, imaginando que as amigas de Sutton sabiam mais sobre o incidente do trem do que ela.

As outras ficaram em silêncio. Laurel fixou os olhos nas mãos e cutucou uma cutícula. Madeline folheou seu fichário.

– Ah, por favor – disse finalmente Charlotte. – Agora que você está toda amiguinha delas, Gabby e Lili estão proibidas?

Emma levantou uma das sobrancelhas. *Amiguinha*? Não pelo que ela percebera das Gêmeas.

Charlotte passou os braços sobre o encosto do sofá.

– Elas contaram que roubaram com você na Clique – disse ela, revirando os olhos. – Gabby e Lili se gabaram como se fosse o *máximo*, como se já não tivéssemos feito a mesma coisa um milhão de vezes.

Madeline ficou de queixo caído.

– Elas estavam com você no dia da prisão?

– Não, não dessa vez – respondeu Emma depressa, com a mente em disparada.

– Foi antes disso – interrompeu Charlotte.

Emma virou as costas, precisando de um instante para processar tudo aquilo. Segundo a fatura do cartão de crédito de Sutton, a última vez que ela estivera na Clique tinha sido no dia 31. E Samantha da Clique tinha dito que Sutton roubara alguma coisa da loja quando estava com alguém – ou, mais especificamente, *alguéns*. E a última ligação que Sutton atendera no dia 31 foi de Lili.

– É, eu fui à Clique com elas antes da aula – disse Emma lentamente.

De repente, uma lembrança se acendeu em minha cabeça: Gabby e Lili me cercavam atrás de uma arara de camisolas e lingerie de seda na Clique. "Ande logo, Sutton", Gabby sussurrava, com o hálito quente e mentolado em meu pescoço.

— Por favor, Sutton — pediu Laurel. — Essas vadias merecem levar um trote.

O cômodo ainda cheirava levemente a cigarro. Na televisão, um leão tomava sol na grama, com a boca suja de sangue do abate recente. Emma passou os dedos pelo cabelo, sentindo o peito quente e apertado. Peças do quebra-cabeça começavam a se encaixar. As Gêmeas do Twitter tinham estado nos lugares certos nas horas certas — com Sutton na noite em que ela morrera, no carro de Madeline quando Emma fora confundida com Sutton e sequestrada, na casa de Charlotte quando Emma tinha sido estrangulada.

— Mesmo assim, não sei, gente — falou Emma, a voz tensa. — Depois da última vez... — Ela deixou as palavras morrerem.

Charlotte torceu o nariz.

— Isso aconteceu há séculos.

— É que... — Emma engoliu em seco. — Eu só não...

— Deixe de ser covarde — Madeline esticou o braço e empurrou o iPhone de Sutton para Emma. — Vamos fazer o trote. Você vai ligar para elas.

Emma fixou os olhos na tela preta do telefone.

— M-Mas o que vou dizer?

Madeline, Charlotte e Laurel se entreolharam. Um plano se desenvolveu em minutos, e Emma perdeu o controle sobre os acontecimentos. Elas se voltaram para Emma e indicaram com o queixo o telefone de Sutton. Emma prendeu o cabelo escuro em um rabo de cavalo, rolou a tela para encontrar o número de Gabby e apertou CHAMAR. Quando começou a tocar, ela colocou no viva-voz.

Gabby atendeu.

– Sutton! Leu nossos tuítes?

Charlotte revirou os olhos. Madeline soltou um leve risinho de escárnio.

– Claro – disse Emma, alegre, enfiando as mãos trêmulas sob o traseiro. – Estão incríveis! – As amigas de Sutton se sacudiram ainda mais com risadas silenciosas. – Então, Gabs, pode colocar Lili na linha também?

Gabby chamou a irmã, e logo as Gêmeas do Twitter estavam na linha.

– Então, temos algumas informações sobre a cerimônia de coroação – contou Emma, olhando de relance para as amigas de Sutton a seu redor. Elas assentiram, encorajando-a.

– Até que *enfim*! – exclamou Lili. – Espero que seja bom!

– É *incrível*! Meio que uma mistura de *Titanic* mórbido com *SOS Malibu*. Todo mundo vai de biquíni.

– *SOS Malibu*. – Laurel formou as palavras com os lábios, se dobrando em uma risada muda.

– Biquíni? – Gabby parecia cética. – A escola vai permitir isso?

– Claro que sim – confirmou Emma com delicadeza. – Eles já aprovaram.

Charlotte controlou uma risada alta e resfolegante.

– A cerimônia vai ser fabulosa, meninas – continuou Emma. – *Superglamorosa*, de um jeito meio antiquado. – Por uma fração de segundo, ela tentou imaginar se Sutton ficaria orgulhosa dela. Se sua irmã estivesse ali, será que também estaria rindo, apertando a mão de Emma e instigando-a a continuar?

Eu estaria... e não estaria. Não estaria se já soubesse o que sabia sobre as Gêmeas do Twitter. Emma estava se arriscando demais.

— Legal — disseram em uníssono Gabby e Lili.

— Vamos contar às outras indicadas em breve, mas queria contar a vocês primeiro para poderem ter uma vantagem sobre elas e serem as garotas mais fabulosas da corte — explicou Emma. — Comprem biquínis maravilhosos no final de semana. Quanto menores, melhor!

— Pode deixar. — A voz de Lili cantarolou através do fone. — Uau, Sutton, você é *muito* boa nisso. Continue assim.

Assim que elas desligaram, as garotas caíram na gargalhada. Laurel rolou do sofá para o chão. Charlotte ria com o rosto enfiado em uma almofada. Madeline chutava o ar diante da tela da TV, que agora mostrava duas hienas equilibrando-se sobre uma pedra.

— Elas são *muito* idiotas! — gritou ela, triunfante. — Vão ficar absurdamente ridículas!

Emma tentou rir também, mas as palavras de Lili reverberavam em sua cabeça. *Você é muito boa nisso. Continue assim.* Ela tinha quase certeza de que a voz de Lili tinha um toque sinistro, um significado implícito: continue assim... *fingindo ser Sutton.*

Emma olhou para os rostos risonhos e sorridentes das amigas de Sutton. Mesmo que finalmente se sentisse segura com elas, existia o resto do mundo lá fora — um mundo onde alguém observava todos os seus movimentos e esperava que ela cometesse um erro.

Eu concordava plenamente. Não confie em ninguém, mana.

15

UMA ABERTURA... E UM ENCERRAMENTO

Consegue sair sem ser notada?

Emma se virou de barriga para cima para ler a mensagem de texto que Ethan tinha acabado de enviar. Puxando uma das mantas azul-claras de Sutton sobre as pernas descobertas, ela respondeu: Os Mercer saíram para jantar. Vou ter que voltar antes das dez.

Pego você em quinze minutos, respondeu Ethan. Use vestido.

Vestido? Emma franziu a testa. Hã... Ok, escreveu ela. Posso saber o que vamos fazer?

Não. É surpresa.

Emma pulou da cama de Sutton e foi até o guarda-roupa. Ela empurrou para o lado uma fileira de blusas de algodão e jeans skinny e examinou a coleção de vestidos da irmã, que era volumosa e cara. Tocou um vestido preto longo com tiras douradas. Parecia sofisticado demais para uma terça-feira. Seus dedos percorreram a gola de penas de um vestido de festa prateado e curto. Talvez fosse curto *demais*. Ela passou as mãos pela bainha de um minivestido vermelho-bombeiro. Era "deusa do sexo" demais.

Para mim, foi inevitável suspirar. Alguém sequer podia ficar "deusa do sexo" demais? Até onde eu sabia, Emma precisava aceitar seu lado sexy. Aquela era a noite em que eles finalmente iam se beijar, não era?

Então, as palmas das mãos de Emma pousaram sobre um vestido cinza-claro de um ombro só. Seus dedos sentiram a seda leve e macia. Ela o passou por cima da cabeça e olhou para si no espelho de corpo inteiro com moldura dourada preso atrás da porta. Era perfeito.

Depois de rímel, gloss, saltos pretos de couro envernizado e brincos em forma de candelabro que combinavam com o relicário prateado, ela estava pronta. O telefone apitou outra vez, e Emma correu para a cama, achando que era Ethan. Mas a mensagem era de sua amiga Alex. Você precisa ir a esse lugar! Em anexo, havia o site de uma loja vintage perto da Universidade do Arizona. Sei que você adora brechós, acrescentou Alex, com uma carinha sorridente. Emma respondeu com um agradecimento rápido seguido por vários beijos e abraços. Depois, voltou a se olhar no espelho. Com o vestido de marca, as joias e os sapatos caros de Sutton, será que Alex sequer a *reconheceria*?

Ela se sentou no degrau mais baixo da escada dos Mercer, aliviada por Laurel ter saído, livrando-se de responder perguntas sobre o encontro misterioso. Apenas Drake a observava de seu posto esparramado no chão da sala de estar e era preguiçoso demais para se levantar.

Faróis altos apareceram na entrada da garagem. Emma se levantou, abriu com cuidado a porta da frente e olhou para ambos os lados ao sair da varanda. Algumas das janelas das casas próximas estavam abertas; ela torceu para nenhum vizinho intrometido mencionar aquilo para os Mercer. *Sua filha estava linda toda arrumada! E quem era aquele lindo jovem que a acompanhava?*

Ethan tinha saído do carro para abrir a porta do carona para ela. Ele usava paletó preto, calça cáqui e sapatos pretos engraxados, uma mudança imensa de suas habituais bermudas e camisetas desleixadas.

— Uau. — Emma parou por um instante antes de entrar no carro. — Você está tão... *bonito*.

— Bonito, é? — Ele sorriu.

Emma corou.

— É, bonito como um boneco Ken.

Os olhos de Ethan percorreram o corpo de Emma.

— E você está linda – disse ele, sem jeito. — Mas não como uma Barbie.

Emma deu um sorriso tímido.

Após um instante, ela se sentou no banco do carona. Ethan correu para a porta do motorista e ligou o motor. Emma colocou a mão no console entre eles, tentando imaginar por um instante se Ethan tentaria entrelaçar seus dedos aos dela. Mas ele tirou um lenço xadrez de dentro do paletó e se virou para ela.

— Você vai ter que usar isto – disse ele, abrindo um sorriso malicioso. — Nosso destino é segredo.

Ela caiu na gargalhada.

– Você não pode estar falando sério.

– Seriíssimo.

Com um gesto, ele mandou que ela se virasse, depois amarrou o lenço ao redor de sua cabeça. Em instantes, Emma foi envolvida pela escuridão. Ela sentiu o carro dar ré e depois virar à direita, para a rua. Com qualquer outra pessoa, ela provavelmente teria se apavorado com um gesto como esse... afinal, Madeline e as Gêmeas do Twitter a tinham sequestrado no Sabino Canyon de um jeito parecido. Mas com Ethan ela se sentia segura. Empolgada.

– Não vai demorar muito – garantiu ele. Emma ouviu o leve *tic-tic-tic* da seta do carro. – Não vale espiar!

Uma música nova dos Strokes tocava baixinho no rádio. Emma se recostou e fechou os olhos, tentando imaginar aonde iam. No dia anterior, na escola, ela contara a ele sobre os álibis de Madeline, Charlotte e Laurel, e Ethan assentira formalmente – ele estava cordial, mas distante, desde o quase beijo. O sinal tocou antes que ela tivesse a chance de falar das novas suspeitas, as Gêmeas do Twitter. Nada pessoal fora mencionado. Não houvera menção ao ocorrido na piscina. Talvez Ethan só quisesse esquecer o que tinha acontecido. Mas, enfim, aquilo parecia muito um encontro.

Ela sentiu um leve solavanco quando eles pararam em um sinal. Ali perto, o rádio de um carro ribombava.

Eu tentava ver para onde iam, mas estava experimentando um dos estranhos efeitos colaterais de minha vida morta com Emma – sempre que seus olhos estavam fechados ou cobertos, os meus também ficavam. Aquilo me fazia pensar em quem ou no que estava por trás de tudo isso – não estou falando de meu assassino, mas de *mim*, ali, seguindo Emma do além. Pode acreditar, eu não tinha sido o tipo de garota que buscava o significado das coisas quando estava viva, não lia filosofia nem rezava para Buda ou seja o que for. Mas essa oportunidade com Emma, por mais assustadora que fosse, fazia com que me sentisse meio... abençoada. E também indigna. Eu claramente havia sido uma idiota em vida; por que estava recebendo essa dádiva especial? Ou será que isso acontecia com *todo mundo* depois da morte, ou pelo menos com aqueles que tinham assuntos inacabados?

Finalmente, Emma sentiu que o carro estava parando e ouviu Ethan colocar a marcha em ponto morto.

– OK – disse ele suavemente. – Pode olhar agora.

Emma baixou o lenço e piscou. Estavam no centro, perto da universidade. Um prédio grande cor de areia se estendia diante deles. Limoeiros de aroma doce ladeavam o caminho de pedra. Luzes douradas iluminavam a escadaria da entrada. Na frente do prédio, havia uma placa na qual se lia Instituto de Fotografia de Tucson.

– Ah! – exclamou Emma, sentindo-se mais confusa do que nunca.

– Hoje começa uma exposição de três fotógrafos londrinos – explicou Ethan. – Eu sei que você gosta de fotografia, então...

– Que ótimo! – suspirou ela. Então, olhou para seu vestido. – Mas por que estamos arrumados?

– Porque hoje é a festa de abertura.

– E nós fomos... convidados?

Ethan lançou a ela um sorriso diabólico.

– Não. Vamos entrar de penetras.

Emma bateu com as mãos espalmadas no colo.

— Ethan... não posso me meter em confusão outra vez. Os Mercer vão me matar se souberem que saí. Eu deveria estar no quarto de Sutton neste exato momento, me arrependendo de minha vida criminosa.

Ethan apontou para dois convidados que subiam a escadaria. Um homem de smoking no topo dos degraus sorriu para eles e abriu educadamente as portas sem pedir o convite.

— Viva um pouco. Prometo que não vamos ser pegos.

— Mas o que isso tem a ver com Sutton?

Ethan se recostou no banco, um pouco surpreso com a pergunta.

— Bom, nada. Só achei que ia ser divertido.

Emma desviou os olhos das elegantes colunas do Instituto de Fotografia e os voltou para o rosto de Ethan. Uma festa chique com Ethan? *Ia* ser divertido. Talvez Emma merecesse um tempo para relaxar e ser ela mesma.

— Está bem. — Ela abriu a porta, lançando um sorriso por cima do ombro. — Mas, se houver qualquer sinal de problemas, vamos embora.

Boa menina, pensei. Por um instante, eu tivera a certeza de que ela ia exigir que Ethan a levasse para casa. O problema com o castigo de Emma era que eu estava confinada havia dias, observando-a andar de um lado para o outro em meu quarto. Entrar de penetra em uma festa era exatamente o que eu precisava para me livrar do tédio.

Eles subiram a escadaria de pedra. O forte calor do dia tinha se amenizado, e uma brisa fresca roçava seus rostos. O cheiro dos limoeiros e uma mistura forte de perfumes femininos e masculinos pairavam no ar. O homem de smoking os examinou enquanto se aproximavam, e Emma prendeu a respiração. Será que ele estava checando sua lista mental de convidados? Será que conseguia perceber que eram alunos do ensino médio?

— Aja naturalmente — murmurou Ethan para Emma, percebendo que ela tinha se retraído. — Ao contrário do que fez quando roubou aquela bolsa.

— Que engraçado. — Quando Emma chegou perto do sr. Smoking, abriu para ele o sorriso mais despreocupado que conseguiu arranjar.

— Boa noite — disse o homem, abrindo a porta para eles.

— Viu? — sussurrou ela quando entraram em segurança no saguão. — Fiquei totalmente calma. Não sou tão fracassada quanto você pensa.

Ethan olhou para ela com o canto do olho.

— Não acho você nem um pouco fracassada. — Então, tocou a parte de trás do braço de Emma, conduzindo-a para dentro da exposição. Por um instante, todos os sons e movimentos ficaram embaçados, e Emma sentiu que ela e Ethan eram as únicas pessoas do universo. Quando ele a soltou no final do saguão, ela ajeitou a alça do vestido de seda de Sutton e tentou respirar normalmente.

O museu estava escuro e cheirava a flores frescas. Os convidados socializavam pelo espaço amplo com piso de cerâmica, alguns olhavam as fotos em preto e branco nas paredes ou conversavam, e outros observavam a multidão. Todos usavam roupas elegantes, vestidos de festa chiques e ternos bem-cortados. Havia um enxame de pessoas cercando três caras intimidados que pareciam ter vinte e poucos anos, provavelmente os artistas. Uma banda de jazz tocava uma música de Ella Fitzgerald, e garçonetes de vestidos pretos simples rodopiavam com bandejas de canapés e bebidas. Alguns convidados olharam com curiosidade para Emma e Ethan, mas ela tentou ficar o mais empertigada e confiante que conseguiu.

– Camarão recheado? – perguntou uma garçonete ao passar. Tanto Emma quanto Ethan pegaram o minúsculo petisco.

Uma segunda garçonete apareceu, oferecendo a eles taças de champanhe.

– Claro – disse Ethan, pegando duas taças e entregando uma a Emma. O cristal brilhava, e as bolhas subiam ao topo da taça.

Champanhe. Como eu queria tomar só um golinho daqui do além.

– Saúde – disse Ethan, fazendo um brinde com seu copo.

Emma encostou sua taça de champanhe na dele.

– Como soube desta festa?

Uma leve vermelhidão cobriu o pescoço de Ethan.

– Ah, vi na internet.

O peito de Emma se aqueceu ao imaginar Ethan sentado ao computador, olhando eventos aos quais eles podiam ir juntos.

Eles foram em direção às obras de arte. Em volta de cada fotografia havia uma grande moldura preta quadrada. Pequenos feixes de luz que vinham do teto iluminavam as imagens. A primeira foto era de uma estrada extensa vista de dentro de um carro. Estava impressa com pigmento preto de alta qualidade sobre papel de algodão, e havia algo assombroso nas árvores escuras e no céu sinistramente iluminado. Emma olhou para a pequena placa ao lado. Além de listar o nome do artista, também mostrava o preço. Três mil dólares. *Uau.*

– Então, não contei as novidades – sussurrou Emma quando eles passaram à segunda foto, um tríptico de vistas do deserto.

O champanhe fazia cócegas em sua garganta, e ela estava cada vez mais consciente do quanto Ethan se aproximava ao examinar cada foto. Para quem estava de fora, eles provavelmente pareciam namorados. Ela tomou outro gole de champanhe.

– Tenho quase certeza de que Sutton esteve na Clique com as Gêmeas do Twitter na noite em que morreu.

Ethan afastou a taça dos lábios.

– Por que acha isso?

Emma explicou a conversa que tivera na casa de Madeline no sábado.

– É coincidência demais. Só podem ser elas as amigas que estavam com Sutton quando ela roubou. E se eram elas... – Ela desviou os olhos, fixando-os em um extintor de incêndio na parede do outro lado do salão.

– Gabby e Lili, assassinas? – Ethan inclinou a cabeça e estreitou os olhos, como se estivesse tentando visualizar essa possibilidade. – Sem dúvida, aquelas duas são meio esquisitas. São assim há anos.

Emma contornou um enorme vaso de plantas com folhas que pareciam aranhas para chegar à foto seguinte.

– Em parte, acho que elas são monótonas demais para fazer uma coisa dessas.

– Elas são as garotas-propaganda da monotonia – concordou Ethan. – Mas, o que quer que tenha acontecido com Gabby na noite do trote do trem, esse foi o motivo.

– E talvez esse jeito fútil seja só cena – disse Emma. Sem dúvida ela já conhecera falsas fúteis, como sua irmã temporária Sela, que na frente dos pais temporários agia como a perfeita loura burra, mas vendia maconha em uma casa abandonada nos limites do bairro.

— Então, elas são boas atrizes. — Ethan andou até outra fotografia. — Já lhe contaram que Gabby passou por cima do pé de Lili no ano passado com a moto do pai delas?

— Não...

— Depois, quando a Lili voltou para casa com um gesso, parece que Gabby falou: "Ah, *meu Deus*! O que aconteceu com você?"

Emma riu.

— Não acredito que ela fez isso!

— Dizem também que, de algum jeito, Gabby se trancou dentro do próprio armário do ginásio no nono ano. — Ethan fez uma pausa para pegar outro canapé da bandeja. — Eu nem sabia que alguém *cabia* ali dentro. E quando estávamos no sétimo ano? Alguém pegou Lili e Gabby falando com sotaque britânico no recreio, chamando uma à outra de "srta. Lili Jeba" e "Gabby Estrovenga". Elas não faziam ideia de que os termos eram gírias para pênis; só os acharam engraçados. Elas demoraram muito para superar esse mico.

Emma quase engasgou com o champanhe.

— Meu Deus.

— Mas, apesar de tudo isso, algo me diz que você não deve descartá-las precipitadamente — disse Ethan. — É bom ter cuidado quando estiver com elas, descobrir o que sabem.

Emma assentiu.

— Madeline e as outras querem dar um trote nelas. Mas acho uma péssima ideia.

— Eu ficaria fora do plano se fosse você. Se elas são as assassinas, a última coisa de que você precisa é irritá-las ainda mais.

Ligaram o ar-condicionado, e o ambiente ficou gélido. A banda tocava algo que seria apropriado para um bar ilegal dos anos 1920, e alguns convidados bêbados começaram a dançar. Ethan agitou a mão diante do rosto para dissipar uma nuvem de fumaça de cigarro.

Eles passaram em silêncio ao grupo de fotos seguinte. Era uma colagem de polaroides, cada qual retratando diferentes partes do corpo: olhos, narizes, pés, orelhas.

— Adoro polaroides — disse Ethan.

— Eu também — respondeu Emma, aliviada pela mudança de assunto. — Minha mãe me deu uma câmera Polaroid quando eu era pequena, antes de ir embora.

— Você sente saudades dela? — perguntou Ethan.

Emma passou o dedo pela haste da taça de champanhe.

— Já faz muito tempo — falou ela de um jeito vago. — Eu me lembro de poucas coisas das quais poderia sentir saudades.

— O que acha que aconteceu com ela?

— Ah, não sei. — Emma suspirou e passou por um aglomerado de patronos do museu que declaravam em um tom de voz alto terem sido amigos de Andy Warhol nos dias gloriosos da cena artística. — Há muito tempo, eu pensava que ela ainda estava por perto, me observando, indo atrás de mim de casa em casa, ficando por perto para ter certeza de que eu estava bem. Mas agora sei que isso é idiotice.

— Não é idiotice.

Emma olhou atentamente para a lista de preços na parede como se estivesse pensando em fazer uma compra.

— Não, é sim. Becky me abandonou. Ela fez uma escolha; não posso mudar isso.

— Ei. — Ethan virou-a para si. Por um instante, ele apenas a encarou, o que a deixou com um frio imenso na barriga. Então, ele estendeu a mão e prendeu uma mecha de cabelo atrás da orelha dela. – Ela fez a escolha errada. Você sabe disso, não é?

Emma sentiu uma onda de emoções.

– Obrigada – disse ela em voz baixa, encarando os olhos azuis e redondos de Ethan.

"*Beije-o*", sussurrei, me sentindo o caranguejo cantor de *A pequena sereia*. Meus primeiros beijos tinham acabado, então agora eu precisava torcer por Emma.

Uma mulher de vestido magenta esbarrou em Emma.

– Desculpe – disse com a voz arrastada, e os olhos e as bochechas vermelhos por causa da bebida. E Emma se afastou, rindo.

– Então, de onde vem sua habilidade para entrar de penetra em aberturas de exposições? – perguntou Emma, alisando a parte da frente do vestido de Sutton. – Achei que você fosse contra festas.

Ethan foi em direção a uma parede de janelas nos fundos da galeria que dava para um terraço de pedra enfeitado com luzes de Natal.

– Não sou. Só sou contra o tipo de festa com ponche batizado e *body shots*. É tão...

– Imaturo? – completou Emma. – Mas, às vezes, faz parte da vida social. Às vezes, você simplesmente precisa sorrir e aturar essas coisas para ter amigos.

Ethan terminou sua taça de champanhe e a colocou em uma mesa de canto.

– Se esse é o preço que tenho de pagar, prefiro ficar sozinho.

– E as namoradas? – perguntou ela, nervosa. Estava quebrando a cabeça havia dias, pensando em uma maneira de perguntar isso a ele.

Ethan esboçou um sorriso.

— É, tive algumas.

— Alguém que eu conheça?

Ethan se limitou a dar de ombros, depois se deixou cair em uma das angulosas poltronas de couro que também poderiam fazer parte da exibição.

— Alguma delas foi séria? — insistiu Emma quando se sentou ao lado dele e segurou uma almofada macia e estufada.

— Uma delas foi. Mas já acabou. E você? — O olhar dele examinava seu rosto. — Deixou alguém em Vegas?

— Não exatamente. — Emma baixou os olhos. — Tive alguns namorados, mas nada muito sério. E houve um cara, mas...

— Mas o quê?

A garganta de Emma se contraiu.

— Acabou não dando em nada.

Ela detestava mentir, mas não queria falar de seu constrangedor fiasco com Russ Brewer, de quem cometera o erro de gostar. Quando ele a chamara para sair, ela tinha se preparado para o encontro, pedindo um vestido de Alex emprestado, usando os sapatos Kate Spade da temporada anterior que tinha conseguido em um brechó de caridade e lavou e penteou o cabelo três vezes para ficar bom. Mas ao chegar à entrada do shopping, Russ não estava lá. Quem estava era a ex-namorada dele, Addison Westerberg, com seu grupinho, rindo alto, terríveis gargalhadas. *Como se Russel fosse namorar uma garota adotada*, zombavam elas. Tinha sido uma armação. Na verdade, como um trote do Jogo da Mentira.

Ethan abriu a boca, talvez para dizer mais alguma coisa, mas repentinamente seus olhos se arregalaram quando viu algo atrás deles.

– Merda. – Ele se inclinou para a frente e agarrou o braço de Emma.

Emma se virou e olhou. Nisha Banerjee, usando um vestido preto de gola alta e saltos de couro de cobra, estava perto de uma fotografia enorme de um homem quase nu. O pai estava a seu lado, olhando em volta, inexpressivo.

– Ah, meu Deus – sussurrou Emma. Na mesma hora, Nisha se virou e olhou diretamente para ela e Ethan. Um espetinho de frango satay pendia de seus dedos, esquecido.

– Vamos.

Sem pensar, Emma segurou a mão de Ethan e o puxou pela multidão. Ela jogou a taça de champanhe em uma grande lata de lixo e ziguezagueou entre os convidados, quase virando a bandeja de folheados de queijo de uma garçonete. Um homem de terno com franja e chapéu de caubói turquesa lançou a eles um olhar de desdém sobre seu martíni, como se fossem duas crianças fugindo de uma briga no pátio da escola. Mas o sr. Smoking abriu as portas duplas placidamente, como se visse pessoas fugindo de aberturas de exposições o tempo todo, e eles desceram correndo a escadaria em direção à cintilante noite de Tucson.

Somente quando chegou em segurança à rua, Emma se virou para ver se Nisha os tinha seguido. Não havia ninguém na entrada.

Ethan ajeitou o paletó e limpou uma gota de suor da testa. De repente, Emma caiu na gargalhada. Ethan também riu.

Depois de um instante, ela ficou séria.

– Com certeza Nisha nos viu. – Emma se deixou cair em um banco público verde e suspirou.

– Quem se importa? – perguntou Ethan. Ele também se sentou.

– *Eu* me importo – respondeu Emma. – Ela vai contar para meus pais que saí sem permissão.

– Tem certeza de que é isso o que a está incomodando? – Ethan olhou para ela com o canto do olho. – Você não se importa que ela tenha nos visto... juntos?

O estômago de Emma se contorceu.

– Não, claro que não. Você se importa?

Ethan olhou fixamente para ela.

– O que você acha?

O jazz da festa flutuava pelo ar. Do outro lado da rua, um gato sem dono correu entre os pneus de um carro estacionado. Ethan se aproximou um pouco mais, de modo que as pernas deles se encostaram. Emma queria muito beijá-lo, mas seu corpo tremia de nervosismo.

– Ethan... – Ela se virou.

Ethan colocou as mãos no colo.

– OK, estou interpretando mal as coisas? – Sua voz era ao mesmo tempo tímida e irritada. – Porque, às vezes, parece que você quer muito... Mas sempre recua.

– É... complicado – disse Emma, tentando manter a voz firme.

– Por quê?

Emma mordeu uma unha. Sempre quisera um namorado sério. Em Vegas, tinha batizado uma estrela de Estrela Namorado, torcendo para ser um sinal de que finalmente ia conhecer a pessoa com quem estava destinada a ficar. Mas, naquele momento, estava indecisa.

– É esta vida que estou levando agora – começou Emma, hesitante, com um bolo se formando na garganta. – Eu adoro estar com você. Você me faz rir, e é a única pessoa com quem posso ser eu mesma... a *verdadeira* eu. Sou Sutton para todos os outros.

Ethan levantou os olhos para encontrar os de Emma. Os dele estavam arregalados e suplicantes, mas ele a esperou continuar.

– Estou fingindo ser uma garota que está morta, Ethan – disse ela. – Estou sendo ameaçada, e você é a única pessoa que sabe disso. Não vivo minha própria vida agora, o que torna este... o momento errado. – Ela sempre achara que desculpas como "o momento errado" eram inventadas, ocupando a mesma categoria de "Não é você, sou eu". Mas essa era verdade. Ela gostava de Ethan, muito, mas não sabia como ficar com ele se sua vida estava tão bagunçada. – E se começarmos alguma coisa e terminar mal? E se brigarmos? Eu ficaria sozinha de novo. – Ela entrelaçou as mãos no colo. – Talvez, quando eu enfim estiver livre de tudo isso, nós possamos... – Sua voz foi morrendo.

Finalmente, Ethan expirou de modo audível. Sua boca estava contraída.

– Está dizendo que se tivéssemos uma briga, se terminássemos, eu abandonaria você? Acha mesmo que eu faria isso?

Emma levantou as mãos, com as palmas abertas.

– Às vezes, términos são feios. – Então, suspirou. – Gosto muito de você. Mas tenho muito poucas pessoas em quem confiar... e você é o único com quem posso contar. Não posso colocar isso em risco. Não agora.

Ethan virou as costas sem dizer nada. Emma fixou os olhos nos carros estacionados do outro lado da rua. Um serviço de limpeza chamado Clean Machine tinha enfiado panfletos embaixo de todos os limpadores de para-brisa. Um conversível passou com o rádio estrondeando hip-hop.

— Acho que devemos continuar sendo amigos — sussurrou Emma na escuridão, com medo de olhar diretamente para Ethan. — Pelo menos até eu resolver essa confusão e voltar a viver minha própria vida.

A seu lado, Emma sentiu o corpo de Ethan se curvar sob o peso de suas palavras.

— Se você acha que é melhor... — falou ele devagar.

— Eu acho — insistiu Emma com a voz mais firme que conseguiu.

Sem responder, Ethan se levantou e enfiou a mão no bolso para pegar a chave do carro. Emma foi atrás dele até o Honda, com a sensação de que alguém havia retirado suas entranhas com uma grande concha. Será que tinha estragado tudo?

Quando ela se sentou no banco do carona, um estalo a fez se virar. Seus olhos esquadrinharam a rua escura. Então, viu alguma coisa se mover nos arbustos do outro lado da rua, perto do banco em que estavam sentados. A brasa vermelha de um cigarro brilhava na escuridão. Flutuava, sem corpo, como se um fantasma a estivesse segurando.

— Ethan — sussurrou ela, segurando o braço dele. Mas, assim que Ethan se virou para olhar, o assustador cigarro aceso desapareceu.

16

"A" POR ESFORÇO

Depois do treino de tênis do dia seguinte, Emma jogou seu equipamento na mala do Volkswagen de Laurel.

– *Hum-hum* – pigarreou Laurel, cutucando a lateral do corpo de Emma. – Parece que você tem um antifã-clube.

Emma se virou e sentiu um frio na barriga. Dois vultos a encaravam da porta do ginásio com as bocas contraídas de raiva. Eram Nisha... e *Garrett*.

– Acha que Nisha ainda está zangada por você ter entrado no quarto dela? – murmurou Laurel, fechando o porta-malas.

– Duvido – disse Emma devagar. Era mais provável que fosse por ter visto Emma e Ethan na abertura da exposição na noite anterior. Por sorte, Nisha não tinha ligado para os Mercer para dedurá-la. Por que outro motivo ela olharia Emma com tanta fúria?

— Vamos sair daqui — murmurou Emma, batendo a porta do carro.

Quando Laurel se estirou no banco do motorista, a tela de seu telefone piscou.

— É Mads — disse ela, lendo a mensagem. — Parece que a Operação *Titanic* está pronta. Expliquei as roupas de verdade às outras garotas da corte. Também disse para não falarem sobre as roupas com ninguém... porque estávamos planejando dar um trote em duas integrantes.

O estômago de Emma se revirou, pensando na conversa que tivera com Ethan na noite anterior.

— Tem *certeza* de que é uma boa ideia? Talvez seja melhor deixarmos as Gêmeas do Twitter de lado por um tempo.

Laurel franziu a testa.

— Claro que é uma boa ideia. Não podemos recuar agora. Além disso — continuou Laurel —, posso garantir que ninguém vai falar. Todas estão loucas para ver as outras se ferrarem. Todo mundo adora um grande e constrangedor desastre social.

Parabéns, garotas da corte, unindo-se em solidariedade, pensou Emma. Uma sensação incômoda a fez se lembrar de que um dia estivera do outro lado do trote. Quando tudo aquilo terminasse, ela ia se desligar do Jogo da Mentira o mais rápido que pudesse.

O carro deu um solavanco ao passar por cima do meio-fio na entrada da garagem dos Mercer.

— Aquele é o... papai? — perguntou Laurel, franzindo a testa ao olhar para a porta aberta da garagem.

De fato, o sr. Mercer estava parado ao lado da moto. Ele acenou quando elas estacionaram.

— O que *ele* está fazendo em casa? — murmurou Emma. Normalmente, o sr. Mercer só voltava do hospital no começo da noite... a não ser que estivesse de plantão, quando, às vezes, só chegava de madrugada.

Laurel desligou o motor, e as duas saíram do carro.

— Sutton, preciso falar com você — disse o sr. Mercer, limpando as mãos em um pano verde sujo.

Imediatamente, Emma ficou tensa. Talvez Nisha *tivesse* contado aos Mercer, afinal.

— Desculpe — adiantou-se ela.

— Você ainda não sabe o que vou dizer. — O sr. Mercer riu. — Sua mãe recebeu uma ligação de Josephine Fenstermacher. Ela disse que você tirou noventa e nove na prova de alemão da semana passada. A nota mais alta da turma.

As bochechas de Emma ficaram quentes. Laurel se virou e olhou para ela, incrédula.

— *Você?*

O sr. Mercer sorriu.

— Ela disse que você melhorou muito desde o ano passado. Sei que considera o alemão uma matéria difícil. Sua mãe e eu estamos muito orgulhosos.

Emma passou a mão pelo cabelo. Na verdade, o teste tinha sido bastante fácil, mas ela se obrigou a demonstrar uma expressão humilde.

— Obrigada.

O sr. Mercer se encostou ao para-choque traseiro do Volks de Laurel.

— Convenci sua mãe a fazer um acordo com você: como recompensa por ter se saído tão bem, vamos tirá-la do castigo por uma noite e você poderá ir ao Baile de Boas-Vindas.

E devolveremos seu telefone – concedeu ele, entregando-lhe o iPhone de Sutton.

– Sério? – Os olhos de Laurel brilharam. – Pai, isso é maravilhoso!

Emma apertou o braço de Laurel e também soltou um gritinho, sabendo que era a reação certa para Sutton. Mas o baile era a última coisa que importava naquele momento.

O sr. Mercer levantou uma das sobrancelhas.

– Você pode ir, mas no dia seguinte volta para o castigo. Entendeu?

– E o acampamento pós-baile? – perguntou Laurel. – Sutton pode ir também?

Uma expressão conflituosa passou pelo rosto do sr. Mercer.

– Bom, acho que sim.

– Oba! – exclamou Laurel. Ela olhou para Emma. – Você podia me emprestar seus saltos Miu Miu para o baile como agradecimento. – Então, ela se virou e saltitou em direção a casa.

Emma ia entrar com ela, mas o sr. Mercer pigarreou.

– Sutton, pode me ajudar um instantinho? – Ele se virou para a moto. – Pode segurá-la enquanto eu dou uma olhada nos pneus?

– Claro. – Emma entrou com ele na garagem e segurou o guidão.

O sr. Mercer se inclinou e examinou a banda de rodagem da roda dianteira.

– Então, animada para o baile?

– Hã, claro – respondeu Emma, tentando parecer entusiasmada. – Muito obrigada. Mas... na verdade, eu não mereço. – Contou mentalmente as vezes em que tinha saído sem permissão enquanto estava de castigo.

— Merece, sim, Sutton. O mérito pela nota do teste é seu... e agradeça a sua irmã por nos implorar para deixá-la ir. – O sr. Mercer ficou diante do pneu e cruzou os braços sobre o peito. – Você devia ligar para Garrett e contar as boas-novas.

Emma soltou uma risadinha sarcástica, observando seu reflexo distorcido na lataria brilhante da moto.

— Acho que Garrett não vai se importar.

O sr. Mercer franziu a testa.

— Por que não?

Emma se virou para as prateleiras de trapos, camisetas e frascos de óleo de motor e fluido para freios.

— Nós terminamos – admitiu ela discretamente. – E eu meio que estou gostando de outro cara – acrescentou, surpresa com as próprias palavras. Ela chegou à conclusão de que aquilo seria algo mais a acrescentar à lista de Coisas Constrangedoras, mas, na verdade, sentiu-se aliviada por admitir a verdade em voz alta. Desabafar com adultos era algo que nunca tinha feito, e, a julgar pela expressão cautelosa do sr. Mercer, também não era um hábito de Sutton.

— Alguém mais sabe disso? – O sr. Mercer parecia intrigado.

— Mais ou menos. – A voz de Emma falhou, estremecendo ao pensar no encontro no museu de arte. Tinha sido tão... *perfeito*. Mas depois se lembrou da expressão de Ethan ao dizer o que sentia por ela e da enorme decepção em seus olhos quando ela respondeu que eles deveriam ser apenas amigos. O aperto que Emma sentira no peito no instante em que aquelas palavras saíram de sua boca ainda não tinha passado.

— Você e esse cara novo estão... namorando? – O sr. Mercer usou o termo de forma hesitante, como se não tivesse certeza de que era a palavra correta.

Emma deu um nó em um pano limpo que pegara da prateleira de metal da garagem. Quando o desfez, abrindo o pano, viu a imagem serigrafada e desvanecida de um caranguejo dançando tango com um mexilhão. Era a propaganda de um restaurante ou de um mercado de peixes; as letras estavam apagadas demais para ler.

– Não – respondeu Emma com uma voz cansada. – As coisas estão... complicadas.

– Por quê?

Ela fechou os olhos.

– Acho que estou com dificuldade de confiar nas pessoas.

Uma expressão aflita que Emma não conseguiu avaliar muito bem tomou o rosto do sr. Mercer.

– Você deve confiar nas pessoas, Sutton. Não pode deixar...

Emma esperou que ele terminasse, mas o sr. Mercer contraiu a boca e desviou os olhos.

– Deixar o quê? – perguntou ela por fim.

– Só estou dizendo que... – Ele remexeu em suas ferramentas, que faziam uma barulheira ao se chocarem umas contra as outras. – Só quero o melhor para você. Se tiver que acontecer, querida, vai acontecer.

– Talvez – disse Emma, pensativa. As palavras dele a fizeram pensar na Estrela Namorado, brilhando intensamente no céu. Destino.

Então, recolocando o pano na prateleira, ela foi até o sr. Mercer e envolveu seus ombros com os braços. Ele a abraçou com hesitação por um instante, como se não tivesse certeza de que o gesto era sincero. Mas depois, aos poucos, apertou-a com mais força. Ele tinha cheiro de perfume, pimenta preta e óleo de motor.

Era um cheiro que eu conhecia muito bem. Ondas de tristeza atingiram meu corpo até eu sentir que me levariam embora. Daria tudo para abraçar meu pai mais uma vez. Enquanto observava o abraço, uma imagem sombria veio à tona em minha mente. Os olhos de meu pai se arregalando quando ele se virou e me viu. A traição me percorrendo como se ele tivesse enfiado uma estaca em meu coração. Mas, antes que eu conseguisse investigar a lembrança mais profundamente, ela submergiu outra vez.

17
NA MARCA DO X

Na tarde de quinta-feira, durante o último tempo de aula, Emma, Charlotte e Madeline estavam nos bastidores no auditório usando vestidos de festa pretos e salto alto. Velhos acessórios e cenários de peças, roteiros abandonados da produção de *Oklahoma!* do ano anterior e vários espelhos de corpo inteiro estavam espalhados pelo espaço vazio, mas a situação do outro lado da cortina era completamente diferente. Naquela manhã, com a ajuda dos planejadores de festa do comitê, as garotas tinham transformado o palco em uma elegante e fantasmagórica réplica do *Titanic*, com candelabros, uma escadaria falsa, lustres dourados e mesas postas com porcelana fina.

Emma balançava a cabeça, maravilhada.

— Está lindo. — Pena que *aquela* não podia ser a decoração do baile da noite de sexta. Mas o baile aconteceria no ginásio, não no auditório.

Charlotte andava de um lado para o outro, batendo em uma prancheta. Sua personalidade obsessiva a tornava a organizadora perfeita para cuidar dos detalhes.

— Está bem — disse ela. — Então, depois que todo mundo entrar no auditório, vamos anunciar os nomes das indicadas da corte. Elas vão entrar e dançar uma valsa com seus acompanhantes. A festa vai durar até o último ônibus ser chamado.

Madeline indicou os funcionários do bufê de uniformes brancos que corriam de um lado para o outro nos bastidores e arrumavam terrinas, travessas, jarras e taças prateadas sobre uma longa mesa dobrável.

— Temos cidra espumante, *hors d'oeuvres*, queijos. Coisas sem laticínios para Norah e sem glúten para Madison.

— E não se esqueça de Alicia Young — disse Laurel, alisando um amarrotado invisível em seu vestido. — Ela está fazendo aquela desintoxicação à base de toranja e pimenta-de-caiena.

Parecia que Charlotte ia explodir.

— Essa dieta é dura. Ela vai ter que ser forte.

Fui dominada pela angústia ao observar os preparativos. Eu me lembrava vagamente de ter planejado a festa de Coroação do Baile de Boas-Vindas do ano anterior. O tema e a decoração não passavam de relances, mas eu recordava o momento em que tinha anunciado as vencedoras, sabendo que estava mais glamorosa do que todas elas juntas. E me lembrava de um cara sem rosto — meu par — segurando meu braço depois e me dizendo que eu era a garota mais linda do palco. "Eu sei", eu respondera, lançando a ele um dos sorrisos característicos de Sutton Mercer.

    Os estalos agudos e distintos de saltos encheram o ambiente quando as garotas da corte entraram, cada qual com um saco de vestuário preto sobre o braço e o cabelo perfeitamente penteado, preso sobre a cabeça ou descendo pelas costas em suaves cachos. Elas ficaram maravilhadas com o cenário, ofegando e soltando gritinhos de apreciação. Gabby e Lili entraram por último, de nariz empinado, penteados mais armados e exagerados que os de qualquer outra. Emma virou as costas depressa e fingiu estar ajeitando o enfeite de uma das mesas, mas, mesmo assim, sentiu que elas olhavam fixamente para ela.

    – Gabby! Lili! – Laurel disparou para o outro lado dos bastidores e deu os braços às Gêmeas. – Vou mostrar seus camarins! Estamos sem espaço aqui embaixo, então vocês vão ter de trocar de roupa lá em cima, na cabine de iluminação.

    Gabby se livrou do braço de Laurel.

    – Me deixe só terminar meu tuíte, OK?

    Laurel revirou os olhos e esperou os polegares de Gabby terminarem de teclar com uma velocidade impressionante. Quando terminou, ela soltou um suspiro satisfeito.

    – Já estamos prontas para sermos levadas a nossos aposentos – disse ela com uma voz de rainha.

    Enquanto Laurel as conduzia escada acima, as duas gêmeas olharam para Emma. Laurel também se virou, fazendo para Madeline e Charlotte um discreto sinal de positivo com a mão.

    – OK, meninas! – Charlotte bateu palmas e colocou as demais integrantes da corte em círculo. – Vocês precisam se vestir para a grande entrada! As pessoas vão chegar em dez minutos.

Não se esqueçam de calçar os saltos e de passar uma camada extra de gloss! E, lembrem-se, o maquiador vai colocar sangue no cabelo de vocês e pintar círculos azuis sob seus olhos.

As garotas ficaram emburradas.

– Isso é mesmo necessário? – choramingou Tinsley Zimmerman.

– É – respondeu Charlotte, autoritária, com um leve sorriso malicioso que revelava quanto gostava de ser a chefe.

Tinsley examinou o vestido de festa de Charlotte.

– *Você* não está usando maquiagem de cadáver. Vamos ficar mais feias que você!

É essa a ideia, pensei.

– Vocês vão ficar modernas e chiques – disse Madeline, parecendo uma editora de moda. – São beldades mortas do *Titanic*. Vocês se afogaram no mar. Como *acham* que deveriam ficar? Como se estivessem em uma campanha de primavera da Bobbi Brown? – Ela indicou uma série de camarins nos fundos. – Agora, vão trocar de roupa!

As garotas da corte se viraram, lançando umas às outras sorrisos enigmáticos de "eu sei de uma coisa que você não sabe", lembrando a Emma que nenhuma delas sabia exatamente quem levaria o trote naquele dia. Tinsley bateu a porta de um dos camarins antes que alguém pudesse se juntar a ela. Alicia Young – a da dieta restrita de desintoxicação – enfiou-se em uma cabine minúscula protegida por cortinas para se trocar. Madison Cates olhou em volta furtivamente, depois foi para um local sombrio e enfiou um vestido de lantejoulas pretas por cima do penteado rígido. As outras também desapareceram. Quando saíram de seus respectivos camarins com os vestidos pretos, estavam surpresas.

— Eu esperava que o trote fosse com você — disse Tinsley, que usava um vestido tomara que caia, para Norah Alvarez.

— Bom, eu esperava que fosse com *você* — retrucou Norah, alisando a gola de penas de seu vestido estilo melindrosa.

Os maquiadores se movimentavam, pintando a boca de cada garota de batom azul-cadáver. Emma se aproximou de Charlotte.

— Então, tem certeza de que Gabby e Lili não suspeitam de nada?

Charlotte olhou de relance para o camarim do segundo andar. A porta estava fechada.

— Pelo que sei, elas nem imaginam. — Pegando um walkie-talkie na lateral do quadril, ela apertou FALAR. — Como estão as coisas, Laurel?

— Ótimas! — chiou a voz de Laurel pelo alto-falante. — Só estou ajudando Gabby e Lili a se vestirem. Elas estão fabulosas!

Charlotte abriu um sorriso ardiloso.

— Perfeito. Elas precisam descer em cinco minutos, OK? Fiquem aí por enquanto. Vamos mandar os maquiadores aí para cima.

— Entendido!

Quando Laurel desligou, Charlotte esfregou uma das mãos contra a outra.

— Precisamos mantê-las lá em cima até o último segundo, pouco antes de precisarem estar no palco. Elas não vão ter tempo para trocar de roupa.

Madeline se juntou a elas, rindo.

— Vai ser ótimo.

— Espero que sim. — Charlotte olhou para a cortina de veludo que separava os bastidores do palco e ficou séria de repente.

– Desde que Gabby não vá parar no hospital por nossa causa outra vez.

Madeline ficou tensa.

– Ela não foi para o hospital por *nossa* causa. Foi por causa de *Sutton*.

Ambas se viraram e olharam para Emma, que sentiu uma pontada no estômago. Sem dúvida estavam falando do trote do trem. Ela esperou que as duas se explicassem melhor, mas Madeline começou a mexer na prancheta e Charlotte se afastou.

O último sinal tocou, e as portas do saguão se abriram. Emma espiou por detrás das cortinas. Estudantes desciam pelo corredor central e preenchiam os assentos de veludo vermelho. Calouras ficavam boquiabertas com o cenário do *Titanic*, dizendo em voz aguda que mal podiam esperar para chegar à idade de participar da corte. Um grupo de garotas que Madeline e as outras chamavam de Virgens Veganas – por razões que Emma não conhecia totalmente, embora pudesse imaginar – se sentou ao lado de alguns dos cadáveres e gritou. O time de futebol americano inteiro se sentou junto, empurrando uns aos outros e fazendo palhaçadas para chamar atenção. Quase toda a plateia pegara seus telefones e checava discretamente as telas.

As palavras de Charlotte rodopiavam na mente de Emma. *Desde que Gabby não vá parar no hospital por nossa causa outra vez.* O que exatamente tinha acontecido naquela noite? Será que Sutton havia machucado Gabby? A mensagem que viera na caixa junto com o pendente de locomotiva lhe ocorreu: *Essa lembrança sempre me fará estremecer.*

– Hora do show! – Charlotte correu até as indicadas da corte, que estavam inspecionando a maquiagem de vítima de afogamento em espelhos de corpo inteiro. Emma deixou a cortina se fechar e olhou para o teto, como se pudesse enxergar o camarim das Gêmeas do Twitter. – Todas em fila! Vou anunciar vocês para a escola em alguns minutos! – As seis garotas da corte que estavam fora do trote encontraram seus pares, seis garotos bonitos que pareciam envergonhadíssimos por estar de smoking.

Charlotte olhou por cima do ombro, agitando as mãos como um controlador de tráfego aéreo.

– Mads, você vai saudar a plateia. Sutton, você entra pela coxia esquerda com todas as faixas da corte do baile para as garotas e os garotos, sua marca é um grande *X* no chão. Eu vou entrar pela coxia direita. Sutton, pode abrir a caixa das faixas? Elas estão perto dos espelhos. *Sutton?*

Emma piscou, saindo do transe.

– Hã-rã. – Ela foi até a caixa das faixas à esquerda do palco.

A voz de Laurel crepitou no walkie-talkie.

– Hã, Mads? Podemos descer agora?

Madeline olhou seu relógio.

– Não! Preciso que vocês fiquem aí mais um pouquinho.

– Hã... – O alto-falante do walkie-talkie emitiu um ruído de microfonia. – Mesmo? Não sei se vai ser possível.

A porta da cabine de iluminação se abriu, e as Gêmeas do Twitter apareceram no topo da escada. Elas usavam minúsculos biquínis de lacinho e saltos agulha prateados. Sua pele bronzeada brilhava. Elas tinham pernas extremamente longas. Mas também pareciam nuas em comparação às glamorosas garotas da corte com seus vestidos. Laurel estava atrás delas, lançando um olhar impotente para Charlotte, Madeline e Emma lá embaixo.

— Eu tentei! — Em silêncio, ela formou as palavras com a boca.

Enquanto Gabby e Lili desciam a escada empertigadas e com sorrisos orgulhosos de *misses*, Emma foi capaz de definir o exato momento em que se deram conta de que as outras indicadas estavam de vestido. Ficaram boquiabertas, paralisadas. Norah cutucou Madison. Alicia começou a rir. Repentinamente, todas participavam da piada.

— Impagável — murmurou Charlotte, exultante.

— Lindo — sussurrou Madeline, ficando na ponta dos pés em antecipação à revelação para a plateia.

Emma ficou tensa, esperando a reação delas. Mas as Gêmeas do Twitter, parcamente vestidas, se limitaram a trocar um olhar misterioso, e então Lili marchou até a cabine escura nos fundos.

— Nada tema, Gabs!

Ela desenterrou uma bolsa amarrotada da Saks dali de dentro, uma bolsa que evidentemente fora plantada horas, se não dias, antes. O papel fino crepitou quando ela enfiou a mão lá dentro e tirou dois vestidos pretos justos.

Charlotte e Madeline olharam uma para a outra de boca aberta, enquanto Laurel observava com timidez.

— De onde será que saíram esses vestidos de jérsei que não amarrotam do Yigal Azrouel? — perguntou Gabby com uma surpresa exagerada. — E, uau! São o nosso número!

As Gêmeas do Twitter enfiaram os vestidos pela cabeça, viraram-se e olharam furiosamente para Charlotte, Madeline, Laurel e Emma.

— Bela tentativa — disse Lili com frieza enquanto um dos maquiadores corria até ela e passava sombra azul sob seus olhos. — Percebemos o joguinho tosco de vocês há séculos.

Gabby se virou para Emma.

— Não somos tão idiotas quanto parecemos, *Sutton*. Você mais do que ninguém deveria saber disso.

Emma pressionou a mão contra o peito.

— Eu nunca disse que vocês eram idiotas.

Um som sarcástico escapou da boca de Gabby.

— *Claro.*

Sem desviar os olhos, Gabby andou até Emma, enfiou a mão na bolsa da Saks e tirou um frasco de pílulas com a mesma tampa cor-de-rosa que ela vira dias antes. O nome do remédio, escrito em letras pretas e grossas, passou rapidamente diante de seus olhos. TOPAMAX. Emma estremeceu. Ela tinha certeza de que Gabby tomava ritalina, Valium ou alguma outra droga recreativa. Mas Topamax parecia algo sério.

Gabby tirou a tampa e jogou duas cápsulas na mão. Ela as engoliu sem água. Depois de engolir, balançou o frasco de remédio como uma castanhola, encarando Emma novamente.

— Não acha que deveria pegar nossas faixas e ir para o seu lugar, Sutton? – disse ela com tom de escárnio. – Você está na coxia esquerda, não é?

Por um instante, Emma não conseguiu se mover. Era como se Gabby tivesse lançado um feitiço sobre ela, paralisando todos os seus membros. Charlotte a cutucou.

— É uma pena, mas ela está certa. Está na hora de ir. A seus lugares, meninas!

— Um segundo! – gritou Lili, voltando pelas escadas até a cabine de iluminação. – Esqueci meu iPhone!

— Você não *precisa* do iPhone! – resmungou Madeline. – Vai estar ocupada no palco!

Mas Lili não diminuiu o passo, e seus saltos estalaram contra os degraus de metal.

– Só vou demorar um segundo.

A porta da cabine de iluminação bateu. Emma se virou, pegou as dezesseis faixas acetinadas da corte do baile e encontrou o *X* no canto do palco onde devia ficar, atrás de uma cortina lateral, completamente isolada do restante da corte e das organizadoras.

– Abram a cortina – mandou Charlotte.

O murmúrio da plateia ficou mais alto. As indicadas à corte, à exceção de Lili, que ainda estava lá em cima, afofaram os penteados e passaram um blush de última hora. Mas, quando Emma desviou os olhos dos ofuscantes refletores do palco, Gabby a encarava com um leve sorriso. Usando a maquiagem de cadáver, com círculos azuis sob os olhos, pontos costurados pelas bochechas e feridas sangrentas no pescoço, ela parecia ameaçadora. Maligna.

Emma deu um passo para trás. E então percebeu algo mais, algo que não tinha visto antes: Gabby usava uma pulseira com pendentes de prata. Minúsculos objetos pendiam da corrente – um pequeno iPhone, um batom, um miniterrier. Eram feitos da mesma prata que a locomotiva em miniatura que estava enfiada na bolsa de Emma.

Um calafrio percorreu tanto a mim quanto Emma. As Gêmeas do Twitter tinham me matado. Eu *sentia* que sim.

– Saudações, Hollier High! – exclamou Madeline ao microfone, tão alto que Emma se sobressaltou. – Todos prontos para a coroação?

Vivas vieram da plateia, e "*Paparazzi*", de Lady Gaga, explodiu dos alto-falantes. O barulho era tão alto que Emma mal ouviu os estalos dos fios arrebentando acima de sua cabeça. Quando levantou os olhos, o pesado refletor que estava preso nas vigas caía rapidamente em sua direção. Ela gritou e se afastou com um pulo no exato momento em que ele bateu contra o chão com um estrondo ensurdecedor.

Cacos de vidro cor de âmbar se espalharam por todos os cantos. Alguém gritou – talvez a própria Emma. Ela sentiu seu corpo ficar mole e perder o equilíbrio, soltando as faixas da corte e caindo no piso de madeira. Pouco antes de seus olhos se fecharem, viu Lili se juntar a Gabby nas coxias. Emma tentou pedir ajuda, manter a consciência, mas se sentiu desvanecer. Gabby balançava o frasco de remédio para cima e para baixo, para cima e para baixo. Pareciam dentes batendo.

O barulho me lembrou algo inteiramente diferente. Em minha cabeça, um pontinho minúsculo alargava-se lentamente. O mundo começou a rodopiar como se eu estivesse em um carrossel descontrolado. Não ouvia mais as pílulas balançando no frasco. Ouvia, claramente e sem sombra de dúvida, o estrondo de um trem de passageiros se aproximando sobre os trilhos...

18
ESTREMECIMENTOS, TRAIÇÃO E AMEAÇAS, OH, DEUS!

— Onde está a Gabby? — grita Lili quando o trem passa chispando.

Eu me viro, verificando freneticamente os trilhos. Planejei tudo com tanto cuidado... é impossível Gabby ter rolado para baixo do trem, não é?

Então, Laurel se afasta alguns metros e aponta um dedo trêmulo para uma silhueta caída perto das paredes curvas da passagem subterrânea. É Gabby. O cabelo louro cobre a maior parte de seu rosto. Sua mão pálida está espalmada, seu iPhone cravejado de cristais, virado sobre o cascalho.

— O que aconteceu? — grita Madeline.

— Gabby! — berra Lili, correndo até ela.

— Gabby? — Estou parada ao lado do corpo imóvel. — Gabs?

Um estremecimento repentino começa nos dedos de Gabby, indo até os ombros. Pontinhos de saliva cobrem seus lábios, e depois seu *corpo inteiro entra em convulsão. O trem continua passando, fazendo meus dentes baterem e soprando meu cabelo. Gabby se agita com mais intensidade e rapidez. Seus braços e pernas têm vontade própria, sacudindo-se em direções aleatórias. Seus olhos se reviram como se ela fosse uma espécie de zumbi.*

— *Gabby?* — *grito.* — *Gabs? Pare com isso! Não tem graça!*

De repente, um homem negro com um cavanhaque cuidadosamente aparado e um brinco em uma das orelhas me tira do caminho. Vejo de relance um macacão azul com um emblema que brilha no escuro. PIMA COUNTY — PARAMÉDICO. *Eu nem tinha me dado conta de que uma ambulância chegara, mas ali está ela, um grande veículo branco com luzes vermelhas rodopiantes em cima.*

— *O que aconteceu?* — *pergunta o paramédico, agachando-se ao lado de Gabby.*

— *Não faço ideia!* — *Lili me empurra, colocando-se a minha frente. Sua boca é um triângulo, seus olhos estão arregalados de desespero.* — *O que está acontecendo com ela?*

— *Está tendo uma convulsão.* — *O paramédico aponta uma luz para os olhos de Gabby, mas eles não têm cor, são apenas duas esferas semelhantes a bolinhas de gude brancas.* — *Isso já aconteceu antes?*

— *Não!* — *Lili olha em volta freneticamente, como se não acreditasse no que estava acontecendo.*

O paramédico rola Gabby para o lado e coloca a orelha perto de sua boca para verificar se ela está respirando, mas simplesmente a deixa deitada ali, se sacudindo. Ela se move como um daqueles personagens de desenho animado que tocam um fio desencapado e se acendem como árvores de Natal, exibindo esqueletos brancos através da pele. Sinto vontade de desviar os olhos, mas não consigo.

— *Você não pode fazer alguma coisa por ela?* — *grita Lili, puxando a manga do paramédico.* — *Qualquer coisa? E se ela estiver morrendo?*

— *Vocês precisam se afastar* — *vocifera ele.* — *Preciso de espaço para cuidar dela.*

Carros passam por nós na autoestrada. Alguns motoristas desaceleram e observam, curiosos por causa das luzes da ambulância e da garota deitada na passagem, mas ninguém para. Lágrimas rolam pelo rosto de Lili. Ela se vira para mim com os olhos em brasa.

— *Não acredito que você fez isso com ela!*

— *Eu não fiz nada!* — grito com a mandíbula contraída.

— *Fez, sim! Isto tudo é culpa sua!*

O apito distante do trem abafa as palavras de Lili. Não vou me sentir culpada por isso. Eu nem sequer queria que as Gêmeas do Twitter viessem. Como ia saber que Gabby ficaria apavorada a ponto de ter um ataque convulsivo? De repente, me sinto tão cansada das gêmeas que mal consigo respirar.

— *Eu não queria que vocês viessem* — digo entredentes. — *Sabia que vocês não iam aguentar.*

As luzes vermelhas e azuis da ambulância riscam o rosto de Lili.

— *Você podia ter matado todas nós!*

— *Ah, por favor.* — Fecho os punhos. — *Eu estava no controle o tempo todo!*

— *Como íamos saber disso?* — guincha Lili. — *Achamos que íamos morrer! Você não pensa nos sentimentos dos outros! Você só... nos trata como brinquedos, você faz o que quer, quando quer!*

— *Cuidado com o que diz* — aviso a ela, atenta aos paramédicos a nossa volta.

— *Ou o quê?* — pergunta Lili, virando-se para Madeline, que está um pouco afastada, com uma expressão vazia. — *Você concorda comigo, não é, Madeline?* — pergunta Lili. — *Sutton usa as pessoas. Acha mesmo que ela se importa com os nossos sentimentos... com os sentimentos de alguém? Olhe como ela brincou com seu irmão! Ele foi embora por causa dela!*

— *Isso não é verdade!* — *grito, indo na direção de Lili. Como ela se atreve a tocar no nome do Thayer?! Como se tivesse a mínima ideia do que havia entre nós!*

Charlotte me segura antes que eu consiga atacar Lili. Mais paramédicos se aglomeraram ao redor de Gabby e começaram a debater se vão removê-la ou deixá-la onde está. Lili vira as costas para nós e olha para a irmã por cima do ombro do paramédico. Um vento opressivo e quente começa a soprar, levantando pedaços de lixo do chão. Uma guimba de cigarro rola perigosamente para perto de uma das mãos dela.

Um som baixo e agudo ressoa a distância: mais uma sirene. Todas nos endireitamos quando percebemos que é um carro da polícia. Meu coração dispara, e o suor começa a escorrer por meu corpo.

Pigarreio e volto-me para minhas amigas, com a voz baixa e firme.

— *Não podemos contar o que aconteceu aos policiais. O carro enguiçou de verdade, OK? Foi apenas um acidente.*

Madeline, Charlotte e Laurel parecem meio enojadas, mas o problema de Gabby as enfraqueceu. Elas não querem mais me desafiar. E, mesmo que eu tenha violado o código sagrado do Jogo da Mentira, existe outro princípio rígido que seguimos: se um dia formos flagradas em um trote, ficamos juntas. Quando Laurel quase foi pega mexendo na árvore de Natal de mais de três metros do La Encantada, tínhamos jurado por Deus e o mundo que ela estava em casa conosco. Quando Madeline quebrou o pulso fugindo da segurança no final de semana em que jogamos as mesas da biblioteca na ravina, dissemos a seu pai que ela caíra durante uma caminhada. Elas vão me perdoar por invocar falsamente o código de segurança. Vamos superar isso. Sempre superamos.

Mas Lili me olha como se eu estivesse louca.

— *Espera mesmo que eu minta por você?* — *Ela põe as mãos nos quadris.* — *Vou contar à polícia o que você fez!*

— *A escolha é sua* — *digo calmamente.* — *Mas seja lá o que esteja acontecendo com a esquisita da sua irmã, não tem nada a ver comigo, e você sabe disso. Se contar à polícia... se contar a qualquer pessoa... vai se arrepender.*

Lili arregala os olhos.

— *Isso é uma* ameaça?

Meu rosto se endurece, virando uma máscara de pedra.

— *Chame como quiser. Se contar, não teremos mais motivo para sermos amigas. As coisas vão mudar para você, muito, e vão mudar para sua irmã também.* — Eu me aproximo tanto de Lili que sinto seu hálito quente em meu rosto. — *Lili...* — digo devagar, para que ela entenda cada palavra. — *Quando Gabby acordar perfeitamente bem e descobrir que você transformou as duas nas maiores fracassadas do Hollier, acha que ela vai lhe agradecer por ter feito a coisa certa? Acha que vai considerá-la uma heroína?*

Todas ficam em silêncio. Atrás de nós, Gabby está sendo presa a uma maca. Minhas amigas parecem inquietas, mas sei que não estão surpresas. Já fizemos isso antes. As narinas de Lili se dilatam e se retraem.

Seus olhos ardem de ódio. Eu sustento seu olhar. Não vou ceder primeiro de jeito nenhum.

Ainda estamos nesse impasse quando a viatura chega, levantando uma nuvem de poeira do deserto. Dois policiais, um forte com um bigode fino e o outro ruivo e sardento, saem do carro e vêm em nossa direção.

— *Senhoritas?* — O ruivo retira um bloco do bolso. Seu walkie-talkie solta bipes com intervalos de segundos. — *O que está acontecendo aqui?*

Lili se vira para encará-lo e, por um instante, tenho a impressão de que ela vai mesmo contar tudo. Mas então seu lábio inferior começa a tremer. Os paramédicos passam por nós, levando Gabby para a ambulância.

— Para onde a estão levando? — pergunta Lili quando eles passam.

— Oro Valley Hospital — responde um deles.

— E-Ela vai ficar bem? — pergunta Lili, mas o vento abafa sua voz trêmula. Ninguém responde. Lili vai até eles antes de fecharem as portas traseiras da ambulância. — Posso ir com ela? É minha irmã.

O policial pigarreia.

— Você não pode ir ainda, senhorita. Precisamos de seu depoimento.

Lili para com os pés virados para a ambulância e o corpo voltado para nós. Diversas emoções passam por seu rosto em uma questão de segundos, e praticamente vejo seu cérebro turbilhonando enquanto ela analisa as opções que tem. Finalmente, ela dá de ombros, uma bandeira branca de rendição.

— Elas podem falar por mim. Aconteceu a mesma coisa com todas nós. Estávamos todas juntas.

Eu solto o ar.

O policial assente e se vira para Madeline, Charlotte e Laurel e começa a fazer perguntas. Logo depois que Lili entra na ambulância e se afasta, sinto uma vibração em meu bolso. Pego meu telefone e vejo uma nova mensagem sua na tela.

SE MINHA IRMÃ TIVER ALGUM PROBLEMA, SE ELA NÃO SOBREVIVER, EU MATO VOCÊ.

Que se dane, *penso*. E aperto APAGAR.

19
O AVISO

A princípio, Emma só conseguia distinguir sombras embaçadas. Ela ouvia gritos, mas era como se estivessem vindo do final de um longo túnel. Suas costas estavam contra um piso de madeira. Um cheiro forte de mofo chegou a suas narinas. Algo molhado se acumulava em seu rosto – ela vagamente tentou imaginar se era sangue.

Um tecido macio roçava seu braço descoberto. A respiração aquecia sua pele.

– Olá? – disse Emma com dificuldade. Foi necessário um enorme esforço para formar as palavras. – Olá? – repetiu ela. – Quem está aí?

Uma silhueta se afastou. As tábuas do chão estalaram. A visão de Emma estava estranha. Havia alguém por perto, mas tudo o que ela conseguia ver era um borrão escuro.

Ouviu sons agudos e sentiu o cheiro de pó de giz. O que estava acontecendo?

Segundos depois, sua visão entrou em foco. O borrão tinha desaparecido. Diante dela havia um grande quadro-negro de um antigo cenário. Emma tinha passado por ele várias vezes durante os preparativos da festa naquele dia, reparando que alguém tinha escrito uma citação da peça *The Glass Menagerie*: "As coisas sempre encontram um jeito de acabar mal." Essas palavras tinham sido apagadas, e uma nova mensagem tomara o lugar delas. Assim que Emma leu a caligrafia oblíqua, seu sangue gelou.

Pare de investigar ou, na próxima vez, vou machucá-la de verdade.

Emma ficou sem ar.

– Quem está aí? – gritou ela. – Apareça!

– Diga alguma coisa! – gritei também, tão cega quanto ela. – Sabemos que você está aí!

Mas quem quer que tenha escrito aquela frase, não respondeu. E então uma escuridão morna e latejante voltou a dominar Emma. Seus olhos se fechavam, e ela lutava para mantê-los abertos. Pouco antes de desmaiar outra vez, ela viu de relance o mesmo vulto embaçado – ou talvez *dois* vultos embaçados – fazendo círculos com as mãos sobre o quadro-negro, apagando as palavras.

Quando Emma reabriu os olhos, estava deitada em uma cama de um pequeno quarto branco. Um panfleto que informava como lavar as mãos corretamente estava preso na parede oposta. Outro pôster, que ensinava a administrar a manobra de Heimlich, pendia sobre uma mesinha com potes de algodão e caixas de luvas de borracha.

– Sutton?

Emma se voltou na direção da voz. Madeline estava em uma cadeira de escritório ao lado da maca, com os joelhos pressionados firmemente um contra o outro e os dedos entrelaçados no colo. Quando viu que Emma estava acordada, seu rosto se encheu de alívio.

– Graças a Deus! Você está bem?

Emma levantou o braço e o pressionou contra a testa. Seus membros tinham voltado ao normal, não estavam mais pesados como no chão do palco.

– O que aconteceu? – perguntou ela com uma voz rouca. – Onde estou?

– Está tudo bem, querida – disse outra voz. Era de uma mulher magra com cabelo louro desbotado cortado exatamente na altura do queixo e óculos de tartaruga apoiados sobre o nariz. Ela usava um jaleco branco com as palavras T. Grove e Enfermeira bordadas sobre o peito. – Parece que você desmaiou. Provavelmente foi falta de açúcar no sangue. Comeu alguma coisa hoje?

– Um refletor despencou das vigas e quase acertou você – disse Madeline em uma voz trêmula. – Foi uma loucura... quase caiu na sua cabeça!

Emma apertou os olhos, lembrando-se do vulto embaçado diante dela. O aviso em giz branco. Seu coração disparou, batendo com tanta força contra o peito que ela temeu que Madeline e a enfermeira ouvissem.

– Você viu alguém parado perto de mim quando eu estava deitada no chão? Alguém escrevendo alguma coisa em um quadro-negro?

Madeline apertou os olhos.

– *Que* quadro-negro?

– Escreveram alguma coisa – insistiu Emma. – Tem certeza de que não foi a Gabby? Ou a Lili? – Uma expressão que Emma não conseguiu decifrar passou rapidamente pelo rosto de Madeline.

– Acho que você precisa descansar um pouco mais. Gabby e Lili estavam no palco quando o refletor caiu. O zelador disse que foi só um acidente bizarro... aqueles refletores são supervelhos. – Ela deu um tapinha no ombro de Emma. – Desculpe por ter que fazer isso, mas preciso voltar para o auditório. Charlotte vai me matar se eu não estiver lá para ajudar a orientar o pessoal do bufê. – Madeline se levantou. – Descanse, e quando a festa terminar, venho ver você, está bem?

O quadro de cortiça preso atrás da porta oscilou quando Madeline a fechou ao sair. A enfermeira também murmurou que voltaria em um instante e saiu por outra porta. No silêncio do pequeno quarto, Emma fechou os olhos, recostou-se no travesseiro da maca, que era duro como pedra, e soltou o ar.

Vá para o seu lugar, Sutton, dissera Gabby pouco antes do início da cerimônia. *Você está na coxia esquerda, certo?* Depois, Lili fora correndo pegar seu iPhone lá em cima, exatamente onde o refletor estava preso. E então... *crás*. O refletor caiu exatamente onde Emma deveria estar.

– Emma?

Emma abriu os olhos e viu Ethan diante dela com as sobrancelhas escuras franzidas de preocupação. Ele usava uma camiseta verde-oliva desbotada, calça jeans escura e Vans pretos que pareciam ter passado por um triturador de madeira. Ela sentiu o calor de seu corpo quando Ethan se aproximou. Ele pegou sua mão, depois desviou os olhos, como se não soubesse se podia tocá-la. Emma não ficava sozinha com ele desde a abertura da exposição – desde que o rejeitara.

Ela se sentou rapidamente e ajeitou o cabelo.

– Oi – disse com a voz rouca.

Ethan soltou sua mão e se deixou cair na cadeira preta de escritório que Madeline ocupara pouco antes.

– Ouvi um estrondo nos bastidores. Logo depois, as pessoas começaram a gritar seu nome. O que aconteceu?

Um calafrio percorreu o corpo de Emma quando ela contou sobre o refletor e a frase no quadro-negro. Quando terminou, Ethan se levantou um pouco, contraindo os músculos do braço para manter o corpo centímetros acima da cadeira.

– A mensagem ainda está lá?

– Não. Alguém a apagou.

Ele se afundou novamente na cadeira.

– Depois do estrondo, muita gente foi para os bastidores. Alguém teria visto isso, não acha?

– Sei que não faz sentido. Mas havia alguém lá. Alguém escreveu aquela mensagem.

Ele lançou a ela um olhar igual ao de Madeline.

– Você passou por muito estresse. Tem certeza de que não foi um sonho?

– Não *parecia* um sonho. – Emma se enrolou mais no cobertor da enfermaria, sentindo o suor de suas mãos penetrar a lã áspera. – Acho que foram as gêmeas – disse ela. Emma baixou a voz e contou a Ethan que Charlotte e Madeline haviam comentado que algum ato de Sutton fizera Gabby parar no hospital. Depois, falou sobre o frasco de pílulas que Gabby tirara da bolsa. – Era um remédio chamado Topamax. Eu já tinha visto Gabby tomar pílulas, mas sempre achei que era algo recreativo. Você está com seu telefone? Preciso procurar isso no Google.

– Emma – disse Ethan com um tom de voz urgente. – Alguém acabou de lhe dizer para parar de investigar.

Emma desdenhou.

– Achei que você não tinha acreditado na história do quadro-negro.

– Claro que acredito... só queria que não fosse verdade. – O azul dos olhos de Ethan tinha um brilho mais escuro sob as luzes fluorescentes. – Acho que é hora de colocarmos um ponto final nisso.

Emma passou as mãos pelo rosto.

– Se pararmos, a pessoa que matou Sutton vai sair impune. – Ela passou as pernas sobre a lateral da pequena maca. O sangue fez seu corpo formigar quando ela ficou de pé.

– O que você está fazendo? – perguntou Ethan, observando-a ir até os arquivos encostados na parede.

– O histórico médico de Gabby tem de estar arquivado na escola para o caso de haver algum problema – sussurrou Emma. Ela abriu a gaveta rotulada E-F e passou os dedos sobre pastas de papel pardo gastas até encontrar FIORELLO, GABRIELLA.

Saltos estalaram pelo corredor, e Emma congelou, ouvindo o barulho ficar mais alto e depois desaparecer, quando a pessoa passou da enfermaria. Emma pegou a pasta de Gabby e viu que era mais nova que as outras, como se não tivesse tido tempo de ficar com as bordas gastas. Ela folheou o conteúdo e soltou um assobio baixo.

— Topamax, o remédio de Gabby? É para tratar *epilepsia*.

— Ela é epilética? — Ethan semicerrou os olhos. — Acho que eu teria ouvido falar disso.

Emma continuou lendo.

— Diz aqui que o problema não existia até julho e que "um incidente provocou a primeira convulsão". — Ela olhou para Ethan. — O trote do trem foi em julho. E se Sutton tiver causado a epilepsia dela?

— Meu Deus. — Ethan empalideceu.

Emma enfiou a pasta de volta na gaveta e a fechou com o quadril.

— As Gêmeas do Twitter devem ter ficado mais do que furiosas... talvez até mesmo iradas e enlouquecidas o bastante para planejar o assassinato de Sutton.

Os olhos de Ethan estavam arregalados.

— Você acha que as gêmeas...?

— Tenho mais certeza do que nunca — sussurrou Emma com a mente em disparada. — Também estou certa de que Lili soltou o refletor. Ela foi pegar o telefone lá em cima pouco antes da queda. E você devia ter visto o jeito como as Gêmeas me olharam antes que eu desmaiasse. — A pele de Emma ficou arrepiada quando ela visualizou novamente a cena. — Elas pareciam capazes de *qualquer coisa*.

Minha mente voltou à expressão homicida dos olhos de Lili na noite do trote do trem. O texto que ela tinha mandando da ambulância prometia vingança se Gabby tivesse algum problema. Graças a Deus Emma tinha se afastado antes do refletor cair em sua cabeça. Por muito pouco ela não se juntara a mim aqui no limbo.

Do lado de fora, um bando de pássaros voou de um aglomerado de arbustos sob a janela da enfermaria. Emma andava de um lado para o outro.

— Faz muito mais sentido — sussurrou ela. — Gabby e Lili são mestras no Twitter e no Facebook... elas podem ter hackeado facilmente a página de Sutton, lido aquela primeira mensagem minha e respondido, me pedindo para vir a Tucson e esperar no Sabino Canyon. E estavam com Madeline quando me sequestraram no Sabino e me arrastaram para a festa de Nisha. Quem sabe se Gabby e Lili não sugeriram toda a ideia do sequestro?

Ethan movimentava a cadeira para a frente e para trás, fazendo as rodinhas guincharem, sem dizer uma palavra.

— E elas são tão fofoqueiras — continuou Emma, parando perto de um grande pôster intitulado O QUE FAZER SE VOCÊ FOR VÍTIMA DE UM ATAQUE — que ninguém desconfiaria se ficassem rondando, espionando, entreouvindo. E as duas dormiram na casa da Charlotte na semana passada. Poderiam ter descido discretamente e me estrangulado sem disparar o alarme. — Os nervos de Emma estavam à flor da pele. Ela tinha descoberto algo importante... e terrível. — Lili e Gabby estavam com Sutton na noite em que ela morreu. Com *certeza* foram elas.

O pomo de adão de Ethan se elevou quando ele engoliu.

— Então, como vamos provar isso? Como vamos pegá-las?

— Com seu telefone. — Emma estendeu a mão. Confuso, Ethan entregou o aparelho. Emma entrou no Twitter e examinou novamente os tuítes de Gabby e Lili. Em 28 de agosto, eram inócuos e aleatórios: Adorei meus novos lenços matificantes da Chanel! E com que roupa vocês vão à festa de Nisha? Acho que vou estrear minhas compras de volta às aulas. E também Hambúrguer com abacate no California Cookin', delícia!

Às vezes, elas tuitavam trinta vezes em uma hora. Mas no dia 31 nenhuma das duas tinha escrito nada.

– Que *estranho* – disse Emma, deitando-se outra vez na maca. – Achei que iam se gabar de ter roubado com Sutton naquele dia.

Ethan se sentou a seu lado enquanto Emma rolava a página para os tuítes mais recentes. Às 10h daquele dia, Gabby tinha tuitado que conseguira um A na prova de matemática sem estudar.

– Humilde, hein? – murmurou Ethan enquanto lia sobre o ombro de Emma.

– Isso não faz sentido – comentou Emma, batendo com o indicador no telefone de Ethan. – Gabby mandou Laurel esperar enquanto ela terminava de escrever um tuíte hoje à tarde, pouco antes da cerimônia. Então, por que esse tuíte não aparece na página dela? – Os olhos de Emma se arregalaram. – Espere. E se elas tiverem contas secretas no Twitter?

Ethan parecia não saber bem aonde ela queria chegar.

– É quando alguém tem uma conta pública que divulga para todo mundo e outra secundária, com um pseudônimo – explicou Emma.

– Por que elas se dariam esse trabalho? – perguntou Ethan.

– Se elas quisessem se comunicar uma com a outra, mas não quisessem que ninguém mais lesse.

— Faz sentido. — A voz de Ethan ficou mais alta de animação. — E parece mesmo algo que essas duas fariam.

— Mas como podemos descobrir quais são? Será que os nomes são uma piada interna?

— É provável que sim — respondeu Ethan. — Ou podem ser totalmente aleatórios.

— Vamos tentar designers de moda — sugeriu Emma. — Ou talvez marcas de sapatos ou filmes favoritos. — Ela abriu a página do Twitter e digitou @*rodarte*, a marca preferida de roupas das gêmeas. Mas o perfil que encontrou pertencia a alguém da Austrália. Ela digitou outras variações, *garotarodarte*, *FãRodarte*, assim como outras coisas de que as Gêmeas do Twitter gostavam, como o filme preferido de Gabby, *O diabo veste Prada*, ou a banda favorita de Lili, My Chemical Romance.

Eles checaram as páginas das gêmeas no Facebook para ver se conseguiam mais ideias.

— Elas têm cachorros gêmeos chamados Googoo e Gaga — ressaltou Ethan.

— Sério? — perguntou Emma, então digitou os nomes, mas nada apareceu, com exceção de várias páginas dedicadas a Lady Gaga.

Eles tentaram marcas de maquiagem, variações com Gucci e Marc Jacobs, celebridades que elas amavam e lojas nas quais compravam. Nada funcionou. Emma se recostou e massageou as têmporas. Qual seria *sua* conta secreta no Twitter? Tudo em que conseguiu pensar foi que Lou, o mecânico da oficina, a chamava de Macaquinha Engraxada. Ou que, quando trabalhara na montanha-russa do New York New York, alguns dos caras que trabalhavam como bartenders ali perto se referiam a ela, não muito discretamente, como "gata do cometa de vômito".

— E se os nomes das contas secretas do Twitter de Lili e Gabby forem meio constrangedores? – perguntou Emma. – Como uma referência ao dia em que Gabby passou por cima do pé de Lili.

— Ou quando Gabby ficou presa no armário – acrescentou Ethan.

Repentinamente, eles se entreolharam. Emma digitou *@gabbyestrovenga*. Um perfil apareceu; sem dúvida, a minúscula foto era de Gabby. Apenas uma garota a seguia: *@srtalilijeba*.

— Não acredito – sussurrou Emma. Seus dedos tremiam enquanto ela rolava a página. Aqueles tuítes não eram nem de longe tão entediantes quanto os outros. Cada post que Emma lia fazia o quarto girar um pouco mais rápido. Primeiro, leu os tuítes de 31 de agosto:

@GABBYESTROVENGA: ACHA QUE DEVEMOS?
@SRTALILIJEBA: SEM DÚVIDA. NÃO DÁ PARA VOLTAR ATRÁS. TUDO ACONTECE HOJE À NOITE.

E na semana anterior, na noite em que dormiram na casa de Charlotte, quando alguém desceu sorrateiramente e estrangulou Emma:

@SRTALILIJEBA: ELA ACHA QUE SOMOS IDIOTAS.
@GABBYESTROVENGA: LOGO VAI SABER A VERDADE.
@SRTALILIJEBA: É MELHOR ELA TER CUIDADO...

E na noite da festa de aniversário de Sutton:

@GABBYESTROVENGA: ELA NEM IMAGINA O QUE VAI ACONTECER. MAL POSSO ESPERAR PARA VER A CARA DELA.
@SRTALILIJEBA: TOMARA QUE DÊ CERTO.

E o tuíte que Gabby tinha escrito naquela tarde:

@GABBYESTROVENGA: FALTA MENOS DE UMA HORA. AQUELA VADIA VAI SER ANIQUILADA.

A porta de um armário bateu no corredor, sacudindo as paredes da enfermaria e fazendo o conteúdo verde e grosso de um grande frasco de xarope para a tosse oscilar na prateleira. *Aquela vadia vai ser aniquilada.* A imagem do refletor despencando passou pela mente de Emma. Ela fixou os olhos em Ethan.

— Elas estão falando de mim.

A discussão que eu tivera com Lili na noite do acidente de Gabby passou por minha mente. Eu dissera a ela que era melhor ficar quieta ou eu arruinaria sua vida. Mas talvez ela e a irmã tivessem arruinado a *minha*.

— Por favor, envie isso por e-mail para mim — pediu Emma a Ethan. — Todos eles. Não posso me arriscar a perdê-los como perdi o vídeo do assassinato.

— Feito. — Ethan pegou o telefone e começou a copiar e colar todos os tuítes.

A música clássica abafada do ensaio da orquestra na sala ao lado ecoou através das paredes. De repente, o corpo de Emma começou a doer como se ela tivesse corrido várias maratonas consecutivas.

— Que pesadelo — disse ela, deixando-se cair sobre o colchão reto da maca. — Saber que são *duas* só faz tudo parecer ainda mais impossível. E elas estavam tentando me assustar? Ou me matar? Se o objetivo era me matar, quanto tempo vai levar até tentarem de novo?

Ethan murmurou alguma coisa solidária, mas não deu nenhum conselho.

— O que eu não daria por um dia longe disso — murmurou Emma. — Algumas *horas* de folga. — Ela pensou na noite de sexta. Já era bem difícil conviver em plena luz do dia com as Gêmeas do Twitter. Mas lidar sozinha com um baile sombrio cujo tema seria uma casa mal-assombrada? Ela deu uma olhada para Ethan. — Tenho uma ideia.

Ethan colocou o telefone no bolso.

— Diga.

— Que tal ir ao baile comigo? — Emma indicou o panfleto do Baile de Dia das Bruxas da Semana de Boas-Vindas pendurado na parede da enfermaria. Nele, um esqueleto dançava tango com uma bruxa.

Ethan deu um passo para trás.

— Emma...

Emma o interrompeu antes que ele começasse a dizer que odiava bailes.

— Podemos vigiar as gêmeas juntos. Eu não precisaria lidar com tudo sozinha. E talvez fosse até divertido. Podemos usar fantasias idiotas, ter uma overdose com os cupcakes maravilhosos do bufê, dançar... ou *não* dançar, se você não quiser de jeito nenhum. Podemos rir de todas as pessoas que estiverem levando aquilo a sério.

As mãos de Ethan se contorciam em seu colo.

– Não é que eu não queira ir. É que... bom, na verdade eu convidei outra pessoa.

Emma ficou perplexa. Parecia que tinham despejado um balde de água fria em sua cabeça, e por um instante seu cérebro só teve estática.

– Ah! – disse ela após um tempo longo demais. – Ah, bem, ótimo! Que bom para você!

A expressão que passou pelo rosto de Ethan foi comicamente aborrecida, quase petulante.

– Bem, você falou que só queria ser minha amiga. Que não estava interessada.

– Eu sei! Eu disse! – A voz de Emma ganhou o tom irritantemente alegre que sempre surgia quando ela se esforçava demais para parecer animada. – Digo, seria só como amigos. Mas assim é muito melhor. Estou muito feliz por você! Você vai se divertir muito!

O quarto repentinamente pareceu pequeno demais para os dois. Emma se levantou com um pulo.

– Hã, melhor eu ir embora.

Ethan também se levantou.

– O quê? Para onde?

– E-Eu preciso voltar para o auditório. – Desajeitada, Emma foi até a porta. – A festa ainda não acabou. Preciso ajudar. Além do mais, minhas coisas ainda estão lá.

– Mas...

Ethan jogou a mochila sobre o ombro e a seguiu, mas Emma não queria mais falar sobre o assunto. Ela acenou para ele da maneira mais despreocupada que conseguiu.

— Ligo para você mais tarde – prometeu, embora não conseguisse se imaginar fazendo isso. Ela atravessou o corredor com passos rápidos, virou em uma esquina, depois se jogou contra a fileira de armários.

O corredor estava silencioso, o último sinal do dia ainda não tocara. Emma ouvia a própria respiração irregular. Um soluço subiu por sua garganta, mas ela o engoliu depressa.

— Você teve sua chance – sussurrou ela furiosamente. – Fez sua escolha. É *melhor* assim.

Uma risadinha flutuou pelo corredor. Emma ficou paralisada, ouvindo. Mais uma vez, alguém exalou o ar bruscamente do outro lado da esquina, um segundo suspiro triunfante de desdém. Uma sombra se alongou pelo chão. Será que alguém a estava observando? *Ouvindo?*

Emma voltou às pressas pelo corredor, mas quando virou a esquina não havia ninguém ali. Quando inspirou, sentiu um leve cheiro de coco. E quando olhou para baixo, viu minúsculos e cintilantes cacos de vidro no chão.

Ela se agachou para tocar um dos cacos. A cor de âmbar era exatamente a mesma do refletor que quase tinha despedaçado seu crânio.

20
VAMPIROS HORRIPILANTES À ESQUERDA, PERSEGUIDORAS À DIREITA

— Bem-vindas! — Um adolescente espinhento usando uma capa acetinada de Drácula, presas de plástico e um bico de viúva, desenhado com lápis de olho, apareceu de repente no vão da porta da Scare-O-Rama, a melhor loja de produtos de Dia das Bruxas de Tucson. — Posso ajudar? Vocês são tão bonitas que merecem uma mordida! — Quando ele riu, pareceu o Conde de *Vila Sésamo*.

— Eca, não! — disse Laurel, empurrando-o ao passar. O Drácula cobriu metade do rosto com a capa, ao estilo vampiro desprezado, e voltou correndo para trás do balcão.

Era noite de quinta-feira, poucas horas depois da festa de coroação, e Emma e Laurel tentavam encontrar fantasias para o baile. Na verdade, tudo o que Emma queria fazer naquela noite era se deitar na cama de Sutton, ficar bem encolhida e segura e agradecer pelo fato de o refletor não ter caído alguns centímetros para a esquerda, mas acabou cedendo depois da incansável persistência de Laurel. Afinal de contas, faltavam dois dias para o baile – o tempo estava acabando. E, mesmo sem par, ela tinha que ir em grande estilo. Mas se aventurar no mundo parecia perigoso, como se Lili e Gabby pudessem estar em qualquer lugar e fazer qualquer coisa.

Emma não parava de verificar suas contas secretas no Twitter, mas elas não tinham postado nada depois do tuíte de Gabby naquela tarde. Emma precisava de mais provas contra elas – algo concreto, inequívoco. Mas já tinha vasculhado o quarto, a casa, o iPhone e as redes sociais de Sutton, além de dois armários e todos os outros lugares em que conseguira pensar.

Laurel pegou o braço de Emma e a conduziu até as araras de fantasias que atravancavam praticamente cada centímetro da loja. Forcados, cartolas cintilantes, máscaras macabras e aranhas pendiam da parede. Espelhos de parque de diversões faziam o corpo de Emma parecer maciço ou esticado. Previsivelmente, "Monster Mash" tocava alto no som estéreo, e Drácula e sua colega de trabalho – uma garota alta enfiada em um bustiê de couro – sacudiam-se no ritmo. Laurel andou até uma arara de saias com armação estilo Beldade Sulista e tocou a imitação de tafetá.

– Estou pensando em algo retrô. – Ela amarrou uma touca sob o queixo e fez poses de ambos os lados. – O que acha? Tem a ver comigo?

Apesar da exaustão, Emma sorriu.

– Tem tudo a ver com você. – Ambas caíram na gargalhada. Pela primeira vez, Emma se sentia realmente *próxima* de

Laurel, quase como se ela fosse sua irmã verdadeira. A única coisa que faltava ali era a própria Sutton.

Eu daria tudo para estar fazendo compras com Emma e Laurel naquele momento, experimentando chapéus de bruxa e narizes falsos ridículos. Ter uma irmã biológica mudaria muita coisa. Emma e eu nos tornaríamos instantaneamente uma família, algo que eu nunca tinha experimentado. Não haveria ciúmes por meus pais a amarem mais que a mim. Seríamos inseparáveis; eu faria de tudo para termos o melhor relacionamento possível.

Emma e Laurel passaram por espartilhos com sutiãs de cone estilo Madonna, roupas de criada e uma arara de tutus cor-de-rosa que Emma teria implorado a Becky para lhe comprar aos quatro anos. Após alguns minutos de busca, Laurel tirou uma fantasia de oncinha e balançou a cabeça ao examiná-la.

– Também não serve. Tem que ser perfeito.

– É só um baile – murmurou Emma. – Para que dar tanta importância?

Ouviu-se um guincho de metal quando Laurel moveu um monte de cabides para a esquerda.

– O Caleb adora o Dia das Bruxas. E quero que tudo seja *perfeito*. – Ela mordeu o lábio.

Emma não conseguiu conter um sorriso.

– Você gosta dele?

Uma expressão envergonhada passou rapidamente pelo rosto de Laurel.

– Sei que ele conta piadas muito idiotas. E sei que o fato de não participar da equipe principal de tênis não é o ideal. Mas ele é muito legal. Nós nos divertimos juntos.

Emma levou alguns instantes para perceber que Laurel queria sua aprovação, desculpando-se por escolher um cara que talvez não correspondesse aos padrões do grupo.

– O importante é vocês se divertirem – disse ela, lançando um sorriso sincero a Laurel. – Acho Caleb muito gatinho.

Laurel se iluminou.

– Sério?

Emma assentiu.

– *Sério.*

Laurel abriu um sorriso aliviado. Percebi quanto as palavras de Emma significaram para ela. Evidentemente, era o tipo de encorajamento que eu nunca lhe dera quando estava viva.

A arara de fantasias seguinte tinha partes de cima de biquíni, asas de anjo, microshorts e botas até a coxa.

– Então, Caleb também gosta de você? – perguntou Emma.

Laurel tocou a pena de uma faixa de cabelo estilo melindrosa.

– Gabby e Lili disseram que ele está interessado.

Emma tentou manter a expressão neutra. Não queria que Laurel a visse se retrair à menção dos nomes das gêmeas.

Então, Laurel soltou uma risada tensa.

– Espero que não estejam mentindo para mim como vingança por tentar colocá-las no palco de fio-dental.

Pelo menos não tentaram jogar um refletor gigante na sua cabeça.

– Acha que nos perdoaram pelo trote? – perguntou Emma, tentando parecer indiferente.

Laurel, que segurava um vestido de noiva sujo de sangue diante do corpo, assentiu.

— Depois que a festa começou, elas disseram que acharam o trote muito engraçado. Foi impressionante terem percebido que estávamos tramando alguma coisa. Achei que tínhamos cuidado de tudo. Talvez tenhamos subestimado as gêmeas.

Para dizer o mínimo, pensei.

Emma passou o dedo por um chapéu-coco de lantejoulas.

— Então, enquanto eu estava na enfermaria, Gabby e Lili ficaram no auditório o tempo todo? — Os barulhos no corredor lhe vieram rapidamente à cabeça. Aqueles cacos de vidro no chão. A sinistra sensação de que alguém estava ali ouvindo, observando.

— Ficaram... — Laurel olhou-a com desconfiança. — Por quê?

Emma não desgrudou os olhos de uma pilha de fantasias com temas de comida: uma cenoura laranja e fálica, um donut redondo com granulados de feltro cor-de-rosa que pareciam sanguessugas e um Kiss da Hershey's.

— Achei que tivesse visto a Gabby no corredor, só isso.

Laurel sorriu.

— Talvez fosse um fantasma! — disse ela com uma voz brincalhona e mórbida, e apontando para uma máscara do Ghostface de *Pânico*.

Eu queria cair na gargalhada. Laurel nem imaginava a verdade. Mas o fantasma que Emma ouviu naquele corredor *definitivamente* não era eu.

Laurel analisou mais uma vez o vestido de noiva ensanguentado e o dobrou sobre o braço.

— Acho que este serve. Então, você vai levar alguém? Talvez alguém chamado Aaaalex? — Ela esticou o nome e deu um soquinho no braço de Emma.

— Alex é só uma amiga — falou Emma, virando-se.

– Ah, tá.

– Sério. Como eu disse, ela é do acampamento de tênis. E é uma *garota*. Abreviação de Alexandra.

Laurel inclinou a cabeça e olhou para Emma, indecisa.

– Uma garota que está *pensando em você* e *mal pode esperar para conversar*? – perguntou ela, citando as frases da mensagem de texto de Alex.

Os sinos da loja tocaram, e um homem de terno risca de giz com dois menininhos louros entrou. As crianças correram para a arara de uniformes do Exército e começaram a atirar uma na outra com metralhadoras de plástico. Emma os observou ziguezaguear entre as araras, totalmente consciente de que Laurel continuava a encará-la com expectativa. Emma sabia que, se não contasse logo a fofoca, Laurel continuaria a atormentá-la sem parar. Quanto mais perguntas ela fazia, mais detalhes Emma inventava e mais chances tinha de ser pega em uma mentira.

Emma respirou fundo e se virou.

– OK. *Estou* saindo com um cara.

Os olhos de Laurel brilharam.

– Quem?

– Ethan.

– Ethan... quem?

– Landry. – Era estranho e aflitivo dizer aquele nome em voz alta.

O sorriso de Laurel era hesitante, e levemente bem-humorado.

– Sério?

Emma se enrijeceu, sentindo-se vulnerável. Era como se tivesse tirado a máscara de Sutton e, de repente, Laurel a visse.

— Somos apenas amigos — disse ela tão casualmente quanto pôde. — Saímos às vezes.

— Mas Ethan Landry não é amigo de ninguém. — Laurel ainda parecia incrédula. — Ele é o sr. Solitário.

Os garotinhos corriam pela loja de produtos de Dia das Bruxas como se fosse uma zona de guerra. O pai deles jogou um Amex sobre o balcão e lançou um olhar de desculpas para a garota de bustiê de couro.

— Bom, vai ver ele mudou — disse Emma.

— Acho que você é a pessoa perfeita para mudá-lo, Sutton. — Laurel entrou na fila para pagar o vestido de noiva. — Você devia contar para todo mundo que gosta de Ethan! Isso ia fazer maravilhas à popularidade dele!

— Acho que ele não dá importância a essas coisas — explicou Emma.

Mas Laurel não pareceu escutar.

— Você devia convidá-lo para o baile!

A seriedade da voz de Laurel tocou o coração de Emma. Se tivesse convidado Ethan dias antes, talvez eles fossem juntos.

— Ethan já tem par — contou Emma em um tom monótono.

— Então faça-o cancelar com ela! — Laurel entregou um cartão de crédito para o Dracularma. Ele enfiou o vestido em uma sacola amarela de plástico sem tirar os olhos de Laurel. — Você já fez isso! — continuou Laurel. — Sutton, eu já o vi olhando para você na escola. E quando ele apareceu na sua festa com aquelas flores... é óbvio que está apaixonado por você.

— Você acha? — Emma estava brincando com um fio solto na barra de sua saia.

— Acho — confirmou Laurel firmemente.

Emma estendeu a mão e tocou a de Laurel, sentindo uma onda repentina de afeto e desejo de protegê-la. Gabby e Lili, duas garotas de quem Laurel era amiga íntima, podiam ter matado sua irmã adotiva. Será que estava certo esconder isso dela?

Laurel olhou para os dedos de Emma, que seguravam os seus.

– O que é isso? – perguntou ela suavemente.

– Laurel, eu... – começou Emma. Talvez devesse contar. Talvez Laurel merecesse saber.

A irmã de Sutton pegou o vestido de noiva ensanguentado do balcão.

– O quê?

Laurel sorria com incredulidade. Seus grandes olhos azuis piscavam lentamente. As palavras brotaram na garganta de Emma, prontas para sair, mas o telefone de Sutton apitou, quebrando o silêncio. Emma olhou para a tela. Era outra mensagem de texto de Alex. Vou comer um burrito de frango com guacamole! Está com inveja?, escreveu ela. Anexada, estava uma foto de Alex diante do Loco Mexico, um pé-sujo pelo qual ela e Emma eram obcecadas – eles faziam o melhor guacamole da cidade. Emma estava a ponto de recolocar o telefone na bolsa quando uma placa enferrujada perto do Loco Mexico chamou sua atenção. Serviço rápido de reboque e depósito. Havia vários carros atrás de uma cerca de arame.

Alarmes dispararam na cabeça de Emma. *O depósito*. O carro de Sutton estava lá. Era um lugar onde Emma ainda não tinha procurado... E se houvesse alguma coisa dentro do carro, alguma coisa específica que ligasse as Gêmeas do Twitter ao assassinato de Sutton?

– Laurel – repetiu Emma, voltando-se para a irmã de Sutton quando saíam da loja. – Pode me levar ao depósito? Acho que está na hora de pegar meu carro.

Laurel ergueu as sobrancelhas, surpresa, como se não esperasse aquilo. Mas balançou a cabeça e olhou para o relógio.

– Hoje não posso. Meu grupo de estudos de cálculo vai se reunir em vinte minutos. Pode ser amanhã?

– Não precisa – disse uma voz atrás de Emma. – *Nós* levamos você agora.

Emma se virou, e seu queixo caiu. Ali, paradas no meio-fio sob o ofuscante sol de Tucson, estavam as Gêmeas do Twitter.

Sorrindo para Emma, pensei, como uma dupla de leoas que tinha acabado de encurralar a presa.

21
ATENDIMENTO ANTIPÁTICO

– Oi, meninas – disse Laurel, animada, sorrindo para Gabby e Lili. – Seria ótimo.

– Sem problema! – Gabby lançou um olhar traiçoeiro para Emma, depois se voltou para Laurel. Ela esboçava um sorriso, como se estivesse tentando conter uma risada. – Todas nós sabemos quanto Sutton precisa recuperar o carro.

– É, para poder deixá-lo morrer de novo – acrescentou Lili entredentes.

Um calafrio lúgubre me percorreu.

Lili guiou Emma para o SUV esportivo branco, que estava estacionado em uma vaga da loja.

– Vamos. Um passarinho me contou que o depósito fecha às quatro da tarde.

— Mas... — protestou Emma, fincando os pés. — Não preciso ir hoje...

— Que bobagem — disse Lili às pressas. — Não nos importamos. É para isso que servem as amigas, não é?

— Vocês são ótimas! — Laurel enfiou a mão na bolsa para pegar a chave do carro. — Divirta-se no reencontro com o Floyd, Sutton!

Emma olhou para Laurel por cima do ombro, certa de que o desamparo e o medo estavam escritos em sua testa, mas Laurel acenou distraidamente. Ela jogou o saco plástico amarelo da Scare-O-Rama sobre o ombro e saltitou em direção ao Jetta.

Lili abriu a porta de trás do SUV com um floreio.

— Primeiro as damas — disse com gentileza, indicando o banco preto lá dentro. Emma hesitou, tentando imaginar até onde conseguiria chegar se saísse correndo.

— O que foi, Sutton? — implicou Gabby, percebendo a relutância de Emma. — Ficou assustada porque entrou na loja de Dia das Bruxas? Está com medo de que outro refletor caia na sua cabeça?

Emma engoliu em seco, as palavras a trespassaram como facas. Seu coração nunca tinha batido com tanta rapidez e força. Mas disse a si mesma que as gêmeas não podiam fazer nada contra ela naquele dia, pois Laurel sabia que estavam com ela. Endireitando os ombros, Emma jogou o cabelo escuro para trás e usou suas reservas mais profundas de Sutton.

— Não, fiquei assustada com a roupa que vocês escolheram — disparou ela, avaliando a blusa de bolinhas de Lili, que não combinava com a saia xadrez. — Será que alguém estava bêbada quando se vestiu hoje de manhã?

Lili torceu o nariz.

— A *Vogue* deste mês disse que misturar estampas está na moda.

— Achei que você saberia algo tão básico — desdenhou Gabby.

— Que atitude é essa, senhoritas? — Emma tentou parecer exasperada. — Vocês duas ainda não superaram o trote da festa de coroação?

— *Por favor*, Sutton. — Lili abriu a porta do carona. — Já tínhamos superado antes mesmo de começar.

Gabby deu um empurrãozinho para Emma entrar no banco de trás, que tinha um cheiro forte de balas Skittles. As Gêmeas do Twitter entraram na frente, e Gabby ligou o carro. Seus olhos azuis encontraram os de Emma pelo espelho retrovisor.

— Para o depósito, certo?

Emma assentiu, e as gêmeas trocaram um olhar e compartilharam uma risadinha misteriosa que fez o estômago de Emma se revirar. Então, Gabby saiu do estacionamento e virou à esquerda no sinal. Lili digitava sem parar no iPhone. Emma discernia vagamente o ícone do Twitter na pequena tela. Ela se inclinou para a frente, morrendo de vontade de espiar. Será que Lili estava escrevendo com o pseudônimo do Twitter? Será que estava enviando uma mensagem secreta para Gabby?

Lili virou a cabeça, notando Emma, que virou o rosto depressa, fingindo não estar olhando. Lili cobriu a tela com a mão e abriu um sorriso malicioso. Emma pegou seu telefone para verificar, mas nada novo fora postado.

Gabby entrou na rodovia, ziguezagueando entre os carros e quase cortando um caminhão de leite em alta velocidade.

– Então, Sutton. Animada para a noite de amanhã? – Ela se virou e olhou para Emma, tirando os olhos da estrada.

– Gabby! – gritou Emma, indicando a rodovia com o telefone. Será que Gabby podia dirigir? Pessoas epiléticas podiam tirar carteira de motorista?

Gabby esboçou um sorriso torto. Ela ainda não tinha se virado.

– Mas, Sutton, achei que você gostava de viver no limite!

– *U-hu*! – disse Lili com uma voz aguda, com os dedos pairando sobre o teclado do iPhone.

Mais carros buzinaram para o SUV esportivo. O suor começou a brotar na nuca de Emma. Ela colocou uma das mãos no ombro de Gabby quando uma picape saiu do caminho delas.

– Gabby, por favor!

Finalmente, quando Gabby estava a ponto de bater de frente com um Jeep Cherokee próximo, ela olhou para a frente calmamente e conduziu o carro para a pista mais afastada, como se elas jamais tivessem corrido qualquer risco.

– *Nós* estamos muito animadas para o baile, Sutton – contou ela, continuando a conversa anterior como se não fosse nem um pouco estranho. – Vai ser uma grande noite para nós. Você vai morrer quando nos vir!

Emma estremeceu.

– O quê? – Ela segurou a maçaneta da porta, desejando poder pular do carro.

Lili soltou uma risadinha.

– Nossas *fantasias* são incríveis.

— Nossa, do que *achou* que estávamos falando? – perguntou Gabby, com um risinho contido. As irmãs trocaram outro olhar, como se soubessem quanto estavam apavorando Emma.

Nesse momento, Gabby pegou a saída seguinte e entrou em um terreno baldio. Uma placa na cerca de arame indicava Depósito do Departamento de Polícia de Tucson. Ao se aproximarem, um homem corpulento de cabeça raspada saiu de uma pequena cabine marrom e, com um gesto, mandou Gabby abrir a janela.

Quando o carro desacelerou, Emma destrancou a porta do passageiro e saltou.

— Sutton! – gritou Gabby! – O que é isso?

— Eu me viro a partir daqui! – Emma se limitou a gritar em resposta, aliviada por estar ao lado do funcionário, que tinha braços musculosos do tamanho de pernis e uma tatuagem ameaçadora aparecendo sob a gola. – Mas obrigada, gente! Agradeço muito pela carona!

As Gêmeas do Twitter ficaram paradas no portão por um instante, confusas. Então, Lili deu de ombros e disse a Gabby alguma coisa que Emma não conseguiu ouvir. As duas sorriram, e Gabby engatou a ré. Elas deram um tchauzinho para Emma quando se afastaram.

Emma esperou alguns instantes até seu coração desacelerar. Então, virou-se para o funcionário do depósito.

— Vim pegar meu carro – disse ela com a voz fraca.

— Venha comigo. – O funcionário levou Emma para a cabine dentro do terreno. – Preciso da carteira de motorista e de seu cartão de crédito.

Emma tirou o documento de Sutton da carteira. O funcionário digitou alguma coisa em um teclado empoeirado e olhou para a tela. Ele franziu a testa.

— Sutton Mercer? — repetiu ele. — Volvo 1965?

— Isso — disse Emma, lembrando-se de detalhes da ficha policial de Sutton.

O homem lhe lançou um longo olhar desconfiado.

— Aqui diz que você pegou seu carro há mais de um mês.

Emma se sobressaltou.

— O *quê*?

— Está bem aqui. Você assinou a saída no dia 31 de agosto, de manhã. A multa foi paga integralmente. — Ele virou o monitor para mostrar a tela para Emma. Ela começou a esquadrinhar o formulário de liberação do carro. Ali, no final, perto do *X*, estava a assinatura de Sutton.

Uma memória aflorou em minha mente: eu *já* estivera ali. Lembrava-me da caneta Bic vazada que tinha usado para assinar os formulários de liberação. Lembrava-me de ouvir meu telefone tocando e sentir um choque de alegria. Mas, antes de conseguir olhar para a tela, a visão se estreitou e desapareceu.

Emma fixou os olhos na assinatura de Sutton, o *S* abrupto, as curvas do *M*. Claro, era mais uma pista sobre o que sua irmã estava fazendo no dia em que morrera, mas parecia que a investigação tinha tomado um rumo totalmente inesperado. Por que Sutton não tinha contado a ninguém que pegara o carro naquele dia? E onde estava o carro *agora*?

O homem pigarreou, arrancando Emma de seus pensamentos.

— É *sua* assinatura, não é?

A língua de Emma parecia feita de chumbo. Ela não sabia como responder. Devia dizer que não era e denunciar o roubo do carro? Mas e se depois a polícia encontrasse o corpo de Sutton no porta-malas? Assim que isso acontecesse, Emma seria presa – sem qualquer outra evidência, ela era apenas a suspeita mais provável do assassinato da irmã: a gêmea desafortunada tentando escapar de uma vida de pobreza.

– Hã... acho que me confundi – murmurou ela. E, então, saiu do depósito sob a ofuscante luz do sol.

O funcionário ficou observando-a, balançando a cabeça e resmungando entredentes que todos os jovens usavam drogas hoje em dia. Enquanto Emma saía do depósito, pensando em chamar um táxi para levá-la de volta à casa dos Mercer, um movimento à direita chamou sua atenção. Um vulto se escondeu atrás de um velho Burger King abandonado do outro lado da cerca de arame. Embora só tivesse conseguido ver um relance, Emma estava praticamente convencida de que o vulto tinha cabelo louro escuro como o das Gêmeas do Twitter.

Não havia dúvida de que elas observavam minha irmã. A única coisa que eu não sabia era o que planejavam fazer em seguida.

22
TUÍTE, DESTUÍTE

Poucas horas antes do baile, a campainha tocou na casa de Charlotte. Emma deixou sua Coca Diet na bancada da cozinha e atravessou o corredor para atender. Ela abriu a porta e viu uma mulher mais velha e tatuada, com cabelo espetado, um tutu preto, camisa do CBGB rasgada e botas de motociclista gastas. Ela parecia um cruzamento de Noiva do Frankenstein com Courtney Love drogada.

– Oi, querida! – gritou a mulher, tirando Emma de seus pensamentos. Ela pegou os braços de Emma e beijou suas duas bochechas, deixando marcas de batom vermelho-vamp. Emma ficou sem saber se ela conhecia Sutton ou se essa era sua maneira de cumprimentar todo mundo. Para não se arriscar, deu um sorriso frio.

Já nos conhecíamos – eu tinha certeza. Uma lembrança serpeou por minha mente: a mulher e a mãe de Charlotte conversavam em voz baixa na cozinha. *Sabe que vou matá-lo se for verdade*, dizia a mãe de Charlotte. Mas ambas tinham se recomposto e sorrido ao me verem entrar, começando um papo furado sobre meu estilo e perguntando se eu achava que *elas* também podiam usar leggings jeans (a resposta para ambas foi um "não" resmungado).

Animada, a mulher foi até a cozinha e colocou dois estojos de maquiagem gigantes sobre a mesa rústica.

– OK, garotas! – disse ela com uma voz rouca de quem fuma dois maços de cigarros por dia. – Vamos ficar ensanguentadas e maravilhosas para o baile!

Madeline, Charlotte e Laurel comemoraram. Eram duas da tarde. A ideia era se arrumar na casa de Charlotte e tirar montes de fotos sexy dignas do Facebook com as fantasias de Dia das Bruxas. Depois, os pares as pegariam em uma limusine meia hora antes do baile. Bom, os pares de todas as *outras* – Emma não tinha se dado o trabalho de convidar ninguém depois de Ethan. Ela tentava agir com indiferença, como se ir sozinha fosse descolado; Sutton provavelmente teria feito isso.

Emma ainda tinha que aprender muito sobre mim. O único lugar aonde eu ia sozinha era o banheiro.

A mãe de Charlotte chegou à cozinha usando plataformas de ráfia e soprou um beijinho para a maquiadora. Com seus peitos empinados, óculos escuros gigantes da Chanel e minivestido verde-grama da Juicy Couture, a mãe de Charlotte não parecia com as outras mães do subúrbio, nem mesmo as do condomínio sofisticado onde Sutton morava, em Tucson.

– Meninas, vocês se lembram de Helene, minha guru de maquiagem? – falou ela, mascando chiclete com suas reluzentes facetas de porcelana. – Vocês estão em excelentes mãos.

– Ela jogou uma bolsa com tachinhas sobre o ombro e pegou a chave da Mercedes na mesa do telefone.

Helene pareceu decepcionada.

– Não vai ficar para ver a mágica?

A sra. Chamberlain olhou para seu relógio cor-de-rosa cravejado de diamantes.

– Não posso, tenho uma depilação de virilha completa em dez minutos.

– Mãe! – Charlotte cobriu as orelhas. – Informação demais!

A sra. Chamberlain fez um gesto desdenhoso para a filha, como quem diz "você é puritana demais". Emma não sabia o que era mais bizarro: que a mãe de Charlotte anunciasse que ia depilar tudo ou que confiasse sua maquiagem a Helene, a Senhora da Noite.

Depois que a sra. Chamberlain saiu porta afora, Charlotte virou-se para Helene:

– Posso ser a primeira? Vou de deusa egípcia, então preciso de olhos bem marcados de Cleópatra.

Emma tentou imaginar se Sutton passaria à frente de Charlotte e exigiria ser a primeira, mas ela não tinha coragem de fazer isso.

– É para já. – Helene abriu seus estojos gigantes de maquiagem, revelando diversos pincéis, sombras, pós, aplicadores de rímel e curvadores de cílios.

Enquanto esperava, Emma tirou o telefone de Sutton do bolso e verificou as contas secretas das Gêmeas do Twitter. Havia um novo tuíte.

@SRTALILIJEBA: A NOITE QUE ESTÁVAMOS ESPERANDO...

Emma torceu para Lili estar falando apenas da grande noite das gêmeas na corte.

Mas ambas sabíamos que significava mais que isso.

Madeline se virou para a geladeira.

– Hora das bebidas – disse ela, piscando para Emma. – Sutton, pode pegar uns copos?

Emma seguiu Madeline, contornando a imensa ilha de pedra-sabão, passando os dedos pela superfície sinistramente familiar. Na última vez que estivera naquela cozinha, alguém a tinha surpreendido por trás e quase a estrangulado. Se ela se concentrasse, conseguia ver a leve marca que o sapato do agressor tinha deixado no rodapé quando batera Emma contra a parede. Na atmosfera opressiva, quase conseguia ouvir as palavras do agressor pairando no ar: *Eu lhe disse para cooperar. Eu lhe disse para não ir embora.*

Depois de Emma colocar quatro copos sobre a ilha, Madeline pegou uma garrafa de dois litros de Coca Diet da geladeira dos Chamberlain e encheu três quartos de cada copo. Então, levando o dedo aos lábios, ela tirou seu cantil prateado do bolso e completou as bebidas com rum. O nariz de Emma ardeu com o cheiro enjoativo.

– Você não está fazendo drinques aí, está? – perguntou Helene, que segurava um pincel gigante de blush, com sua voz rouca. – Se estiver, pode fazer um para mim também, querida?

Madeline sorriu.

– Claro!

A campainha tocou outra vez.

– Sutton, você pode abrir? – pediu Charlotte com os olhos fechados enquanto Helene passava pó cintilante prateado sobre suas pálpebras.

Emma atravessou o longo corredor cheio de fotos modernistas de cactos, sombras e céus sem nuvens, e puxou a maçaneta em forma de anel da enorme porta. Quando viu as duas garotas na varanda, uma sensação quente e ácida se formou em seu estômago.

— Olá, Sutton — disse Gabby, empurrando-a para passar. Havia um saco de vestuário dobrado sobre seu braço, e ela usava a faixa laranja acetinada da Corte de Boas-Vindas sobre a camiseta.

— O que aconteceu com seu carro? Não o vi na entrada da garagem — trinou Lili, entrando abruptamente. Ela também usava a faixa.

Você já não sabe?, foi o que Emma quis perguntar, pensando no vulto — ou vultos — à espreita atrás do Burger King. Talvez as Gêmeas do Twitter também tivessem levado Sutton para buscar o carro no dia 31. Talvez até soubessem onde o carro estava.

Mas Emma se limitou a contar às gêmeas a mesma mentira que contara às outras garotas.

— Houve uma confusão. Aqueles idiotas do depósito entregaram o carro para outra pessoa. Mas a polícia está investigando.

— Ei, vadias! — gritou Charlotte da cozinha antes que uma das gêmeas pudesse responder. — Venham para cá e façam um drinque para vocês. Estamos numa zona livre de pais!

— Eu não conto! — Helene soltou uma risada, que rapidamente se transformou em um ataque de tosse.

Emma seguiu as Gêmeas do Twitter pelo corredor.

— O que *elas* estão fazendo aqui? — murmurou para Madeline quando entrou na cozinha.

Madeline tomou um grande gole do rum com Coca Diet.

— Era o mínimo que podíamos fazer depois de nosso trote fracassado.

— Elas deviam ir embora – disparou Emma.

Madeline enxugou o suor de seu copo com um guardanapo cor-de-rosa e suspirou.

— Sutton, não fique assim. Não estamos convidando as gêmeas para fazer parte do Jogo da Mentira. Relaxe.

— Está falando de nós, Sutton? – Gabby praticamente gritou da mesa da cozinha, mexendo em seu telefone. Sua voz irritou Emma, e ela sentiu seus punhos se fecharem nas laterais do corpo.

— Só coisas boas – respondeu com alegria Madeline. Ela apertou o pulso de Emma. – Seja legal, está bem?

Charlotte pulou da cadeira. Todas admiraram seus dramáticos olhos de Cleópatra, suas maçãs do rosto esculpidas e a perfeita pele de alabastro. Madeline se sentou na cadeira em seguida, completando sua bebida com mais uma dose do cantil.

— Então, meninas. – Ela olhou para as Gêmeas do Twitter. – Vocês têm par para esta noite?

— Nós duas vamos sozinhas – disse Gabby. Seus polegares corriam pelas teclas do telefone com uma velocidade impressionante. – Mas estou de olho em um cara.

— Você não me contou isso. – As sobrancelhas de Lili se arquearam. – Eu também! Quem é?

Gabby deu de ombros.

— É segredo. Não quero dizer nada até ter certeza de que ele gosta de mim.

Lili contraiu os lábios.

— Bem, então também não vou contar quem é o meu cara.

Emma observava com curiosidade. Nunca tinha visto qualquer tensão entre as duas.

— Sutton também vai sozinha — intrometeu-se Laurel, claramente tentando abrandar a repentina mudança de humor.

— *Sério?* — Os olhos redondos de Lili dispararam para Emma. — Que interessante!

— Acho que vamos passar um bom tempo juntas, já que não temos par. — As palavras gotejaram da boca de Gabby como uma ameaça. — Ficar a sós com Sutton... Como somos sortudas.

— Que sorte — repetiu Emma, sentindo um medo profundo.

Lili pegou seu telefone e digitou furiosamente. Houve um apito, e Gabby olhou para a tela do próprio telefone. Os olhares das gêmeas fixaram-se em Emma por um milésimo de segundo antes de se desviarem.

Os poucos goles de álcool que Emma tomara queimavam seu estômago. Pegando o telefone de Sutton, ela entrou nas páginas públicas do Twitter de Gabby e Lili. Não havia nenhuma mensagem nova. Mas os dedos delas ainda estavam dançando sobre os minúsculos teclados. De tempos em tempos, elas sorriam, como se uma das duas tivesse dito algo especialmente engraçado.

Os dedos de Emma também começaram a voar, abrindo as contas secretas. Mas apenas uma mensagem de erro apareceu. *Esta página não existe.*

Emma digitou novamente a pesquisa, achando que tinha errado alguma coisa, mas a mesma mensagem apareceu. Ela tinha visto a página dez minutos antes...

Emma olhou para dois pares de olhos azuis.

— Procurando alguma coisa? — zombou Gabby.

– Achou que não íamos perceber que você estava bisbilhotando? – acrescentou Lili.

– Do que estão falando, suas loucas? – murmurou Madeline enquanto Helene passava gloss em seus lábios.

– Na-da – cantarolou Lili.

Mas Emma sabia exatamente do que elas estavam falando. As Gêmeas do Twitter tinham percebido que Emma as descobrira, o que significava que algo importante ia acontecer naquela noite.

Eu só esperava que Emma levasse a melhor sobre as Gêmeas do Twitter antes que elas levassem a melhor sobre ela.

23

A DURA VERDADE

O estacionamento do Hollier estava cheio de limusines, carros luxuosos, SUV's esportivos e até alguns carros esporte emprestados pelos pais. Uma faixa na qual se lia Baile de Dia das Bruxas estava pendurada sobre as portas da frente, e alguém tinha colocado uma lanterna de abóbora acesa na cabeça da estátua de Edmund Hollier, o fundador da escola. Casais com fantasias elaboradas andavam de braços dados em direção ao ginásio. O Baile de Boas-Vindas tinha começado.

Emma ficou para trás das outras e enviou uma rápida mensagem de texto para Ethan. As GT desativaram as contas secretas. Elas sabem.

O telefone vibrou imediatamente com a resposta dele. Não vá a lugar nenhum sozinha hoje.

— Hora da pose! — Charlotte puxou Emma para um tapete vermelho diante do ginásio.

Uma fila de fotógrafos chamava seus nomes, e as garotas se voltavam de um lado para o outro dando seus sorrisos mais sexy. Emma obrigou-se a relaxar os ombros e colou um sorriso no rosto. O tapete vermelho com paparazzi fora ideia dela, achando que seria uma sugestão que Sutton faria. Ela ficou perto de Charlotte, que usava um brilhante adorno de cabeça egípcio, uma longa toga de seda e saltos estilo gladiador; de Madeline, vestida de Rainha de Copas e usando um vestido vermelho e branco e uma coroa dourada cintilante; e de Laurel, que usava o vestido de noiva ensanguentado que encontrara na loja de produtos para o Dia das Bruxas. As Gêmeas do Twitter usavam fantasias que destacavam suas faixas da coroação: Lili era a Estátua da Liberdade, com um vestido em estilo grego, sandálias, uma coroa com pontas e uma tocha de LED que acendia uma luz vermelha quando ela apertava um botão. Gabby era algum tipo de deusa alada e usava um vestido similarmente drapeado, sandálias de ninfa e um adorno de flores na cabeça. Ambas pareciam inocentes de branco, mas Emma sabia que era só fachada.

Emma escolhera ser uma versão sexy de Sherlock Holmes, com um paletó de tweed xadrez, uma minissaia de tweed, saltos altos Manolo, um boné de detetive e um cachimbo anguloso. Na casa de Charlotte, as gêmeas tinham dado sorrisinhos claramente maliciosos e perguntado por que ela havia escolhido aquela fantasia, implicando com ela. Mas Emma tinha simplesmente sustentado o olhar delas e dito:

— Porque Holmes sempre pega o culpado.

Os pares das garotas também saíram nas fotos. O garoto de quem Laurel gostava — que *era* muito gatinho — usava um terno risca de giz de gângster dos anos 1920. Noah, o cara que Charlotte tinha convidado, estava com costeletas de Wolverine e não parava de dizer frases dos *X-Men*. O acompanhante de Madeline, vestido de Freddy Krueger, tinha até o rosto deformado e as unhas pontiagudas. De alguma forma, estava mais assustador que o próprio Freddy Krueger. Ninguém queria chegar perto dele.

Gabby recusou a foto dos paparazzi porque estava ocupada demais conversando com Kevin Torres, um cara da turma de cálculo de Emma que revirava os olhos sempre que alguém dava uma resposta errada. Ela colocara o braço em volta dos ombros magros dele e ria de tudo o que saía de sua boca. Lili estava perto deles, parecendo ter engolido um limão. Ela tentou chamar a atenção de Kevin diversas vezes, mas ele não tirava os olhos de Gabby. Emma observou-as com cuidado, atenta a qualquer sussurro, cutucada ou desaparecimentos sem motivo. Ela sentia que estava em uma contagem regressiva. Agora que as Gêmeas do Twitter sabiam que ela as havia descoberto, será que iam querer mantê-la por perto para fingir ser Sutton? Ou ela passava a ser uma pedra no sapato?

– OK, pessoal, vamos em frente – disse Madeline, conduzindo todos do tapete vermelho para o salão do baile. Graças ao talento da decoradora de Charlotte, o ginásio, que normalmente fedia a tênis velhos e cera de piso, tinha sido transformado em uma mistura de casa mal-assombrada lúgubre com boate descolada.

Emma e as outras tinham ajudado a retirar as arquibancadas do ginásio e substituí-las por plataformas de várias alturas com banquetas redondas de veludo preto, lápides tortas que serviam como mesas, borbulhantes caldeirões de bruxa cheios de cidra com especiarias e de chocolate quente e figuras de cera de zumbis, múmias, alienígenas e lobisomens. Em cada mesa, elas haviam colocado abóboras acesas com entalhes complexos, colado adesivos de árvores retorcidas nas paredes e pendurado teias de aranhas nas cadeiras. Garçonetes passavam com bandejas de frascos com um líquido vermelho sinistro – que na verdade era suco de romã POM Wonderful – com rótulos como ELIXIR DA DANÇA e BÁLSAMO DO BEIJO. E nos fundos do salão, havia uma íngreme mansão assombrada. Luzes esverdeadas piscavam nas janelas, e um grupo de garotas soltava gritinhos agudos lá de dentro.

De repente, Madeline agarrou o braço de Emma.

– Ah, meu Deus.

Ela tentou guiá-la para a direção oposta, mas era tarde demais. Emma já tinha visto o que preocupava Madeline. Garrett estava sentado em uma banqueta a poucos metros de distância. Ele usava uma túnica de belbutina com camisa de babados por baixo e um capacete de viking com chifres. Havia uma espada cega sobre a mesa.

E não estava sozinho.

– Oi, meninas! – cantarolou Nisha, levantando-se de seu lugar ao lado de Garrett e acenando alegremente. Seu cabelo preto havia sido dividido em duas tranças, ela usava um vestido justo com top estruturado e tinha na cabeça um capacete de chifres igual ao dele. Ela e Garrett estavam *combinando*.

– Ah, meu Deus – disse Charlotte em voz baixa. – Digam que ele não *a* trouxe.

Eu queria vomitar. *Nisha?* Era um enorme retrocesso depois de namorar comigo. Ou com Charlotte, por falar nisso.

Garrett olhou para a frente e também viu Emma. Seu rosto ficou sério. Ele abriu a boca, mas não saiu nenhum som. Nisha tagarelava pelos dois, convidando-as para se sentar e, como elas não se moveram, elogiou suas fantasias. Então, ela examinou Emma.

– Sutton, você veio *sozinha*? – perguntou com uma voz afetada, parecendo totalmente satisfeita.

– Vamos – chamou Madeline, puxando o braço de Emma.

Elas ziguezaguearam pela pista de dança, que já estava grudenta de refrigerante derramado, passaram pela mesa do DJ, sobre a qual algumas fãs se inclinavam, e entraram no vestiário feminino. Luzes fluorescentes fortes brilhavam no teto. O leve odor de meias suadas e xampu derramado pairava no ar.

Madeline se sentou em um dos bancos e pegou as mãos de Emma.

– Você está bem? Quer ir embora?

A batida da música ressoava do lado de fora. Emma analisou o rosto de Madeline, que pelo visto achava que ela estava triste. Ela não estava, não exatamente – estava confusa. Será que Nisha gostava de Garrett? Era por isso que odiava Sutton?

Emma afastou o cabelo do rosto.

– Estou ótima – disse ela. – Só é... estranho.

Madeline entrelaçou seus dedos aos de Emma.

– Você está melhor sem ele. Sinceramente? Eu não queria dizer isso quando vocês namoravam, mas acho que Garrett prejudicava você. Ele é meio comum, como pão branco. E você é Sutton Mercer... o *oposto* do medíocre.

Emma encarou os intensos olhos azuis de Madeline, tocada. As amigas de Sutton podiam não ser perfeitas, mas eram leais.

– E Charlotte me contou que, quando *ela* namorava Garrett, ele era estranhamente obcecado pelas Olimpíadas – continuou Madeline, dando uma risadinha abafada. – Especialmente pela ginástica feminina. Dá para imaginar? Elas são uns gnomos atarracados!

Obrigada por terem me contado isso quando eu estava viva, meninas.

Mas Emma riu.

— É, talvez ele não valesse a pena.

— Sem dúvida. — Madeline levantou o braço para ajeitar a coroa na cabeça. Sua manga escorregou, revelando a pele. Emma viu quatro contusões arroxeadas na parte interna de seu antebraço, no formato de dedos.

Emma ficou sem ar.

— Mads, o que aconteceu?

Madeline seguiu o olhar de Emma e empalideceu.

— Ah. Nada. — Ela puxou a manga para baixo com as mãos trêmulas. A manga ficou presa na pulseira e Madeline forçou-a até cobrir o pulso. Então, Emma viu uma queimadura rosada em sua mão. E uma contusão na panturrilha, e outra na lateral do pescoço.

Alarmes dispararam na cabeça de Emma. Ela tinha conhecido várias crianças de lares temporários que não queriam falar de seus olhos roxos, das partes sem cabelos em suas cabeças, das queimaduras em seus braços.

— Mads — sussurrou Emma. — Você pode me contar. Está tudo bem.

Os lábios de Madeline se contraíram. Ela enfiou o indicador em um sulco do banco.

— Não tem importância.

— Tem, sim.

Vozes femininas passaram diante do vestiário, outro grito ressoou da casa mal-assombrada. O ponteiro dos segundos no relógio da sala dos professores do ginásio fez meia rotação antes de Madeline voltar a falar.

— Foi por causa do cigarro.

— O cigarro?

— O cigarro que eu estava fumando na janela no sábado passado. Eu quebrei uma regra. Eu mereci.

— Mereceu? — repetiu Emma. O rosto irado do sr. Vega apareceu em sua mente. — Ah, *Mads*.

De repente, eu também tive uma visão: o sr. Vega entrando bruscamente no quarto de Madeline, com o rosto vermelho e suado, aos berros. *Juro por Deus, Madeline, se chegar tarde novamente, eu quebro seu pescoço!* Madeline desceu correndo as escadas atrás dele, e instantes depois ouvi gritos raivosos, mas abafados. Então, houve um estrondo, como se uma prateleira cheia de potes e panelas tivesse caído no chão. Eu tinha ficado lá sentada, sem falar nada. Apavorada demais para agir.

Madeline voltara alguns minutos depois, com as bochechas marcadas de lágrimas e os olhos vermelhos. Mas tinha sorrido, dado de ombros e fingido que nada tinha acontecido, e eu não fiz perguntas.

Emma segurou com força as mãos de Madeline.

— Era sobre isso que você queria conversar comigo há um tempo? Na noite em que tentou me ligar e eu não atendi?

Madeline assentiu, com os lábios tão contraídos que estavam translúcidos.

— Desculpe — disse Emma, engolindo em seco o caroço em sua garganta. — Eu devia ter apoiado você. — Ela tentou imaginar se Sutton sabia daquilo ou se Madeline guardava bem o segredo.

"Eu também peço desculpas", acrescentei, ainda que ela não pudesse me ouvir. Senti que eu e Mads nunca tínhamos conversado sobre isso, nem mesmo naquela noite. A ligação, a que ela fizera para mim na noite de minha morte, fora a primeira vez que ela tinha pedido ajuda. Eu teria atendido se pudesse, mas já tinha morrido.

— Tudo bem — disse Madeline para Emma com a voz trêmula. — Eu liguei para Charlotte. Ela foi incrível em relação a tudo o que aconteceu. Eu quis contar para você depois, mas... — Madeline soltou uma risada amarga e ajeitou as camadas da ampla saia. — Acredite ou não, isso não é nada comparado ao que papai fazia com Thayer. — Ela deu uma olhada para Emma. — Mas imagino que ele tenha contado para você, não é?

A pele de Emma pinicou ao ouvir o nome de Thayer. Será que ele tinha contado algo pessoal a Sutton? Será que os dois eram tão íntimos?

Senti outra lufada. O mesmo momento que vira antes, de Thayer pegando minhas mãos e dizendo alguma coisa, tentando me fazer entender. Será que tinha a ver com o pai dele?

— Você precisa contar isso a alguém, Mads — insistiu Emma. — O que ele está fazendo é errado. E perigoso.

— Está de brincadeira? — A coroa escorregou para a testa de Madeline. — Ele encontraria um jeito de distorcer as coisas e dizer que a culpa é minha. Minha mãe também o apoiaria. E a culpa *é* minha. Se eu não estivesse sempre fazendo bobagens, ficaria tudo bem.

— Madeline, isso não é normal — disse Emma energicamente. — Prometa que você vai pensar em dizer alguma coisa. Por favor?

Madeline fixou os olhos nas próprias mãos.

— Talvez.

— Um monte de gente a apoiaria se você fizesse isso. Char, eu, o Freddy Krueger...

Madeline levantou a cabeça e abriu um sorriso.

— Ah, meu Deus, aquela fantasia é *horrível*.

— Fiquei apavorada — concordou Emma. — Vou ter pesadelos.

— Todo mundo vai. Ele acha que está arrasando.

— Só não dance música lenta com ele — disse Emma. — Imagine aquelas unhas afiadas na sua bunda?

As duas caíram na gargalhada, quase se jogaram do banco. Um grupo de alunas do segundo ano usando fantasias idênticas de líder de torcida do Arizona Cardinals entrou, parou de repente quando viu Emma e Madeline e saiu de novo. Aquilo só as fez rir ainda mais.

Quando finalmente pararam, Emma pigarreou e sentiu seu sorriso morrer.

— Mads, estou do seu lado. Desculpe se... se antes pareceu que não estava.

Madeline se levantou e estendeu uma das mãos para segurar a de Emma.

— Estou feliz por ter lhe contado.

— Eu também — disse Emma, dando um abraço na amiga de Sutton, e também sua amiga. — Vamos encontrar um jeito de resolver isso — acrescentou. — Prometo.

As luzes rodopiavam ao redor delas quando voltaram para o salão do baile. Madeline foi para a pista de dança; Emma disse que logo a encontraria depois de pegar um ponche. Ela esquadrinhou o ambiente em busca das Gêmeas do Twitter, e, como não as viu imediatamente, seu coração disparou. Quando ia em direção à mesa de bebidas, uma mão segurou seu ombro e a virou. Olhos escuros a olhavam de cima. Na luz fraca e alaranjada, Emma distinguiu dois chifres de viking na cabeça do vulto.

— Precisamos conversar — murmurou Garrett. E puxou Emma para dentro de um armário de suprimentos antes que alguém visse que ela tinha sumido.

24

A VINGANÇA DO VIKING

Garrett bateu a porta. Os olhos de Emma levaram algum tempo para se adaptar à luz fraca. Sobre sua cabeça havia uma caixa de bolas vermelhas de borracha. À esquerda, redes de futebol, uniformes de hóquei sobre a grama e raquetes sobressalentes de lacrosse. O minúsculo cômodo tinha cheiro de bolor, como se estivesse fechado há algum tempo. As coisas mais claras ali dentro eram os chifres de viking de Garrett, que emitiam um sinistro brilho iridescente.

– O que você quer? – perguntou Emma, tentando não parecer apavorada demais. Era só Garrett, afinal. Ele era inofensivo... não era?

De repente, apertada em um armário escuro e atenta aos dentes brancos expostos de Garrett, nem eu tive tanta certeza.

– Só preciso perguntar uma coisa, OK? – A voz de Garrett estava tensa. Ele deu mais um passo na direção de Emma, quase a prendendo contra a estante atrás dela. – É verdade que você já está saindo com outro cara?

– O-O quê? – gaguejou Emma.

– Não minta para mim. – Garrett fechou a mão ao redor do pulso de Emma. – Já sei de tudo. Quem é ele?

Ele parecia ter certeza absoluta. Alguém tinha contado sobre Ethan.

– Quem disse isso? Nisha?

– Então é verdade? – O hálito de Garrett tinha um cheiro doce e fermentado de cerveja.

Emma se virou.

– Não é da sua conta.

Garrett suspirou. Sua mão se afrouxou um pouco, e seus dedos começaram a fazer cócegas na palma da mão de Emma.

– Sutton, o que eu fiz para merecer isso? Este verão foi incrível... sei que você também achou. Você não fez outra coisa durante o verão inteiro além de me implorar para dormir com você, e, no dia em que eu quis, você pirou. Esperei demais? Você já estava em outra? Foi por isso que terminou comigo?

– Como é? – Emma se empertigou. – Acho que foi você que terminou comigo. Foi você que disse que tinha acabado, lembra?

Garrett fez um som de desdém.

– Passar três dias sem me ligar depois de ter me rejeitado quando eu estava nu é uma mensagem bastante clara, Sutton. Namorar outra pessoa também.

Emma bateu com a palma da mão na lateral do corpo.

– E você e Nisha? Aliás, adorei as fantasias combinadas de viking. Vocês formam um casal fofo.

— Por favor. Eu só a trouxe para deixar você com ciúmes.

— Que pena — rosnou Emma. — É óbvio que ela está apaixonada por você.

— Ao contrário de você? — Garrett colocou as mãos frias e ásperas nas faces de Emma.

Emma as afastou.

— Pare com isso, Garrett.

— Você não sente nada por mim? Não é possível, Sutton. — Ele colocou a mão no ombro dela. — Não sente saudade do que tivemos?

Emma suspirou.

— Desculpe. Não sinto mais nada.

Garrett se afastou e avaliou Emma, balançando a cabeça lentamente como se a visse pela primeira vez.

— Então tudo isso é um jogo para você? Estava me enrolando o tempo todo? Foi por causa de Charlotte? Porque você tinha de ter tudo o que era dela?

— Não! Você acha mesmo que sou tão babaca?

— Então só fez por fazer? — continuou Garrett, com o rosto próximo ao de Emma. Seu hálito a estava deixando tonta. — Exatamente como fez com Thayer.

O nome de Thayer trespassou Emma como uma faca.

— Não sei do que você está falando... — disparou ela, escolhendo as palavras com cuidado. — O que exatamente você acha que fiz com Thayer?

Garrett soltou uma risadinha de escárnio.

— Você está em *completa* negação, Sutton! Todo mundo viu a briga de vocês pouco antes de ele ir embora. Ele amava você. Teria feito qualquer coisa por você. Mas você pisou no coração dele. Assim como pisou no meu. Você o *fez* fugir.

Mas ele teve sorte, porque, ao contrário de mim, pelo menos nunca mais vai precisar ver você.

Emma ficou boquiaberta. Mas, antes de conseguir perguntar qualquer outra coisa, Garrett abriu a porta do armário, deixando-a sozinha com os tapetes de ginástica e um tonel cheio de tacos de beisebol. As palavras dele pesavam sobre ela, quase palpáveis. *Ele teria feito qualquer coisa por você. Mas você pisou no coração dele. Você o fez fugir.*

Mais uma vez vi Thayer gritando comigo, com os olhos cheios de emoções conflitantes. Será que eu era culpada por ele ter ido embora? O que tinha feito a ele? Será que eu não poupava ninguém?

Emma passou uma das mãos pelo cabelo e alisou as pregas de seu paletó de tweed. Logo depois, voltou para o ginásio e quase derrubou um cara alto com roupa de Robin Hood no caminho. Para ser mais exata, um Robin Hood *familiar*, alto e de ombros largos, de mãos dadas com uma garota de peruca castanha encaracolada e vestido elisabetano.

Emma deu um passo para trás e piscou rapidamente.

– Ethan?

– Sutton... Oi – disse Ethan, largando a mão da garota. Emma absorveu os olhos cor de aço dela, os lábios finos e as maçãs do rosto altas. Ela também era familiar... *muito* familiar. Na última vez que Emma vira aquela garota, ela tinha um sorriso presunçoso no rosto ao observar a polícia enfiar Emma dentro da viatura em frente à Clique.

– Oi, Sutton – falou Samantha alegremente. Ela apontou para Ethan. – Gostou de nossas fantasias? Minha Lady Marian combina muito bem com o Robin Hood do Ethan, não acha?

Samantha era o par misterioso de Ethan.

25

QUASE, MAS AINDA NÃO

Emma se virou e entrou no meio da multidão, desesperada para sair do ginásio assim que fosse humanamente possível. Uma névoa vermelha embaçava seus olhos. Que se danasse o monitoramento das Gêmeas do Twitter. Ela precisava de ar.

Mal sentiu suas mãos empurrarem as portas duplas ou o ar frio da noite em sua pele. A sua volta havia um céu rosado e cruelmente belo do Arizona. Canhotos destacados de ingressos forravam a calçada. A máscara de gato abandonada de alguém estava apoiada em uma árvore. O baixo pesado pulsava de dentro da escola, e de vez em quando ouvia-se o estrondo ensurdecedor de um falso trovão.

Deixando-se cair no banco mais próximo do pátio, Emma cobriu o rosto com as mãos. Afinal, ela não quisera ir em frente. Mas... *Samantha*? A garota que mandara prendê-la? Era como um tapa na cara.

As portas se abriram, e a música do baile flutuou para fora. Quando Emma se virou e viu Ethan, fingiu estar procurando alguma coisa na bolsa.

– Onde está seu par? – disparou ela, sem conseguir se conter.

– Está... lá dentro. – Ethan ficou diante dela por um instante, esperando. Emma tinha se sentado no meio do banco, mas não estava disposta a abrir espaço para ele. – Você está bem?

Emma assentiu rigidamente.

– Hã-rã. Ótima.

– Eu estava procurando você, mas não a vi com Madeline e as outras – disse Ethan, tirando o chapéu de Robin Hood. Era horrendo, notou Emma com satisfação. Deixava-o parecido com um elfo.

– Bem, tenha uma boa noite. – Emma sabia que estava sendo antipática, mas não conseguia ser gentil naquele momento.

Os ombros de Ethan se curvaram.

– Acho que sei o que está incomodando você.

Emma desviou os olhos.

– Não importa. – Ela não ia falar sobre aquilo de jeito nenhum.

– Sam é muito legal, você só precisa conhecê-la.

Emma quis jogar seu cachimbo de Sherlock Holmes na cabeça dele. Então agora ela era *Sam*?

– E eu falei com ela sobre você – acrescentou Ethan. – Ela está disposta a retirar a queixa de roubo. Você ficaria livre do reformatório, do serviço comunitário e do registro permanente na ficha.

Emma bufou.

— Foi esse o acordo? Você a traz para o baile e ela me deixa ficar impune? Que legal da sua parte. Você é mesmo um mártir.

Ethan balançou a cabeça.

— É assim que você fica quando está com ciúmes? — Uma expressão que Emma não conseguiu decifrar atravessou o rosto dele. — Você é mais parecida com Sutton do que imagina — disse ele.

— Como *assim*?

Ethan cruzou os braços sobre o peito.

— Você disse que só queria ser minha amiga. É o que quer?

Dentro do ginásio, o DJ colocou uma música do Black Eyed Peas. A música parecia oca, vazia. Emma enfiou a mão sob o blazer e segurou o relicário de Sutton.

— Não sei — murmurou ela.

Ethan se abaixou até seu rosto ficar na altura do dela. Os olhos dele eram suaves e redondos. O sol poente lançava sombras acentuadas nas maçãs de seu rosto. Emma sentiu o cheiro de Ethan, uma combinação de desodorante, roupas limpas e hortelã, e fez de tudo para manter o rosto impassível. Não queria que ele soubesse o que estava sentindo.

— Achei que era o que eu queria — disse Emma finalmente, respirando fundo. — Só me pareceu... mais fácil. Mais seguro. Mas agora não tenho mais certeza de nada.

Ethan fixou os olhos nas costas das próprias mãos.

Diga alguma coisa, qualquer coisa, implorou Emma em silêncio, fechando os olhos.

— Aí está você.

Os olhos de Emma se abriram de repente. As portas duplas se escancararam, e uma garota com uma peruca escura e longa estava parada na calçada. Ethan se afastou de Emma com a velocidade de uma bala.

— Sam — disse ele.

— Eu estava procurando você. — Os olhos cinzentos de Samantha estavam frios, e seus peitos, estranhamente apertados no espartilho. Quando viu Emma, uma carranca transformou seus belos traços em uma máscara horrenda.

— Só estávamos conversando — explicou Ethan, indo em direção a Samantha e lhe dando o braço. — Eu ia entrar agora e procurar você.

Samantha se virou para a porta.

— Venha. Vamos dançar. — Ela acenou friamente para Emma e puxou Ethan de volta para o ginásio. Ethan olhou para trás e encontrou os olhos de Emma.

Um leve grunhido escapou de sua boca, mas, quando ela tentou dizer mais alguma coisa, não saiu nada. Quando eles entraram, ela tirou o boné de detetive e o amassou entre as mãos.

Bip. O telefone de Sutton apitou dentro da bolsa de Emma. Se fosse uma mensagem de texto de Ethan, ela ia jogar o telefone na fonte que ficava no meio do pátio.

Mas o texto era de Madeline. Onde você está, vadia? Estamos com saudades! Você não saiu de fininho sozinha, não é?

Outro estrondo de trovão ressoou no ginásio. Emma se levantou, resoluta. A falta de uma resposta de Ethan não ia arruinar sua noite.

Ela apertou Responder. Estou voltando. Depois de acrescentar uma carinha mostrando a língua, apertou Enviar. Já estava cansada de Ethan. Já estava cansada do amor. Ela tinha duas gêmeas para vigiar.

26

UMA JÁ FOI, FALTA A OUTRA

Os quarenta e cinco minutos seguintes passaram rapidamente, preenchidos por um tour pela casa mal-assombrada, por avaliações sarcásticas de fantasias em uma das banquetas do canto e pelo monitoramento de Gabby e Lili, que percorriam o salão com suas faixas da corte e passaram a maior parte do tempo na pista de dança como se nada estivesse acontecendo. Incontáveis alunos se aproximaram de Emma e das outras para elogiar a organização do baile, mas algumas pessoas importantes as evitaram: Garrett, que Emma não via desde o incidente no armário, e Ethan, o qual infelizmente vira conversando com Samantha – *Sam* – em uma das mesas de caixão. Toda vez que ele olhava para ela de relance, Emma fingia que estava se divertindo muito.

Finalmente, Emma, Charlotte e Madeline saíram para a noite, de braços dados e rindo das melhores e piores fantasias do baile – a estúpida da Amanda Donovan, vestida de Mr. Peanut; John Pierce, um garoto gay fabuloso que sempre fazia todo mundo rir, de Lady Gaga; e, é claro, Davin-de-Freddy-Krueger, que torturara Madeline estendendo e retraindo suas bizarras unhas de faca na cara dela a noite inteira.

– Eu devia ter vindo sozinha como você, Sutton – gemeu Madeline.

Laurel apareceu em seguida, de mãos dadas com Caleb. Eles olhavam um para o outro e soltavam risinhos. Quando Caleb se inclinou para beijá-la levemente nos lábios, Madeline comemorou.

– Yeah!

– Deusa sexy! – apoiou Charlotte.

Laurel se separou de Caleb e olhou feio de brincadeira para as garotas. Emma sorriu quando ela saltitou em direção ao grupo, feliz por ter encontrado alguém de quem gostava de verdade.

Madeline tinha estacionado o carro na escola mais cedo por causa do acampamento. Enquanto as garotas iam até lá, Gabby saiu abruptamente pela porta, de cavalinho com Kevin Torres. Suas asas de deusa estavam tortas, sua coroa de flores, amassada e enviesada, mas a faixa da Corte de Boas-Vindas resistira com orgulho. Kevin a colocou delicadamente sobre o banco e eles fizeram barulhinhos melosos e repugnantes um para o outro.

Lili apareceu logo depois, também de faixa. Assim que viu Gabby e Kevin, seu rosto ficou sério, os lábios se contraíram e ela fechou os punhos com força, acendendo por acidente a tocha de Estátua da Liberdade. Ela os contornou a uma boa distância.

Madeline destrancou seu SUV esportivo com dois bipes curtos. Emma se sentou no banco da frente ao lado dela enquanto Charlotte e Laurel ocuparam a fileira do meio. Mais cedo, sacos de dormir, travesseiros, mochilas, lanternas e uma garrafa ilícita de vodca tinham sido guardados no espaço para bagagem. Logo a cabine se encheu com o cheiro de perfumes diferentes, maquiagem e Altoids de canela, que Laurel distribuiu assim que Madeline ligou o motor.

Enquanto Madeline ajustava os espelhos, alguém bateu na janela.

– Oi! – acenou Gabby.

– Merda – sussurrou Emma. – Vamos sair daqui antes que elas peçam para ir também.

Madeline olhou para ela.

– Sutton, nós já as convidamos.

Emma ficou boquiaberta.

– Convidaram? Quando?

Madeline deu de ombros.

– Pareceu justo depois do trote da coroação.

– Convidá-las para se arrumar conosco é justo – disse Emma com a voz cada vez mais aguda. – Não quero que elas acampem também!

– Calma – Charlotte parecia entediada. – É só uma noite.

Laurel olhava de uma para a outra, com as bochechas ainda coradas por causa da noite com Caleb.

– Não podemos exatamente desconvidá-las – falou ela. – Além disso, elas sabem onde ficam as fontes. Nós nunca fomos lá e, aparentemente, o lugar é difícil de encontrar.

– As fontes são difíceis de encontrar? – repetiu Emma debilmente. De repente, o cinto de segurança começou a parecer um torno. Ela precisava sair dali. Fez de tudo para encontrar uma desculpa, mas, antes de conseguir pensar em alguma coisa, Gabby abriu a porta.

— Oi, meninas! — Ela passou por Charlotte e Laurel e foi para o banco de trás. Lili a seguiu, relutante. Quando ficou claro que o único lugar disponível era ao lado da irmã, ela soltou um gemido e se sentou também, o mais longe possível de Gabby. Ela segurava sua tocha da Liberdade como se fosse uma arma.

A pele de Emma estava quente e pinicava por causa da proximidade com as gêmeas. Seu cérebro rodava. Será que Lili e Gabby fariam alguma coisa contra ela perto das outras garotas? Talvez se ela ficasse calma — e passasse a noite grudada em Laurel —, nada acontecesse.

Não, não, não, pensei desesperadamente, desejando que Emma saísse do carro.

— OK, vadias. — Madeline ligou o motor. — Vamos pegar a estrada.

Todas comemoraram.

— Fontes termais, aqui vamos nós. — Charlotte abraçou a parte de trás dos bancos.

Laurel se virou e olhou para Lili e Gabby.

— Vocês se lembram de como se chega lá, não é?

— Sim. Acampamos lá com nosso pai há pouco tempo. — A voz de Gabby estava lânguida e feliz, como se ela tivesse passado horas em um spa. — Ele não queria que entrássemos na água, mas entramos quando ele dormiu.

— Isso não é verdade — disse Lili agressivamente. — O papai não ligou por entrarmos na água.

— Ligou, sim — retrucou Gabby. — Ele achou que íamos nos afogar.

— Você entendeu tudo errado. — Lili parecia muito irritada. — Você sempre entende tudo errado.

Todas ficaram em silêncio diante do tom cortante da voz de Lili.

— Grrr... — sussurrou Madeline.

O carro passou por cima de um quebra-molas e saiu da escola. Alguém tinha pendurado teias de aranha nos portões e colocado chifres de diabo nos grandes cactos de muitos braços que ladeavam o caminho. Madeline se dirigiu às ruas sinuosas que levavam à montanha. Um carro esporte com faróis redondos xênon passou por elas, indo na direção oposta.

As garotas começaram a conversar sobre o baile — Madeline com seu desastroso Freddy Krueger, a crescente paixonite de Laurel por Caleb.

— E você? — Madeline cutucou Emma. — Você desapareceu por um tempo. Encontrou alguém divertido?

— Não mesmo — respondeu Emma depressa. Ela queria esquecer todo aquele episódio com Ethan.

— O que acharam do baile, senhoritas? — perguntou Charlotte, virando-se e olhando para as Gêmeas do Twitter. — Participar da corte foi tudo o que esperavam?

— Claro — disse Gabby automaticamente, erguendo a faixa no peito e admirando-a com amor. — Fui o centro das atenções. Eu me senti como uma princesa.

Lili soltou um guincho irado.

— Havia oito garotas na corte, Gabriella. Não só você!

Gabby deu de ombros.

— Você entendeu.

— Não, acho que não.

— O que deu em você hoje? — Gabby enrugou o nariz. — Parece a mamãe quando me chama de *Gabriella*.

Lili emitiu um som de frustração.

— Como se você não soubesse.

Todas riram, constrangidas. Madeline pigarreou.

— Hã, meninas? — Mas as gêmeas a ignoraram.

— Se você vai ficar megaescrota, talvez seja melhor não ir hoje — disse Gabby com ar afetado.

— Quer saber? Talvez eu não queira ir. Talvez eu não queira passar nem mais um minuto com você — rosnou Lili. Ela apontou para um posto de gasolina Super Stop no cruzamento seguinte. — Pare aqui.

Madeline apertou o volante, mas não ligou a seta.

— Estou falando sério! — gritou Lili. — Pare a droga do carro!

Emma ficou tensa. Lili estava mais desvairada do que nunca.

— Nossa. — Madeline ficou séria, trocou de faixa e entrou no posto de gasolina. Vários carros esperavam perto das bombas. Dois adolescentes com camisetas de death metal fumavam perto da entrada. Do lado de dentro, Emma viu garrafas de refrigerantes de cores vivas, prateleiras e mais prateleiras de doces e salsichas acinzentadas rodando lentamente em uma churrasqueira.

Assim que o carro desacelerou, Lili empurrou Gabby pela porta de trás, depois ela mesma saiu, dando outro empurrão na irmã. Gabby escorregou para trás sobre uma lata de lixo verde.

— O que é isso...? — gritou ela.

Os olhos de Lili estavam enlouquecidos. Sua toga de Estátua da Liberdade estava descendo, deixando à mostra os babados do sutiã de rendas. Um caminhoneiro barbudo de cabelo oleoso que enchia o tanque com diesel olhava. Assim como os fumantes perto da porta.

— Você sabe que eu gosto de Kevin! Eu *disse* um milhão de vezes!

Os grandes olhos azuis de Gabby estavam perplexos.

— Você nunca me disse.

— Disse, sim! — Lili bateu o pé. — Você sempre faz isso comigo! Sabia muito bem que eu gostava dele. Eu vi que você olhava para mim toda vez que vocês dançavam. Você o esfregou na minha cara e sabe disso!

Gabby colocou as mãos nos quadris.

— Bom, eu também gosto dele... e ele gosta de mim. Aceite.

— Sua vadia insensível... — Lili partiu para cima de Gabby. Madeline saiu correndo do carro e agarrou Lili pela cintura. Laurel também desceu e segurou Gabby, puxando-a até uma árvore que ficava na entrada do Mini Mart. Emma ficou grudada no banco sem saber o que fazer.

Os fumantes perto da porta se cutucaram e sorriram.

Um deles gritou:

— Briga de garotas!

Lili ofegava intensamente.

— Estou cheia de você — sussurrou para Gabby.

— É? Bom, também estou cheia de você — disparou Gabby.

Lili se desprendeu de Madeline e pegou seu iPhone na pequena clutch bordada que segurava debaixo do braço. Depois de apertar vários botões, ela levou o telefone ao ouvido.

— Para quem você está ligando? — perguntou Gabby.

Lili virou a cara.

— Estou chamando um táxi para me levar para casa. Vá acampar sem mim. Não vou a lugar nenhum com *você*.

— Lili... — Gabby parecia arrependida. — Desculpe, OK?

— É, Lili — disse Charlotte, empurrando um cacho avermelhado para trás do ombro. — Você tem de vir. Vocês duas podem resolver isso.

— Não tão cedo — retrucou Lili de modo seco. Então, ela se recompôs. — Alô? Sim, preciso de um táxi, por favor. Estou no Super Stop, na Tanque Verde com a Catalina...

Começou a soprar um vento forte e poeirento, fazendo flutuar as barras dos vestidos das meninas e soprando um cheiro acre de gasolina em suas narinas. Depois que desligou, Lili foi até a frente do Mini Mart e se sentou sobre o grande freezer para gelo. Os garotos espinhentos que fumavam se aproximaram dela quase imediatamente, mas ela lhes lançou um olhar mortífero que os mandou embora.

Lentamente, as garotas voltaram para o carro.

— Devemos mesmo ir? — perguntou Charlotte.

— É horrível deixá-la sozinha assim — disse Laurel.

— Ela vai ficar bem — falou Gabby com a voz tensa. — Estamos a tipo um quilômetro e meio de casa... ela poderia ir andando se quisesse. Só está sendo teimosa e má perdedora. Vamos nos divertir mais sem ela.

Quando Madeline entrou com o carro na autoestrada, Emma se virou para olhar Lili uma última vez. Ela encarava o carro com uma fúria indisfarçada, e a coroa agora estava amassada em sua mão. Emma sentiu um calafrio na espinha e disse um *obrigada* silencioso por Lili não ir acampar com elas. Ela podia lidar com uma Gêmea do Twitter apenas. Certo?

Errado, pensei. Emma estava indo para o deserto à noite com uma de minhas assassinas, e eu não sabia se ela ia voltar.

27

UM EMPURRÃO NO ESCURO

Conforme o carro subia o Mount Lemmon, os cactos davam lugar a pinheiros caducos e o ar ficava mais rarefeito. A estrada ziguezagueava pela encosta rochosa, proporcionando vistas deslumbrantes da cintilante Tucson abaixo.

– Vamos subir até onde? – perguntou Charlotte depois de passarem por mais um acampamento. Vários trailers estavam estacionados em um terreno, e uma família preparava hambúrgueres em uma das churrasqueiras públicas.

– Só um pouco mais – disse Gabby, inclinando-se para a frente entre os bancos.

Finalmente, depois de passarem por mais vistas pitorescas e entrarem errado duas vezes, o que as forçou a descer a montanha de ré, Gabby gritou:

– É ali!

Madeline parou o carro em um terreno plano de cascalho. Em uma minúscula placa de madeira estava escrito Acampamento. Em outra lia-se Trilhas, e em uma terceira, Cuidado com as cascavéis.

As garotas saíram e descarregaram os equipamentos do banco de trás. Estavam em um ponto muito alto, e o ar era puro e frio. A pele de Emma estava arrepiada. Gabby tirou a toga e vestiu uma calça jeans e um casaco com capuz, e as outras fizeram o mesmo.

— É melhor calçarmos tênis também — instruiu Gabby, tirando um par de Nikes da bolsa. — As fontes ficam a mais ou menos um quilômetro e meio de caminhada daqui.

— Vamos caminhar no escuro? — perguntou Emma. Mal conseguia enxergar a trilha fina e sinuosa que entrava pelo deserto. Um vento sibilante e desolado soprava bolas de grama seca pelo estacionamento.

— É para isso que servem as lanternas. — Gabby pegou uma Mag-Lite longa e prateada, pesada o bastante para esmagar a cabeça de alguém. Quando tentou ligá-la, nada aconteceu. — Hum...

Madeline e Charlotte também tinham lanternas, mas só uma estava funcionando, soltando um feixe fraco e amarelado na trilha adiante.

— Acho que é uma má ideia — disse Emma com o coração batendo furiosamente. — Talvez seja melhor voltarmos outro dia.

Gabby apoiou a mochila em um dos ombros.

— Sutton Mercer está com... *medo*?

Emma cerrou os dentes. Laurel deu o braço a Emma.

— Vai ficar tudo bem — disse ela. — Prometo.

– Vamos. – Quando Gabby marchou para o início da trilha, seus sapatos fizeram um som de trituração no cascalho. Madeline tirou alguma coisa da mochila. Um clarão cromado brilhou ao luar, e um líquido chocalhou contra as laterais do frasco. – Aqui – sussurrou ela, entregando o cantil a Emma. – Coragem líquida.

Emma fechou os dedos ao redor do cantil e abriu a tampa, mas só fingiu beber. Ela precisava se manter alerta. As garotas começaram a andar pela trilha, uma atrás da outra, sombras escuras contra o céu preto-azulado. O capuz branco de Gabby emitia um leve brilho, tornando mais fácil ficar de olho nela, mas a trilha era estreita, e cactos espinhentos a invadiam a cada curva. Atrás de Emma, Laurel tropeçou em uma raiz, e a manga de Madeline se enganchou em um galho de árvore. Gabby esquadrinhava a trilha com a lanterna, mas, cerca de cinco minutos depois de terem começado, a luz se apagou, deixando-as em completa escuridão.

Todas pararam.

– O-Oh – disse Charlotte.

Emma se virou e estreitou os olhos, tentando enxergar a direção da qual tinham vindo, mas a trilha serpeava pelos altos e baixos da montanha e não dava mais para ver o estacionamento. Ela pegou o telefone de Sutton e o colocou no modo lanterna, mas a luz era muito fraca. Ela também percebeu que não tinha sinal. As palmas de suas mãos começaram a suar.

– O que vamos fazer?

– Vamos seguir em frente – insistiu Gabby. – Não falta muito. Prometo.

Cada uma delas se aproximou mais da que estava à frente para não se perder do grupo.

— Estou ficando apavorada — disse Madeline. — Alguém conte uma história ou coisa do tipo. Preciso de uma distração.

— Duas Verdades e uma Mentira! — sugeriu Laurel com uma risada nervosa. — Não jogamos há séculos.

— Divertido — falou Gabby, tirando do caminho um galho de árvore. Ele voltou rapidamente para o lugar e bateu contra o maxilar de Emma.

Madeline deu uma risadinha.

— Sabe jogar, Gabs?

— Hã, *sei*. — Gabby contornou uma pedra. — Estar fora do Jogo da Mentira não me torna uma idiota.

— Eu não teria percebido — murmurou Charlotte, e todas riram. Emma viu os ombros de Gabby ficarem tensos enquanto ela seguia pela trilha.

Por sorte, Emma conhecia as regras de Duas Verdades e uma Mentira. Ela, Alex e algumas outras garotas tinham jogado em uma festa do pijama. Cada uma fazia três declarações: uma falsa, duas verdadeiras. As outras tinham que adivinhar qual era a mentira. Se acertassem, a pessoa que tinha feito as declarações tinha que beber. Se errassem, *elas* tinham que beber.

— Eu vou primeiro — voluntariou-se Madeline, parecendo estar sem fôlego por subir a encosta. — Um: quando minha família foi para Miami no ano passado, eu entrei de penetra em uma festa e conheci J-Lo. Dois: eu fiz uma consulta para colocar silicone na clínica Pima Plastic Surgery no ano passado. E três: acho que sei exatamente por que Thayer fugiu. Também acho que sei onde ele está, mas não vou contar.

As palavras deixaram Emma gelada. Ela se virou e olhou para o rosto de Madeline, sem conseguir distinguir se ela estava sorrindo ou franzindo as sobrancelhas.

— Com certeza, o silicone é mentira. — A voz de Charlotte ressoou na escuridão. — Mads tem os melhores peitos de todas nós!

— Errado! – zombou Madeline. — O silicone é verdade... eu marquei uma consulta porque estava flertando com a ideia de usar sutiã GG. Mas mudei de ideia quando descobri como era a cirurgia. Então, beba, Char!

— Então, qual é a mentira? — Gabby diminuiu o passo na frente da fila. — Thayer?

Madeline deu de ombros.

— Acho que vocês nunca vão saber.

Emma fixou os olhos em Madeline. *Será* que ela sabia onde Thayer estava? Estaria tentando protegê-lo de alguém... talvez do pai?

O líquido da garrafa chocalhou quando Charlotte bebeu.

— OK. Declaração um: eu traí Garrett. Dois: acho que meu pai está traindo minha mãe. Três: beijei o Freddy Krueger na casa mal-assombrada.

— Mas sua mãe é gata demais para ser traída, Char. — Madeline parecia indecisa. — Não vou chutar essa.

Emma ficou de boca fechada, pois de repente um pensamento lhe ocorreu. Quando estava esperando Sutton no Sabino Canyon, ela viu um homem que reconhecia como pai de Charlotte da página do Facebook da irmã. Ele parecia nervoso, e, depois, Emma descobriu que Charlotte achava que ele estava viajando a trabalho.

Mas não se atreveu a dizer isso, limitando-se a contornar duas pedras em silêncio.

— A mentira é o Freddy — exclamou finalmente Gabby.

– Pode beber, Gabby – exultou Charlotte. – Eu estava na casa mal-assombrada e senti mãos atrás de mim. Alguém me virou e me deu um beijo na boca. Foi totalmente o Freddy... eu vi as unhas bizarras. Até que ele não beija mal, Mads.

Madeline bufou.

– Pode ficar com ele!

Ninguém perguntou a Charlotte qual era a mentira.

Depois que Gabby tomou seu gole de bebida, Madeline disse:

– Sua vez, Sutton.

Emma respirou fundo e se esforçou para encontrar algo que pudesse dizer sobre Sutton. Mas depois teve outra ideia.

– OK. Um: passei um verão trabalhando em uma montanha-russa em Las Vegas – começou ela.

– Mentira – disse automaticamente Charlotte, interrompendo-a. – Você nunca trabalhou em Vegas.

– Você só está tentando ficar bêbada, não é, Sutton? – Madeline lhe passou a garrafa. Emma sorriu para si mesma, mas não se deu o trabalho de corrigi-las.

Elas continuaram andando. Um coiote solitário uivou a distância. O espinho de um cacto arranhou a panturrilha de Emma. Então, Gabby se virou e olhou para elas do começo da fila.

– Sou a próxima? Um: eu e minha irmã trapaceamos para entrar na corte do Baile de Dia das Bruxas. Dois: Kevin e eu nos agarramos na casa mal-assombrada perto de um pote cheio de olhos falsos. E três... – Ela fez uma pausa dramática. Grilos cantavam. Os freios de um carro guincharam a distância. – Eu já toquei em um cadáver.

O vento uivava nos ouvidos de Emma, e seu coração foi na garganta.

Tive um calafrio. Será que tinha sido no meu corpo? Mais do que nunca, eu precisava que Emma... precisava que Emma desmascarasse Gabby e Lili e expusesse meu assassinato. Precisava que pagassem pelo que tinham feito.

Laurel fez um som de desdém.

– Um cadáver? Ah, tá.

O sangue pulsava nos ouvidos de Emma. Ela precisou de todas as suas forças para obrigar seus pés a continuarem em frente, porque, se tentasse voltar, poderia se perder... ou pior.

– Mas, se é mentira, então você trapaceou para entrar na corte – murmurou Madeline. – Você não faria isso, não é?

– Não sei, faria? – zombou Gabby. Ela se virou e olhou diretamente para Emma, que não conseguia enxergar seus traços, mas sabia que Gabby abrira um sorriso malicioso. – Do que você acha que sou capaz, Sutton?

De repente, a trilha chegou a um fim abrupto, e as garotas pararam. Em vez de estarem diante de uma fonte termal borbulhante, elas estavam à beira de um penhasco. Seixos rolavam pela lateral. A luz fraca mostrava as silhuetas de galhos entrelaçados abaixo. Estava escuro demais para saber qual era o tamanho da queda.

Uma rajada de vento uivou pela trilha, agitando folhas mortas aos pés de Emma e, com um choque, ela percebeu que se enganara ao achar que podia lidar com Gabby. Estavam no deserto, sem lanternas nem sinal de celular. Bastava um passo em falso, um tropeção para Emma se tornar a manchete que Gabby e Lili desejavam: *Adolescente morre em trágico acidente no deserto*. De fato, era o cenário perfeito. Porque, se Emma morresse ali, todos pensariam que Sutton Mercer encontrara seu fim durante uma brincadeira com álcool. Não haveria mais assassinato para ocultar, nem razão para alguém tomar o lugar de Sutton. Tudo simplesmente acabaria.

– Hã, Gabby? – Madeline arrastava os pés. – Erramos o caminho?

– Não. – Gabby bateu na lanterna que segurava e tentou ligá-la outra vez, mas mesmo assim não funcionou. – A trilha continua do outro lado do penhasco. É um pulo muito fácil, juro.

Gabby apontou alguns metros a distância. Uma ravina separava um lado da trilha do outro.

– Eu não vou pular – disse Emma com a voz trêmula.

– Vai, sim. – Gabby parecia estar se divertindo. – É o único jeito de chegar às fontes.

Um par de olhos brilhou no galho de uma árvore sobre a cabeça de Emma. Ela distinguiu a forma de uma enorme coruja.

Madeline passou por elas.

– Vamos logo, OK? Estou cansada de andar. – Ela segurou as tiras de sua mochila e deu um salto gracioso de bailarina sobre o abismo, ultrapassando-o facilmente. – Moleza! – gritou ela do outro lado.

Gabby deixou Charlotte ir em seguida, depois Laurel. Mas quando Emma tentou passar, ela esticou o braço para detê-la.

– Vá com calma – disse ela em voz baixa.

Emma sentiu um frio na barriga. Aquele era o momento. "Fuja, Emma!", gritei para minha irmã. "Saia daí!"

Do outro lado da ravina, as outras estavam inquietas, esperando.

— Vamos logo, gente — gritou Madeline. — Qual é o problema?

Devagar, Gabby estendeu a mão e segurou o pulso de Emma, fazendo-a estremecer. Ela visualizou o que aconteceria em seguida: Gabby ia jogá-la pela lateral do penhasco. Ela a mataria rápida e habilmente em questão de segundos, e depois diria a todos que Sutton tinha tropeçado e caído. Uma nova manchete se formou na cabeça de Emma: *Garota sai impune de assassinato — duas vezes.*

De repente, algo explodiu dentro de Emma. Ela não ia morrer — não naquela noite.

— Saia de perto de mim! — gritou ela, empurrando Gabby para trás.

Pedras rolaram sob os pés de Gabby. Sua boca formou um pequeno O. Houve um som de pés tentando se firmar, e os braços dela se agitaram no ar tentando equilibrá-la. O tempo pareceu se acelerar. Os tênis de Gabby escorregaram como se ela estivesse patinando no gelo. Ela tentou se segurar em alguma coisa para se firmar, mas ao redor só havia galhos de árvore finos e cactos cortantes. Um grito assustado ressoou na escuridão. Houve um ensurdecedor cascatear de pedras, outro grito agudo, e Gabby começou a cair.

— Gabby! — gritou Madeline, correndo para a borda do penhasco.

— Meu Deus! — gritou Charlotte.

Um único grito pontuava o ar. Uma série de estrondos ressoou, um corpo batendo contra galhos de árvores, pedras proeminentes, cactos afiados. E então, agonizantes instantes depois, houve um estrondo, o som claro, mas distinto, de um objeto pesado em queda que finalmente atingira o fundo.

28

ENCLAUSURADA

O estômago de Emma se contraiu como se ela fosse vomitar.

— Meu Deus. — Ela olhou para as mãos como se não as reconhecesse. Ela não tinha empurrado Gabby. *Não podia* ter sido ela. Ela era uma *boa* garota, Emma Paxton, incapaz de violência, embora a pessoa que havia ferido estivesse a ponto de feri-la.

— Meu Deus, Sutton! — Charlotte levou as mãos à cabeça. — O que você fez?

— Gabby? — A voz de Laurel ecoou pela ravina rochosa. — *Gabby?*

— Ela não está morta. — A voz de Madeline tremia. — Não pode estar. Ela está bem lá embaixo.

Emma olhou para a ravina. Não dava para ver o fundo. Ela olhou novamente para suas mãos, que começaram a tremer. De repente, sentiu-se terrivelmente enojada de si mesma. Quem ela tinha se *tornado*?

— Eu não tive a intenção... — balbuciou ela. — Não achei que... — Lágrimas começaram a rolar por suas bochechas.

Charlotte se virou para ela.

— O que foi que aconteceu? Você a empurrou?

— Não! Ela me segurou, e eu... — gritou Emma, soltando as palavras em um misto de gemido e soluço. — Não achei que ela fosse...

Mas não conseguiu dizer mais nada. *Fora* um acidente, ou será que seus medos e sua raiva a tinham dominado? Será que ela havia empurrado com mais força do que imaginara? A culpa inundou suas veias. Aquilo era um engano. Um sonho. Um pesadelo. Mas, então, ela se lembrou de ter segurado os ombros tensos de Gabby e empurrá-los. Mais lágrimas aterrorizadas encheram seus olhos.

— Você já não fez Gabby sofrer o bastante, Sutton? — gritou Charlotte. — E se ela estiver ferida?

— Eu já disse que foi sem querer! — gritou Emma com a cabeça girando.

Ela tentava enxergar o fundo da ravina na escuridão. Gabby *tinha* de estar ali, viva, bem. Não era assim que as coisas deviam acontecer. *Ela* não devia ser a vilã... As vilãs eram Gabby e Lili, por terem matado Sutton! Emma estava apenas se defendendo! Mas as amigas de Sutton não iam acreditar nisso. Nem a polícia, não sem provas do que as gêmeas tinham feito.

— Alguém ligue para a emergência — gritou Laurel.

Desamparada, Emma olhou para o telefone de Sutton.

— Aqui não tem sinal!

— O que vamos fazer? — guinchou Madeline.

Laurel apontou para um caminho escuro e estreito, praticamente coberto de cactos, sarça e arbustos, que descia a montanha.

– Temos de chegar até ela. Precisamos ver se está bem.

Laurel abriu caminho entre a vegetação e começou a descer a encosta usando o telefone como uma lanterna fraca. Emma pulou a ravina e as seguiu. Espinhos de cactos espetavam seus braços, entrando em sua pele, mas ela se sentia imune à dor. *Foi um acidente*, Emma repetia incessantemente para si mesma, mas uma vozinha dentro dela não parava de gritar: *Foi mesmo?*

– Gabby? – chamou Laurel.

– Gabs! – gritou Madeline.

Não houve resposta. Soprava um vento gelado que penetrava o suéter fino de Emma.

– E se ela estiver inconsciente quando chegarmos? – soluçou Laurel. – Alguém sabe fazer RCP?

Charlotte segurou um galho que parecia estar a ponto de quebrar com sua força.

– Como vamos chamar uma ambulância? E se ela estiver tendo uma convulsão?

– O médico disse que o remédio ia impedir isso, não é? – perguntou Laurel, parecendo totalmente incrédula.

– E se ela tiver se esquecido de tomar hoje? – sugeriu Madeline, com a voz trêmula.

Charlotte descia com cuidado o caminho, evitando pedras pontiagudas que apareciam em uma parte de terra.

Novamente, Emma tentou fazer uma chamada com o celular. As outras também tentaram, mas ninguém conseguia sinal. *Crec.* Emma parou e olhou em volta.

– Gabby? – chamou ela, esperançosa. Não houve resposta.

As garotas seguiram em frente. Depois de mais dez minutos de caminhada instável pela encosta íngreme, finalmente chegaram ao fundo da ravina. Parecia um leito de rio seco, com as laterais enclausuradas por rochas negras escarpadas e o fundo liso e arenoso. O ar era tão calmo que parecia que elas estavam sob uma redoma. Estrelas cintilavam levemente no céu. Um luar turvo passava através de nuvens cinzentas. Elas estavam completamente isoladas ali. Podiam morrer e nunca ser encontradas.

Assim como tinha acontecido comigo. Na verdade, era o lugar perfeito para esconder meu corpo. Esperei sentir uma pontada de reconhecimento, uma mensagem cósmica de que eu estava ali...

– Gabs? – gritou Madeline. – Onde você está?

– Ela não está aqui, gente. – Charlotte se apoiou em uma pedra do outro lado do leito do rio. – Devemos estar no lugar errado.

Emma piscava na escuridão azulada. Pelo que ela percebia, não havia nada no chão. Muito menos um corpo. Uma sensação gelada e úmida a dominou, e ela caiu de joelhos. De repente, não conseguia respirar.

Madeline parou diante dela.

– Você está bem?

Emma assentiu, depois fez que não com a cabeça.

– Eu... – Mas não conseguiu dizer o resto das palavras.

– Ela pode estar em choque – disse Laurel.

– Nossa – sussurrou Charlotte, como se aquilo fosse o que faltava.

– Devíamos nos separar e procurar Gabby – sugeriu Laurel. Ela apontou para a direita. – Eu vou por aqui.

– Eu vou pela esquerda – disse Charlotte.

– Eu vou voltar para o carro – falou Madeline. – Ou até onde tiver que ir para conseguir sinal e ligar para a emergência. Sutton, não saia daí, tudo bem? Fique quieta. Vamos voltar para buscar você.

Todas foram em direções diferentes. Emma observou seus vultos indistintos desaparecerem a distância. O ar circulava tranquilamente em torno dela. Pedrinhas rolavam pela lateral da montanha. Aos poucos, a sensação de peso em seu peito começou a ceder. Ela respirou fundo e esfregou as mãos. Não podia ficar ali sentada sem fazer nada. Tinha que procurar Gabby.

– Olá? – chamou ela. Sua voz ecoou levemente.

De repente, Emma ouviu um som fino e baixo à direita. Ela se recompôs, alerta.

– Gabby?

Depois, veio uma inspiração irregular. E novamente um minúsculo gemido.

– Gabby! – O corpo de Emma se encheu de esperança. Ela se virou, tentando localizar o som.

Outro gemido. Emma andou em direção a uma parede de pedras na lateral da ravina.

– Gabby? – gritou ela. – É você?

– *Socorro* – disse uma voz áspera e fraca.

Era Gabby. Emma esquadrinhou o chão vazio, iluminando as pedras com o telefone de Sutton até encontrar, alguns metros acima, uma abertura estreita que em outra situação ela teria confundido com a toca de um animal. Ela olhou para dentro do espaço escuro e ouviu com atenção. Seu coração simultaneamente se animou e doeu quando ela ouviu outro grito baixo e desesperado lá de dentro.

– Socorro!

Sem dúvida, Emma tinha encontrado Gabby. Ela estava presa.

29
O LUGAR MAIS ESCURO DO MUNDO

Emma olhou para dentro da minúscula abertura.

– Gabby!

As pedras deviam ter se movido quando ela caiu, prendendo-a lá dentro. Emma deu um passo para trás e piscou na escuridão.

– Laurel? Charlotte? – Ninguém respondeu.

Outra tosse fraca saiu de dentro da caverna. Emma tentou ligar mais uma vez para a emergência, mas seu telefone não completava a chamada.

A temperatura tinha caído pelo menos dez graus desde que Emma descera para a ravina, mas o suor escorria por seu rosto e suas costas. Ela examinou novamente a abertura. Havia um espaço largo o suficiente para um corpo passar. Ela ia conseguir. *Precisava* conseguir. Havia empurrado Gabby do penhasco. Embora Gabby tivesse matado Sutton, Emma não era uma assassina. Tinha que consertar aquilo.

— Estou indo, Gabby — gritou ela.

Emma largou a mochila no chão e arregaçou as mangas. Respirando fundo, içou-se até o estreito buraco e passou por ele. O interior do pequeno espaço tinha um odor forte, de animal. As pedras eram lisas e frias. Seus ombros estavam curvados para dentro, e seus braços, esticados para a frente, tateando o caminho. Os ossos de seu quadril roçavam as laterais do minúsculo túnel enquanto ela avançava alguns metros.

— Gabby? — chamou ela. Sua voz parecia muito alta dentro da caverna. — Gabby? — tentou novamente. Mas Gabby não respondeu. Será que tinha desmaiado? Será que tinha sofrido outra convulsão? Estaria morta?

Pedrinhas caíam em sua cabeça ao mínimo movimento conforme ela se enfiava mais para dentro. Seus pulmões estavam congestionados de poeira. Em determinado momento, ela olhou para trás e mal conseguiu ver a pequena abertura pela qual passara.

Eu rastejava junto com ela, sentindo que o espaço pequeno e confinado parecia um caixão tampado.

— Gabby — gritou Emma novamente. Seus joelhos bateram em uma pedra. Seus ombros se espremeram contra duas rochas bem juntas, e ela saiu em um espaço mais amplo dentro da caverna, onde quase conseguia ficar de pé. — Gabs? — Ainda nenhuma resposta. Onde ela tinha se metido? Será que os ouvidos de Emma a haviam enganado?

De repente, um estrondo encheu o ar. A poeira cobriu seu rosto e entrou por seu nariz. Um som sibilante alto rugiu em seus ouvidos. Pedrinhas se despejaram sobre as costas e a cabeça de Emma e desceram por sua camisa. *É uma avalanche*, ela pensou, cobrindo a cabeça e deitando no chão do túnel.

Os sons duraram mais alguns instantes. Quando diminuíram, Emma levantou a cabeça com cuidado e olhou em volta. Havia terra rodopiando por todo canto. Ela estreitou os olhos na direção por onde entrara. O buraco tinha *sumido*. Ela estava enclausurada.

"Ah, meu Deus", sussurrei.

O peito de Emma se encheu de pânico.

– Socorro! – gritou ela, mas sua voz parecia não ir a lugar algum, reverberando nas paredes próximas e grossas. – Socorro! – repetiu, mas era inútil. Ninguém respondia do outro lado. Por que as amigas de Sutton ainda não tinham voltado? Por que não a escutavam?

Ela olhou novamente para a parte mais ampla, apurando os ouvidos para tentar identificar outro gemido de Gabby.

– Gabby? – sussurrou ela, olhando para ambos os lados. O coração batia tão alto em sua cabeça que ela temeu que as vibrações causassem outro deslizamento. Seus olhos começaram a lhe pregar peças, formando silhuetas que ela sabia não estarem ali. Uma cadeira. Um vulto sentado. Uma raquete de tênis apoiada contra as pedras. Sua cabeça girava; ela provavelmente estava ficando sem oxigênio naquele lugar fechado.

E então uma mão fria e forte agarrou o pulso de Emma.

Emma gritou. Tentou se libertar, mas a mão não soltava. A luz fraca e tremulante de uma lanterna iluminou por baixo o rosto da garota.

– G-Gabby? – gaguejou Emma.

O vulto diante dela sorriu. Mas aqueles não eram os lábios de Gabby. Emma inspirou. Aquela era...?

– Oi, Sutton – disse a garota, dando uma risada maníaca. – Que bom que você veio.

O ar abafado gelou a nuca de Emma. Sua mão livre se agarrou à terra e às pedras para se equilibrar.

— Lili? — Sua voz tremia. — O-O que está fazendo aqui? — Não a tinham deixado no posto Super Stop? Ela não se recusara a ir?

— Ah, por favor, Sutton — riu Lili. — Você sabe a resposta, não é?

As palavras trespassaram o peito de Emma. De repente, ela entendeu o que estava acontecendo: a briga de Gabby e Lili, a queda de Gabby, os gemidos de Lili dentro da caverna, até mesmo as paredes desmoronando sobre Emma — tudo fora orquestrado por Gabby e Lili para deixar Emma ali, sozinha. Elas não estavam zangadas uma com a outra. Gabby não tinha se machucado. As Gêmeas do Twitter sabiam que Emma se enfiaria naquela caverna para salvar a garota que imaginava ter empurrado — porque ela não era Sutton, porque se sentiria péssima pelo que fizera. E agora Emma estava exatamente onde elas queriam. Elas a *tinham* alertado, não foi? Incontáveis vezes, de incontáveis maneiras. *Continue sendo Sutton. Não diga nada. Pare de investigar. É sério. Ou você será a próxima.*

Ela caiu direitinho na armadilha delas.

— Por favor. — As palavras se despejaram da boca de Emma. Seu corpo tentava se desvencilhar, e sua cabeça girava; ela pensou que ia vomitar. — Podemos falar sobre isso?

— Falar o quê? — perguntou Lili em voz baixa.

— Por favor, me solte — implorou Emma, tentando se desvencilhar. Lili a segurou com mais força. — Eu estraguei tudo, Lili. Desculpe. Mas não vou fazer isso outra vez. Prometo.

Lili estalou a língua.

— Eu avisei, *Sutton*. Mas você não ouviu. — Ela se moveu sobre as rochas, aproximando-se de Emma. Com um movimento rápido e violento, Lili segurou Emma pelo colar de Sutton, exatamente como tinha feito na cozinha de Charlotte. Emma esperneou com todas as suas forças, batendo com o joelho nas pedras acima de sua cabeça, sentindo o sangue escorrer por sua panturrilha. Ela tentava gritar, mas Lili tinha tapado sua boca com a mão, e tudo o que saía era um gorgolejar abafado. Lili puxou o colar, apertando a corrente contra a garganta de Emma, que começou a tossir, agitando os braços e as pernas, debatendo-se com toda a força. Lili puxou mais, a corrente começou a cortar a pele de Emma.

– Por favor! – pediu Emma com a voz áspera, quase sem ar para gritar. Seus pulmões doíam, seu corpo se contorcia, e ela tentava desesperadamente respirar. Lili ria.

De repente, houve uma pontada de dor na lateral do pescoço de Emma, e o colar arrebentou. Solto da corrente, o pesado relicário desceu pela blusa de Emma, parando na cintura do jeans. Os olhos de Lili ardiam. Seus dentes estavam expostos em um sorriso de crocodilo. Uma veia saltava em sua testa, e ela olhou para Emma com ódio e desejo de vingança; era o rosto de uma assassina. A assassina de *Sutton*... e também a sua.

Eu queria que Emma fugisse. Queria que ela lutasse. Mas me preparei para o pior. De repente, a estranha sensação de ruptura que sempre tinha quando estava a ponto de reviver uma lembrança me atropelou como um trem. Eu vi luzes fortes e rodopiantes. Olhos arregalados. Uma garota sobre uma maca. A palavra Emergência brilhando em vermelho sobre a porte-cochère. Meu nariz pinicava com o cheiro de antisséptico e doença. Meus ouvidos zuniam com o som dos gemidos – talvez os meus próprios.

E de repente caí de cabeça em outra lembrança...

30
O RESULTADO

A sala de espera do pronto-socorro está cheia de gente: bebês doentes chorando, um cara oleoso de chapéu de operário com a maior farpa do mundo no dedão sujo e grosso, um monte de gente velha que já parece estar com o pé na cova. Nós cinco estamos sentadas eretas em nossas cadeiras, sem folhear revistas velhas nem assistir às notícias regionais toscas na TV, encarando as portas duplas que nos separam do pronto-socorro e de Gabby.

Quando chegamos ao hospital, Gabby já tinha sido levada para a área de tratamento. A única coisa que as enfermeiras nos disseram quando entramos abruptamente pelas portas foi que tínhamos de esperar, e nos mandaram para a sala de espera, onde Lili já andava de um lado para o outro.

O sr. e a sra. Fiorello chegam, me fazendo morrer de medo de que Lili conte a eles o que realmente aconteceu. Ela não conta. Apenas os abraça, soluçando no peito dos pais. Eles se sentam a algumas cadeiras de distância de nós, inquietos, fixando os olhos em livros em brochura sem virar a página. A sra. Fiorello está com rolinhos no cabelo, e o sr. Fiorello usa sapatos que se parecem muito com pantufas. Mas, enfim, já é quase uma hora da manhã.

Após cerca de meia hora de espera, Lili se levanta de repente e se aproxima de uma das mulheres da triagem atrás de grossos painéis de vidro. A sra. Fiorello vai com ela; o sr. Fiorello inclina a cabeça para trás na cadeira e fecha os olhos. Quando a mulher diz a Lili pela quinta vez que ela não pode ver a irmã, Lili grita:

— E se Gabby estiver morta? E se ela precisar do meu sangue?

Laurel começa a chorar. Madeline rói o resto de suas unhas. Charlotte não para de fazer caras de engasgo, com as bochechas estufadas como se fosse vomitar.

— Desculpem — digo a elas em voz baixa, sabendo que, em particular, todas acham que sou uma completa escrota. — Eu não sabia que isso ia...

— Cale a boca, OK? — sussurra Charlotte, enfiando as unhas nas coxas. — Não me faça me arrepender por não ter dito nada à polícia.

Um médico calvo de meia-idade usando um avental cirúrgico azul e uma touca sai pelas portas do pronto-socorro, dá uma olhada para Lili e sua mãe e vai até elas. O sr. Fiorello e nós quatro nos levantamos de imediato e corremos para perto delas. Meu estômago se contorce. O rosto do médico está cansado, como se fosse dar más notícias. Ele fica clicando a extremidade de uma caneta e retorce a boca.

— Vocês são a família de Gabriella Fiorello? — pergunta ele.

Os pais de Lili assentem. O sr. Fiorello coloca um dos braços em torno dos ombros da sra. Fiorello e o outro nos de Lili, apertando-as.

— Gabriella teve o que chamamos de convulsão tônico-clônica — diz o médico. — Isso acontece quando a atividade elétrica na superfície do cérebro é alterada. Ela está um pouco abalada, mas está descansando e vai ficar bem.

Os olhos de Lili estão arregalados.

— Ela está bem? Mas por que teve uma convulsão?

Os cliques intermináveis da caneta continuam.

— Uma convulsão pode ser causada por uma infecção, mas fizemos um exame de sangue, e ela não mostra nenhum sinal de infecção. Também pode ser causada por um tumor no cérebro, mas ela passou por uma ressonância magnética para excluir essa possibilidade. É muito provável que...

— O medo? — interrompe Lili.

As sobrancelhas do médico se erguem com ar de interrogação.

— Uma convulsão pode ser causada por medo? — pergunta Lili. — Tipo se alguém a tiver deixado completamente apavorada? — Ela se vira e olha diretamente para mim. Eu me encolho um pouco.

— É muito improvável — diz o médico. — Achamos que Gabriella tem epilepsia. Provavelmente, nasceu com o problema, mas a doença pode ficar dormente durante muito tempo até se manifestar. Por que ela escolheu esta noite para mostrar a cara, nunca saberemos.

— Epilepsia? — repete Lili, como se não acreditasse nele. — Mas... essa é tipo uma doença grave! Só gente esquisita tem epilepsia!

— Lilianna. — A sra. Fiorello lança a Lili um olhar irritado.

— Não é verdade — diz o médico gentilmente. — A epilepsia é tratável. Muitos pacientes nunca passam por outra convulsão tônico-clônica. Mas, para garantir, Gabriella terá de tomar remédios pelo resto da vida. Temos sorte por ela não ter sofrido a convulsão enquanto estava dirigindo um carro ou sozinha em algum lugar. Que bom que vocês cinco estavam com ela e tiveram cabeça para chamar uma ambulância.

Eu dou uma espiada nas outras, tentando imaginar se elas vão abrir a boca. Afinal de contas, a ambulância não foi chamada por causa de Gabby, mas porque fiz o carro morrer. Mas ninguém diz uma palavra.

O sr. e a sra. Fiorello assentem, absorvendo a informação, e agradecem ao médico. Ele indica as portas brancas de vaivém.

— Podem ir vê-la agora, se quiserem. Ela está um pouco sonolenta, mas perguntou por vocês.

Empurramos as portas do pronto-socorro, passamos por um posto de enfermagem e por algumas camas vazias e encontramos Gabby em uma pequena cama dentro de um cubículo fechado por cortinas. Ela está usando uma desbotada bata hospitalar de bolinhas, e seu rosto está pálido e cansado.

Lili corre para Gabby e a envolve com os braços, fazendo as molas da cama rangerem.

— Estou muito feliz por você estar bem — sussurra ela com a voz embargada pelas lágrimas.

— Estou ótima — diz Gabby, parecendo exausta, mas bem.

Depois de abraçar os pais, ela nos lança um sorriso.

— Oi, gente.

Cada uma de nós abraça Gabby. Seu corpo parece minúsculo dentro do avental. Então, abraçamos umas às outras, aliviadas, gratas e repletas de energia nervosa. Lili até me abraça, me apertando com força.

— Preste atenção — murmura ela em meu ouvido. — O trote pode ter acabado bem, mas Gabby e eu vamos pegar você. Você não vai saber quando, não vai saber onde, mas vamos nos vingar de um jeito ou de outro.

Faço um aceno desdenhoso com a mão. Levar um trote das Gêmeas do Twitter? Falou. Não sou mais aquela menina assustada e carente da sala de espera. Voltei a ser Sutton Mercer, a garota que todos admiram. A garota que todos temem. A garota que sai impune de tudo.

— Eu adoraria ver vocês tentarem — eu a desafio.

Lili não pisca.

— Está valendo, Sutton.

— Está valendo — respondo.

31

VADIAZINHAS ARDILOSAS

— Por favor — sussurrou Emma enquanto Lili se aproximava, com o corpo fraco por causa do enforcamento e da falta de oxigênio. — Por favor, não me machuque.

— Diga adeus — rosnou Lili.

Emma fechou os olhos e visualizou todas as pessoas de quem queria se despedir. Ethan, que ela nem sequer beijara. Até aquele momento, nunca tinha percebido quanto *queria* beijá-lo. Madeline, Laurel e Charlotte — acabariam as risadas e as fofocas com elas. De repente, ela se deu conta de que aquelas eram pessoas que sabiam da vida de Sutton, não da sua. Será que alguém sentiria falta da verdadeira Emma? Quem ia chorar por *ela*? Nem mesmo Ethan podia ficar de luto por Emma em público. Ele teria que se referir a ela como Sutton Mercer, e não como a gêmea secreta de Sutton. E Alex não sabia que ela estava fingindo ser Sutton, então não ia perceber que era sua amiga que tinha morrido.

O rosto de Sutton, um rosto tão idêntico ao dela, apareceu em sua mente. Ela queria conhecê-la mais do que qualquer outra coisa no mundo. E queria desvendar aquilo por ela, resolver aquele crime terrível. Mas não tinha como saber o que aconteceria a partir dali. *Desculpe, Sutton*, ela pensou. *Eu fiz o melhor que pude.*

Eu sei, Emma. Tentei colocar minhas mãos sobre minha irmã para reconfortá-la, para lhe dizer que eu estava bem ali.

A caverna era silenciosa como uma tumba. Lili se abaixou, aproximando a boca da orelha de Emma. E então, em voz baixa, alegremente, ela sussurrou:

– *Peguei você.*

Suas mãos se soltaram do pescoço de Emma. Quando ela abriu os olhos, Lili ria histericamente.

– Peguei você! – gritou outra vez, mais alto, como se estivesse chamando alguém.

Pedras começaram a se deslocar e, de repente, o grande pedregulho que prendera Emma desapareceu. Uma luz forte de lanterna iluminou seus rostos.

– Pegamos você! – gritou outra voz do lado de fora da caverna. Emma protegeu os olhos e olhou para a loura esbelta. Era... Gabby?

Emma saiu às pressas da caverna. Assim que seus pés tocaram o chão firme, Gabby deu tapinhas bem-humorados em seu ombro.

– Você estava muito assustada! Pegamos você direitinho!

Madeline, Charlotte e Laurel apareceram atrás de Gabby com expressões arrependidas no rosto. O coração de Emma estava disparado, e ela ofegava.

— Vocês sabiam disso?

Laurel deu um sorriso tímido.

— Descobrimos no baile.

Emma ficou sem ar. Ela se virou para Lili, que estava saindo da caverna, depois para Gabby. Tentou se acalmar, respirando fundo, mas engasgou ao inspirar.

— Há quanto tempo vocês estão planejando isso? — disparou ela.

As Gêmeas do Twitter trocaram um olhar.

— Lili e eu examinamos este lugar há algumas semanas, quando viemos com nosso pai — admitiu Gabby. — Então, quando vocês nos convidaram para acampar, colocamos o plano em ação.

Lili pegou a lanterna de Gabby e iluminou o cume.

— Existe uma saliência bem abaixo de onde Gabs caiu. Ela pulou para lá depois que você a empurrou. — Ela disse *empurrou* formando aspas com os dedos. — Eu fiz uma barulheira aqui embaixo para parecer que ela tinha caído feio.

— Então você estava aqui o tempo todo? — perguntou Emma.

— Hã-rã. Só fingi que estava ligando para um táxi — contou Lili. — Eu tinha escondido meu carro nos fundos do Super Stop mais cedo.

— Ah, e não estávamos brigando por Kevin, aliás — disse Gabby com um sorriso. — Lili não está a fim dele.

Lili fez uma careta.

— Ele tem cheiro de salmão defumado.

— Não tem, não! — Gabby franziu os lábios carnudos.

Lili deu de ombros e se virou para Emma e as outras.

— Quando vocês saíram, vim até aqui de carro e me escondi no fundo da ravina. Tem outro estacionamento aqui perto, e consegui chegar muito mais rápido. Como sabia que Gabby pretendia cair, entrei na caverna — Lili apontou para as pedras —, que na verdade fomos nós que fizemos. Espere só até vê-la durante o dia. É *totalmente* falsa e tosca.

— Lili esperou vocês — continuou Gabby, oscilando com orgulho para a frente e para trás sobre os calcanhares. — E, quando Sutton entrou, saí do esconderijo e as prendi. — Ela agitou as mãos diante do rosto como quem diz "*Assustador*".

— Vocês precisavam ter ouvido a Sutton! — Os olhos de Lili brilhavam. — Ela implorou para viver! Foi impagável!

Gabby apontou a lanterna para seu iPhone.

— Eu gravei. *Todas* nós vamos poder ouvir. "*Por favor! Não me machuque, por favor! Não podemos conversar sobre isso?*" — Ela sorriu para Emma. — Você estava apavorada havia semanas, esperando nosso trote. Jurei que ia fazer xixi nas calças quando a levamos ao depósito naquele dia.

Lili balançou o dedo para Emma.

— Eu avisei que íamos nos vingar por aquele trote do carro parado nos trilhos.

— E por falar nisso, gostou do nosso pequeno pendente de trenzinho? — Gabby deu um tapinha na pulseira de berloques de Lili, e ela tilintou. Ela se virou para as outras. — Mandamos um presentinho para Sutton no country club há algum tempo. Um pequeno lembrete de que ainda não estávamos quites.

— Então foram vocês — disse Emma, mais como uma declaração do que uma pergunta.

— Claro que fomos nós — sorriu Lili. — Quem mais seria?

Gabby riu.

— Quem diria que a impassível Sutton Mercer podia ficar tão apavorada?

Todas se voltaram e olharam para Emma, esperando uma reação. Seu coração ainda estava acelerado. Seu sangue, cheio de adrenalina. Momentos antes, ela achara que era o fim. Emma poderia jurar que Gabby e Lili tinham matado Sutton e que o caso estava resolvido. Mas agora tudo estava de cabeça para baixo. Aquilo era só um trote? Não havia maldade nem desejo assassino de vingança? Seu alívio se misturou à desanimadora realidade de não saber quem tinha matado Sutton.

Mas, pela primeira vez em semanas, eu relaxei. Emma estava segura — por enquanto. Gabby e Lili só queriam participar de nossa panelinha. Meu assassino ainda estava à solta, mas as cinco garotas que encaravam Emma — achando que ela era eu — não eram assassinas. Eram minhas amigas.

Finalmente, Emma se empertigou e respirou fundo.

— Sem dúvida vocês me pegaram — admitiu. — Foi um bom trote.

— Foi um trote *incrível* — concordou Charlotte. — Como pensaram nisso? Alguém ajudou vocês?

— Acredite ou não, a ideia veio de nossas minúsculas cabecinhas. — Lili apontou para a própria têmpora. — Já dissemos um milhão de vezes que temos várias ideias para trotes. Mas vocês, suas esnobes, não escutam, então decidimos agir por conta própria.

Charlotte cruzou os braços sobre o peito. Ela olhou para Emma.

– Acho que este pode ter sido o melhor trote *de todos os tempos*.

– Muito melhor que o dos trilhos do trem – disse Madeline.

– Melhor que o vídeo do assassinato também – acrescentou Laurel. – E melhor ainda do que o que Sutton fez com... – Ela deu uma olhada para Madeline e calou a boca.

Gabby e Lili se voltaram para Emma com expressões esperançosas e ávidas, dois cachorrinhos desesperados para impressionar o macho alfa. De repente, Emma sentiu pena de Gabby por tudo o que ela tinha passado.

Eu também senti pena de Gabby. Mais do que isso, senti vergonha. Eu tinha ignorado insensivelmente sua convulsão. Tinha insistido, sem parar, que ninguém se atrevesse a contar o que eu fizera, como se eu fosse a pessoa mais importante do mundo. Será que também ameaçara cruelmente meu assassino? Será que irritara a pessoa errada, alguém cuja vingança fora mais que um trote? Alguém que tinha me dado o troco tirando minha vida?

Finalmente, Emma pigarreou.

– Sei que eu disse que só havia espaço para quatro pessoas no Jogo da Mentira, mas acho que podemos abrir uma exceção.

– Talvez até *duas* exceções – acrescentou Charlotte.

Laurel assentiu.

As Gêmeas do Twitter deram as mãos e saltitaram como se tivessem acabado de vencer o *American Idol*.

– Nós sabíamos! Sabíamos que você ia nos deixar entrar!

— Acho que temos uma cerimônia de iniciação a fazer — anunciou Charlotte. — A entrada oficial de vocês no Jogo da Mentira.

— Vão poder escolher seus títulos executivos — disse Madeline. — Eu sou Imperatriz de Estilo. Sutton é Presidente Executiva e Diva.

— Eu quero ser Soberana da Maravilhosidade — declarou imediatamente Gabby, como se estivesse pensando nisso há muito tempo.

— Eu vou ser Princesa Suprema — disse Lili.

— Também temos um monte de regras — contou Charlotte —, que incluem não mentir durante jogos como Eu Nunca e Duas Verdades e uma Mentira. — Ela fingiu um acesso de tosse, dizendo o nome de Gabby na palma da mão.

— Eu não menti! — protestou Gabby. — Contei duas verdades! A mentira era a do cadáver. Nunca tocaria em algo *morto*. — Ela estremeceu.

Madeline apoiou seu peso sobre uma das pernas.

— Então, vocês trapacearam para entrar na Corte de Boas-Vindas?

Lili soltou um gritinho constrangido de surpresa, mas Gabby deu de ombros.

— Culpada. Hackeamos o site e votamos em nós mesmas um monte de vezes. Já dissemos que somos mais espertas do que vocês pensam.

— Acho que são mesmo. — Emma ajeitou a mochila no ombro. — Não sei quanto a vocês, mas já estou cansada de acampamentos por hoje. Acho que as fontes termais podem ficar para outro dia.

– Vamos dar o fora desta montanha bizarra. – Madeline pegou a lanterna de Gabby e a apontou para a trilha. – Vocês sabem voltar, não é?

– Mas é claro! – cantarolou Gabby.

Quando começaram a subir a encosta, outro pensamento surgiu na mente de Emma. Ela puxou Gabby de lado.

– Foi um trote incrível. Mas, hã, da próxima vez, talvez seja melhor não soltar um refletor tão perto da minha cabeça.

Gabby parou. Mesmo na escuridão azulada, Emma viu que seu rosto ficou consternado.

– Está falando daquela luz no auditório? Não fomos nós! Nossa, Sutton! Não somos insanas!

Ela passou por Emma com o longo rabo de cavalo oscilando. Emma ficou parada por um instante, sentindo um arrepio correr até as pontas de seus dedos. Claro que Lili e Gabby não tinham soltado o refletor sobre ela. O culpado era outra pessoa.

Meu assassino.

32

O MOMENTO QUE ESTÁVAMOS ESPERANDO

Bzzz. Bzzz.

Emma abriu os olhos e olhou em volta. Estava deitada em um saco de dormir no chão do escritório dos Mercer. A luz azulada da TV no mudo tremulava pelo ambiente, havia sacos e recipientes de comida tailandesa para viagem abandonados na mesinha de centro, e vários exemplares gastos da *Us Weekly* e da *Life & Style* estavam virados sobre o carpete. O aparelho de TV a cabo marcava 2h46 da manhã. Charlotte, Madeline e Laurel dormiam a seu lado, e Gabby e Lili estavam aninhadas perto da lareira, segurando seus cartões novinhos de membros do Jogo da Mentira.

Bzzz.

O telefone de Sutton brilhava perto do travesseiro de Emma. A tela dizia ETHAN LANDRY. Emma ficou imediatamente alerta.

Ela saiu de dentro do saco de dormir e foi para o corredor. A casa estava assustadoramente quieta e escura, e o único som era o tique-taque rítmico do carrilhão que ficava na sala de estar.

– Alô? – sussurrou ela ao telefone.

– *Finalmente!* – exclamou Ethan do outro lado da linha. – Passei a noite toda ligando para você!

– Hã?

– Não recebeu minhas mensagens? – Ethan parecia ofegante, como se estivesse correndo. – Preciso falar com você!

Ah, agora você quer falar comigo, pensou Emma, olhando pela janela. Um familiar carro vermelho estava no meio-fio. Emma fechou a cortina e puxou a camiseta, cobrindo a barriga.

– V-Você está na frente da *casa* de Sutton?

Houve uma pausa. Ethan suspirou.

– Estou. Estava dirigindo sem rumo e vi o carro de Madeline na entrada da sua garagem. Você pode sair?

Emma não sabia o que pensar de Ethan parado na frente da casa dos Mercer no meio da noite. Se fosse qualquer outra pessoa, ela teria achado o comportamento meio obsessivo. Pelo menos desta vez ele tinha usado o telefone em vez de pedrinhas.

– São três da manhã – disse ela friamente.

– Por favor?

Emma passou o dedo pela borda de uma tigela que ficava no aparador.

– Não sei...

– Por favor, Emma.

A área ao redor das têmporas de Emma começou a doer. Seus músculos estavam tensos por ela ter se enfiado na caverna. Ela não tinha energia para se fazer de difícil naquele momento.

— Tudo bem.

Os faróis do carro de Ethan se apagaram quando Emma atravessou o jardim.

— Por que não atendeu minhas ligações? – perguntou ele, quando ela desceu do meio-fio.

Emma espiou o iPhone de Sutton. De fato, havia seis mensagens e chamadas perdidas de Ethan. Ela não as vira antes – estava se divertindo demais com as amigas de Sutton, fazendo transformações na aparência de Gabby e Lili, virando doses de Kahlua, jogando *Dance Dance Revolution* e, claro, ensinando Gabby e Lili a jogarem o Jogo da Mentira.

— Eu estava ocupada – respondeu ela com certa rispidez na voz. – Achei que você também estivesse.

Ethan contraiu os ombros e tentou falar, mas Emma estendeu a mão para interrompê-lo.

— Antes que você diga qualquer coisa, não foram Gabby e Lili. Elas não são quem eu achei que fossem. – Ela teve o cuidado de usar *eu* em vez de *nós*, como se a investigação fosse só sua, não deles dois.

Ethan franziu a testa.

— O que aconteceu?

Emma suspirou e contou a noite para ele.

— Foi apenas um trote – concluiu ela. – Quer dizer, Gabby e Lili sem dúvida estava zangadas por causa da convulsão, mas não mataram Sutton. Só queriam fazer parte do Jogo da Mentira.

Ethan se encostou contra a porta do carro. A algumas casas dali, um cachorro soltou um uivo solitário.

— Elas também não derrubaram o refletor na minha cabeça – continuou Emma com um calafrio na espinha. – Acho que foi o verdadeiro assassino de Sutton quem fez isso.

— Mas a hipótese de serem Gabby e Lili fazia muito sentido. Você mesma disse que Lili subiu para pegar o telefone pouco antes da queda do refletor.

Emma deu de ombros.

— Talvez o assassino também tenha percebido isso e quis que eu suspeitasse de Gabby e Lili por causa do que Sutton fez com elas. — Ela estremeceu ao pensar que tinha mordido a isca. Embora a queda de Gabby tivesse sido falsa, embora tudo aquilo fosse apenas um ardil, Emma se deixou dominar pela raiva. E se as coisas tivessem dado errado e o empurrão matasse Gabby? Ela nunca se sentira tão descontrolada.

Ethan mudou o peso de um pé para o outro e tossiu contra o punho.

— Eu estava tentando falar com você porque a Sam me contou algo muito... estranho. No final da noite, ela ficou meio irritada e me perguntou por que eu andava com alguém como Sutton. Ela falou: "Eu soube que Sutton Mercer atropelou e quase matou uma pessoa."

— O quê? — disparou Emma. — Quem?

— Não sei. Ela não disse. Ou talvez não saiba.

Emma apertou os olhos.

— Você já tinha ouvido algo semelhante?

Ethan deu de ombros.

— Talvez não seja verdade.

O coração de Emma estava acelerado. Quem Sutton podia ter quase matado... e *quando*? Como Emma não sabia de algo tão importante?

— Talvez *seja* verdade — disse ela, hesitando. — Fui ao depósito pegar o carro de Sutton esta semana... mas não estava lá. Ela o retirou... *no dia 31*.

— Na noite em que morreu? — O pomo de adão de Ethan se elevou com o nervosismo.

— Sim. Nenhuma das amigas de Sutton sabia que ela tinha buscado o carro. — Emma prendeu o cabelo em um nó apertado. — E se ela tivesse um motivo para não contar isso a ninguém? Talvez esse boato sobre ela quase ter matado alguém seja verdadeiro. Talvez ela tenha tentado atropelar uma pessoa no dia 31.

— Calma, calma. — Ethan agitou as mãos. — Você está tirando conclusões precipitadas. Nem sempre Sutton era uma boa pessoa, mas não era uma assassina.

"Isso mesmo", eu queria acrescentar. Agora Emma me considerava capaz de atropelamento e fuga?

Emma respirou fundo. Talvez *estivesse* se deixando levar pela imaginação.

— Mesmo assim — disse ela. — Precisamos encontrar o carro de Sutton. Temos que resolver isso.

— Então voltamos a ser *nós*, não é? — perguntou Ethan, sorrindo. — Afinal, posso fazer parte da investigação?

Emma olhou para o nada por sobre o ombro dele.

— Acho que sim.

Mas o constrangimento e a rejeição ainda latejavam dentro dela. Era isso que ela temia ao se aproximar demais de alguém: os sinais confusos, os gestos mal-interpretados, as emoções que se tornavam exageradas porque algo importante estava em jogo. Era bem mais fácil ficar longe de tudo aquilo. Muita tristeza podia ser evitada.

— Desculpe pela Sam — disse Ethan, lendo seus pensamentos. — Mas ela é só uma amiga mesmo.

— Eu não me importo — retrucou Emma rapidamente, tentando parecer sincera.

— Bom, eu *quero* que você se importe. — A voz de Ethan falhou. — Digo, quero que você se importe por não estarmos juntos.

— Você pode sair com ela se quiser. É óbvio que ela gosta de você.

Ethan soltou uma risada bem-humorada.

— Duvido muito que ela continue gostando de mim depois desta noite. Passei o tempo todo fazendo perguntas sobre você, evitando você, indo conversar com você no estacionamento ou obcecado para saber se você estava bem ou não.

Emma estremeceu ao se lembrar daquele momento.

— É, mas quando ela apareceu você se levantou em um piscar de olhos. Você me abandonou.

— Ela era meu par! — Ethan levantou as mãos. — Eu tinha de ser educado! E, mesmo depois que voltei para perto dela, tudo o que fiz foram mais perguntas. E no final do baile, ela disse: "Eu não sou a garota que você quer." E é verdade.

Emma olhou de soslaio para ele. Havia uma expressão sincera e séria no rosto de Ethan.

— Sei que você tem dúvidas — continuou ele suavemente. — Mas não consigo me desligar de você. Não consigo ficar do seu lado e ser só seu amigo.

Ele pegou as mãos de Emma. Uma sensação de formigamento percorreu o corpo dela por dentro. Enquanto olhava nos olhos brilhantes e leais de Ethan, o punho cerrado dentro dela começou a se abrir lentamente. Que se danasse toda a sua bagagem. Que se danasse o medo de se magoar ou de que as emoções atrapalhassem a investigação. Ethan era o cara mais incrível que Emma já tinha conhecido. Para que viver se ela não se arriscasse de vez em quando? E talvez aquilo fosse algo que Sutton também desejaria para ela se ainda estivesse viva: ficar com Ethan, mesmo que as perspectivas fossem assustadoras, mesmo que ela estivesse se colocando em risco. Sutton a teria encorajado a ir atrás do que queria de qualquer maneira.

Claro que eu encorajaria. Claro que a *encorajava*.

Inclinando-se para a frente, Emma roçou seus lábios suavemente contra os de Ethan. Ele deslizou as mãos até os ombros dela e a beijou mais profundamente. O corpo inteiro de Emma faiscou e despertou. Suas bocas se encaixavam perfeitamente. Sua cabeça começou a girar. Pela primeira vez na vida, Emma simplesmente se soltou.

"*Vitória!*", comemorei ao lado deles. Até que enfim!

Clic.

Emma se afastou de Ethan com o coração na boca. Ela se virou para ver se uma das garotas tinha saído atrás dela. Mas a varanda ainda estava vazia. Não havia ninguém perto da garagem. *Clic.* Emma pegou a mão de Ethan.

— Ouviu isso?

Os sons estavam vindo do outro lado da rua, de uma casa situada sobre uma elevação, mas algo se movimentava rapidamente no suave declive que havia na base. Emma inclinou a cabeça para o lado, escutando.

— Você viu alguém quando chegou?

— Não. — Ethan estava um pouco à frente de Emma, protegendo-a. Ele segurava sua mão com força. — Talvez seja um dos moradores.

— Às três da manhã? — sussurrou Emma.

— Vai ver alguém está caminhando — sugeriu Ethan. – Ou...

Passos ressoaram mais perto. Galhos se quebraram. Uma folha estalou. Emma semicerrava os olhos, tentando enxergar o outro lado da rua, petrificada. Ela ouviu uma tosse fraca... e sentiu um cheiro suave de filtro solar de coco.

Emma espalmou a mão sobre a boca. Ela se lembrou do vulto esquivo que os espreitara nas quadras de tênis e no banco do lado de fora da galeria. O rangido de tênis quando alguém tinha saído correndo de perto da esquina do corretor ao lado da enfermaria. Em todas aquelas vezes, ela sentira que estava sendo observada...

– Ethan – disse ela, nervosa. – Tenho que sair daqui.

Ela correu pelo gramado dos Mercer, seguida de perto por Ethan. Um vulto saiu do declive, mas mesmo assim Emma não conseguia ver quem era. De repente, aquilo começou a parecer um pesadelo; tudo o que ela queria era acordar; seus movimentos pareciam lentos e fracos, como se estivesse tentando atravessar um purê de batatas. Ela correu pelos últimos metros da entrada da garagem; sua mão tocou na porta e virou a maçaneta. Quando entrou, Ethan falou através da madeira, com a voz trêmula:

– Tranque a porta.

Emma virou com força a tranca e passou a corrente. A respiração estremecia seu peito quando ela observou Ethan correr até o carro, ligar o motor e sair pela rua.

Emma se deixou cair na escada da casa dos Mercer, apertando os joelhos contra o peito. Havia alguém lá. Ela foi para o escritório, sentindo-se apenas levemente reconfortada por ver suas amigas dormindo, completamente alheias à pessoa que rondava do lado de fora. Os olhos de Emma percorreram o cômodo, absorvendo os objetos que tinham se tornado familiares – o cacto de porcelana, a foto emoldurada de Sutton e Laurel no Grand Canyon, o cinzeiro que ficava na mesinha de centro, embora ninguém da família fumasse.

Um vulto se moveu pela luz da varanda e lançou uma sombra contra as venezianas fechadas. Emma congelou. Aquilo não podia estar acontecendo. Ela pressionou o corpo com força contra o saco de dormir de Sutton, listrado de azul-marinho e branco. Tinha trancado a porta da frente, mas e o resto da casa?

Emma ficou imóvel, ouvindo os sons da respiração de suas amigas, contando suas inspirações e expirações. Instantes se transformaram em minutos. Ela apertou os dedos dos pés contra uma manta áspera de lã e contou até cem antes de se levantar, passando por cima de Laurel e Charlotte e voltando para o corredor. Sentiu o mármore frio contra os pés descalços enquanto subia lentamente a escada. Ela precisava trancar a janela do quarto de Sutton – aquela cujo acesso pelo carvalho que ficava do lado de fora era tão fácil. Ela podia não conseguir alcançar o galho mais baixo do chão, mas alguém com mais de um metro e oitenta conseguiria.

No topo da escada, ela espiou o sombrio vão da porta no final do corredor. Seus pés percorreram lentamente o carpete. Ela segurava a fina calça do pijama de Sutton e tentava controlar a respiração enquanto entrava na escuridão do quarto. Seus braços se arrepiaram quando uma brisa fria rodopiou ao redor de seu corpo.

A janela estava escancarada.

O luar se derramava sobre os lençóis azul-claros de Sutton e a revista de papel brilhante que estava ao lado da cama. Emma deu um passinho para trás e bateu contra algo quente e firme. Ela tentou gritar, mas o som foi abafado pela mão que repentinamente tapou sua boca. Outra mão segurou-lhe a cintura, apertando seu corpo e mantendo-a imóvel a despeito do quanto ela tentasse se libertar.

— Shhh. — Um hálito morno fez cócegas em sua orelha. — Sou eu — murmurou uma voz grave.

A voz do garoto repercutiu através de mim como um choque elétrico. Dela jorrou uma série de imagens incoerentes e breves. Sair de fininho de uma festa e nos beijar no deserto. Encontrar no armário da escola uma carta tão sincera que deixou meus joelhos trêmulos. E novamente aquela lembrança do pátio: ele me dizendo algo e eu respondendo aos gritos: *Como se eu quisesse estar no seu lugar! Você não passa de um fracassado!*

E então uma última memória veio à tona, tão curta e nítida que não passava de uma sinapse: faróis no rosto dele. Seus olhos arregalados de medo, os braços se agitando diante do corpo. E então... *bum.* Impacto.

As mãos se afrouxaram e viraram Emma. O corpo dela ficou rígido. Ela demorou um instante para processar o garoto forte de cabelo escuro, piscando com profundos olhos esverdeados, maçãs do rosto altas e lábios bem desenhados. Aquele rosto. Ela conhecia aquele rosto. Ela vira um garoto reservado nas fotos da casa de Madeline. Um garoto com um sorriso malicioso cujo rosto estava colado em quadros de cortiça por toda cidade e assombrava todos aqueles posts do Facebook que perguntavam Você viu este garoto? E agora ali estava ele, com um sorriso estranho e cruel, o tipo de sorriso que indicava que ele sabia absolutamente tudo sobre ela — inclusive exatamente quem ela não era.

— Thayer — sussurrou Emma.

EPÍLOGO
UM INSTANTE NO TEMPO

Quando eu estava em meu antigo quarto, com os olhos fixos no garoto que tinha acabado de entrar pela janela, o tempo simplesmente... *parou*. O vento parou de soprar lá fora. Os pássaros fizeram silêncio. Emma e Thayer também se paralisaram, como estátuas imóveis. Só eu continuei a me mover, flutuar e pensar, me orientando e organizando as ideias.

Tentei me agarrar à enxurrada de lembranças de Thayer como se fossem um salva-vidas no mar, mas, quando pensei que as tinha segurado, elas escorregaram e desapareceram novamente nas profundezas. Será que era verdade que Thayer e eu tínhamos vivido alguma coisa – algo real, algo importante? Aquelas emoções pareciam tão verdadeiras, tão *puras*, mais intensas do que tudo o que eu tinha sentido por Garrett ou por qualquer outro garoto. Mas e se a lembrança dos faróis nos olhos dele também fosse verdade? Será que *eu* o atropelara? Será que o boato era verdadeiro?

Algo ainda mais assustador me ocorreu. Será que eu, naquele exato momento, estava olhando para o rosto de meu assassino?

Depois do que tinha lembrado, detestaria pensar que Thayer podia ser o assassino, mas aprendera algumas coisas sobre meu traiçoeiro cérebro de morta: eu não podia acreditar em lembranças isoladas, só na situação como um todo. O que a princípio tinha parecido um aterrorizante sequestro acabara sendo apenas um trote perigoso. Um risco de morte terminara com um sorriso amarelo e todas as envolvidas em segurança. Como saber se a visão seguinte de Thayer desfaria aqueles sentimentos verdadeiros que eu tinha por ele? Como saber que eu não tinha morrido como sua pior inimiga?

Era impossível saber como eu deixara as coisas durante meus últimos dias na terra – quem eu tinha amado, e quem tinha odiado. E era impossível saber em quem Emma devia confiar... e de quem devia fugir.

Eu observava os olhos arregalados e vidrados de Emma. Nunca vira minha irmã tão apavorada. Então, eu me voltei para Thayer, observando seu rosto calmo e seguro. De repente, lembrei-me de algo sobre ele que tinha esquecido havia muito tempo. Aquele garoto era um sedutor. Um hipnotizador. Ele conseguia deixar as pessoas na palma de sua mão tão bem quanto eu, convencendo-as de que todas as palavras que saíam de sua boca eram verdade.

Então, quem mentia melhor? Eu... ou ele?

Tome cuidado, eu queria dizer a Emma. Claro, ela tinha um namorado novo, mas algo me dizia que Thayer era o tipo de garoto que podia conquistá-la sem que ela sequer percebesse. Eu tinha a sensação de que Emma estava a ponto de embarcar com Thayer em um novo tipo de Jogo da Mentira. Mas, nesse clubinho de dois, o risco era uma questão de vida ou morte.

Um *tic-tac* ressoou do outro lado do quarto, o ponteiro dos segundos de meu relógio de parede em forma de feijão voltou a se mover de repente. As cortinas flutuaram na janela. E, quando me virei para Emma e Thayer, o tempo deles também tinha voltado a correr, impulsionando minha irmã para seu próximo momento com Thayer.

Um garoto que talvez um dia eu tivesse amado. Um garoto em quem, agora eu tinha quase certeza, não podia confiar. Um garoto que podia ter me matado.

AGRADECIMENTOS

Como sempre, *Eu nunca...* não existiria sem uma equipe dedicada e criativa. Muito obrigada a Lanie Davis, Sara Shandler, Josh Bank e Les Morgenstein da Alloy Entertainment por seu tempo e cuidado com este projeto. Muito obrigada a Kristin Marang e Liz Dresner pelas incríveis habilidades e promoções na internet, e à fantástica equipe editorial da HarperTeen, Farrin Jacobs e Kari Sutherland. Às vezes, sequências são difíceis, mas acho que esta deu certo por causa de todos vocês!

Também devo dar crédito e muitos elogios a Katie Sise – estou muito feliz por sua ajuda. Beijos para minha família, Shel e Mindy (princesa dos paparazzi), e para Ali e Caron, que adoram cordeirinhos filhotes e falam de comida tanto quanto eu. Beijos para Joel por sempre me aguentar quando escrevo estes livros (e por me aguentar de modo geral). Agradeço muito aos leitores, blogueiros, bibliotecários, lojas de livros, organizadores de festivais e todas as outras pessoas na comunidade literária que me ajudaram a promover esta nova série. Todos vocês sabem quem são, e todos são incríveis! E para todos os leitores, mais um lembrete: *Eu nunca...* é uma obra de ficção, e espero sinceramente que nenhum de vocês imite os sinistros, e geralmente perigosos, trotes do clube. Espero que gostem de ler sobre o assustador grupo de Sutton, mas, por favor, não tentem fazer nenhum desses trotes em casa!

Finalmente, um imenso e animado agradecimento a Andrew Wang e Gina Girolamo da Alloy LA por adaptar estes livros para a TV, a Chuck Pratt por escrever um piloto incrível para *The Lying Game*, a Alexandra Chando por representar uma Sutton/Emma tão verossímil e adorável, e para todas as outras pessoas que trabalham no programa. Todos vocês são maravilhosos por acreditarem nos livros.

Este livro foi impresso na Gráfica JPA Ltda.
Rio de Janeiro – RJ.